# 忽有山河大地

胡烟 著

长江出版传媒　长江文艺出版社

# 序

  胡烟近几年在国内散文领域崭露头角,我读过她的不少文字,文风清新,思虑深邃,给我启发多多。她的散文有一个大方向,就是致力于发掘中国传统绘画之美。她以充满睿智和感情的笔致,深入传统大师的作品和艺术人生中去,呈露他们极富感染力的精神世界。读她的这类散文,似乎马上就有去博物馆或拍卖场看画的冲动。我也在中国传统绘画研究领域沉浮有年,对她的这种努力,感到由衷钦佩和感动。我曾经读过她的《八大山人六字诀》,她对八大精神气质的把握,真使人有惬理会心的感觉。

  最近她传来将要出版的新作,也是围绕传统绘画而着笔。匆读一过,感到这本新作在以往基础之上,又有新的推进。这本书以唐宋以来影响较大的画家群体为线索,试图勾勒出一部传统文人画的精神流变史,尤其注意通过作品解读,发现文人画内在的精神义脉。

  比如文徵明是明代吴门画派领袖,他以九十年人生和艺术生涯，给"文雅"一词做注脚。他的澹然心性，温雅而贴近凡俗的生活方式，从他的人生和作品中飘洒出来。胡烟透过"文藤"这一细节，进入文徵明的精神世界。

苏州拙政园有"文藤"，为文徵明四百多年前手植。本书《一粒风雅的种子》写道："一棵树，在天地间存活，艺术生命长青。花开，如烟。五百年风雨，亦如烟。花落，老藤褪出古意，风云沧桑满怀。世人瞻仰，究其根由，是膜拜文徵明的品格和风雅。"

她的描绘，使我想到《诗经·召南·甘棠》"蔽芾甘棠，勿剪勿伐，召伯所茇"的文字，召公在周宣王时封于召，以德治召，离世后，人们作诗怀念他。诗写一棵巨大的甘棠树，要人们不要毁坏它，因为召公曾经在这里居住、休息和说道。大树高高，荫庇四方，有德之人，人们不会忘记他。

文徵明当然没有召公那样的治理功绩，但同样有使后人无法释怀的情性风流，历史的烟雾也无法遮蔽。苏州博物馆每年将文藤的种子做成文创，分送给参观这间江南文化重镇的来访者。胡烟写道："手握一粒'文藤'种子，便有资格沿着'文'脉，行走在文徵明的画里，做一个风雅的人。""随手撒下一粒种子。雨一来，萌芽的，是整个诗意江南。"

这浪漫的描绘，是有内在根据的。以沈周、文徵明开拓的"吴门风雅"，对后代艺术乃至江南文明产生深远影响，虽然他们没有显赫的政治生涯，但他们的慧心，他们手中的这支笔，照样有不容忽视的精神影响力，是参与文明书写的重要力量。胡烟的新书发掘这样的精神气质,让今天的读者分享,具有重要意义。

胡烟由"文藤"来谈"文脉",文徵明之文脉,也可以说是唐宋以来文人画的精神义脉。

"文脉"是一种流动性的精神因素。她的这本书强调,文人画蕴含着历史,更蕴藏着画家鲜活的生命体验,这千古不灭的"古道热肠",沾溉至尔今。如书中谈王维发明水墨画,以无色表现天下绚烂的色彩。她写道:"与水墨相克相生的,是文人的心。虚伪的人,始终不得其医治。而一个真诚的人,面对一张洁白的宣纸,像是站在雪后的大地,谎言无处藏身。甚至失语。一股脑儿的泪,热烈的或者凝涩的情绪,涌向笔端。每一缕墨色,都是心跳。"画家以他素朴的心,在墨海里放出光明。又如书中写沈周,重点写沈周作品的"暖意"。暖,是沈周的笔墨气质,也是他作画为人的心源力量。沈周一生不就功名,喜欢夜来沉思,他透过历史表象,发现那人人心中都具有的温热情愫。

说"文脉",当然是关乎"文"的。文人画,就是体现出人文精神的绘画。这"文"又要作两面看。一方面,绘画必然要建立在知识、法度之上。另外一方面,这"文"——种种法度、权威等构成的外在因缘,又对艺术创造形成某种制约。"文"与"野"是相对的概念,文人画有"野"的气质,都是至性文章,具有孤迥特立、超越时空的气质,有一种"寂寞无可奈何"的美。胡烟的这本书着力描写这"野意自萧瑟"的世界,这来自于人文又超越人文的生命智慧。

如她写黄公望,通过"无用""大痴"和"生机"三点拓展来写,不仅将黄公望生平艺术中最有风采的东西写出来,还写他的精神义脉绵延,他的"痴"为后人着迷,写他"乐意相关禽对语,生香不断树交花"的生机在明清画坛的滋蔓。明清以来绘画中奉黄公望为神明,然而学黄又有不同面目,得其真髓的,画中有了生机;拘拘守其门户的(如四王),却生机荡然。她的描绘,似乎给我们打开走入文人画意味世界的门户。

胡烟还很年轻,对中国艺术就有这样悉心的体会,令人感佩。她所面对的传统绘画领域,知识纷繁,非深研细究,难以走入其内在世界。她的这部新作,包括她以前的作品,都有可靠的知识为基础,不为无根之论,每出笔必有所据。读她的作品,如读一些高水平的艺术史一样稳实,这是非常不容易的。

作为一位有影响的散文作家,近年来她的作品受到读者重视,屡获奖励。我读她的文字,觉得畅快而洒脱,文风典雅,特别注意节奏的把握,甚至感觉到她对声息气求都有斟酌,文字流畅允美,富有青春气息,虽无老迈文笔的辛辣,但也不乏痛快淋漓。读她的作品,情感方面受感染,知识方面有增益,更有智慧的启发。

朱良志<br>二〇二一年八月二日于北京大学

# 目　录

画心 …………………………………… 1

东坡三君子记 ………………………… 11

已有丹青约 …………………………… 26

米点传说 ……………………………… 40

六柿如意 ……………………………… 51

出尘 …………………………………… 59

断裂之外 ……………………………… 75

满船空载明月归 ……………………… 94

铜镜照夜白 …………………………… 107

独坐水边 ……………………………… 121

一粒风雅的种子 ……………………… 130

桃花坞旧事 …………………………… 143

狂躁的舞台 …………………………… 157

宇宙在乎手 …………………………………… 172

人生几场醉 …………………………………… 185

南田花事 ……………………………………… 202

倦鹤栖于人间 ………………………………… 216

忽有山河大地 ………………………………… 223

八大山人六字诀 ……………………………… 234

恩宠与性灵 …………………………………… 257

金冬心的日常 ………………………………… 280

一官归去来 …………………………………… 295

云山骨　金石心 ……………………………… 304

画坛鬼影 ……………………………………… 320

苦铁道人梅知己 ……………………………… 328

一白高天下 …………………………………… 343


后记：无尽的笔墨 …………………………… 359

# 画　心

人物名片：王维（701—761年），字摩诘，号摩诘居士。唐代诗人、画家。精通诗、书、画、音乐等，以诗名盛于开元、天宝间，多咏山水田园。

## 一　心之境

冬日的傍晚，清冷幽寂，王维独自漫步于辋川别业。不知不觉，来到了好友裴迪的寓所。他本想上前叩门，邀请裴迪出来散散心，但透过竹帘，见他正专心致志读书，便没有上前叩扰。转身，继续行走山中，随缘在感配寺歇脚，与僧人同吃了斋饭后，又返回自己的住处。

这些日常，王维用书信体记录下来，淡淡的，十分惬意，"憩感配寺，与山僧饭讫而去"，回味悠长。《山中与裴秀才迪书》似一缕清澈月光，在山间流淌，千年来，朗朗地，幽幽地，照在文人士子的心上。

深究一下。放光明的，不是月亮、山林，而是王维的心境。彼时，居住在辋川别业的王维，已经基本完成了修心的功课。靠着简朴静笃的山居生活，他将这颗心修得如雪，洁白；如冰，通透；如云，轻盈；如雾，飘渺；如露，晶莹；如水，柔软；如天，空寂。

王维并不是生来淡泊。他也曾狂热过，热切地追逐过。皇权之外无缝隙，"功名"二字，让盛唐文人倾心仰望。

十九岁的王维，对前途充满信心。"妙年洁白，风姿郁美"，极具诗文、音律才华，惊为天人。入朝为官已经是志在必得，但他仍嫌速度太慢，不惜走捷径，到公主面前展示自己，博得赏识。他"风流蕴藉，语言谐戏，大为诸贵之钦瞩"，很快在上流社会混得风生水起。两年后，进士登第，被任命为太乐丞，也就是主管音乐演奏的八品官，成功迈上入仕台阶。

然而没多久，他手下的伶人闯了祸，擅自舞了《黄狮子》，那是由天竺国传来专供皇帝观赏的乐舞，擅自表演可是大不敬，皇帝因此震怒。作为主管领导，王维理应承担主要责任。因而被贬济州司仓参军，连降两级。

二十一岁的年纪，很多人还在苦读诗书准备应考，而王维已经尝到被贬的苦涩。敏感的他被刺痛。他意识到，仕途生活并不理想，甚至十分狰狞。这令他紧张。回想起童年在母亲的引导下，读诵佛经时的静谧祥和，那些"无常""随缘"的道理，通透而深刻。彼时，他就那样静静地读，时光仿佛停滞。他看到，清透的晨曦中，温暖的黄昏里，身边的草木在微笑。

而眼前，世界遍地荆棘，让人无助。唯一能做的，是穿上鞋子。即给这颗心披上铠甲，使其不易受伤。低谷中的王维，开始向往禅的境界。修心，一面以佛经作精神指引，一面在辋川别业作生活实践。

从佛理中汲取智慧的王维，后来的人生虽然再度经历被贬、当伪官等屈辱挫折，但没有颓唐。升与沉，随缘去罢。他抽出空闲，将心安放于山水田园，半官半隐，茹素、独处、弹琴、画画、劳作，其中滋味，是微微的甜。

心里空闲的王维，自然而然，在艺术领域发光。"宿世谬词客，前身应画师。不能舍余习，偶被世人知。"王维说，自己的前世是画师，误打误撞，此生成了诗人。

"画师"身份，在当时并不高贵。早王维一百年出生的大画家阎立本，官至右相，却以画师身份为耻。那一次，唐太宗和大臣们兴致勃勃地赏春，水池里有漂亮的鸟儿随波漂浮，姿态优雅。皇帝兴奋不已，即刻召见阎立本，画下来。大画家十万火急地赶来，双手捧着画具，追着几只鸟，"奔走流汗，俯伏池侧，手挥丹青，目瞻坐宾，不胜愧赧"，狼狈不堪。阎立本教导儿子，日后千万别做画师，"辱莫大焉"。

王维画画，没有荣辱观。画，只是日常表达的需要。正是这种随缘自在的心境，画出了别样的画，改写了中国绘画的走向。而此前，王维的宦场沉浮，更像是冥冥中的安排，因此意义非凡。

## 二　水兮，墨兮

王维常常模仿吴道子，画白画山水。时人并不觉得怪，奉为一绝。类似不放卤的面条，人称"白胚"，吃的是面条本身的清香。沿着寡淡的"白画"，中国画即将迎来重大变革。王维分了"三步走"，白画，是第一步。

田园生活的扉页展开。顶着清晨的薄雾，披着黄昏的粉霞，每当王维抬头仰望不远处的山川，便意会"苍茫"一词。山顶或山间蒸腾的水汽，群山之间的连绵，将所有的树、林裹挟成一团——它们紧紧拥抱彼此，浑然一个整体。王维的心中，既宁静，又兴奋。吸一口天地真气，他试着闭目冥想，惊觉，眼前并不见一棵树，显现的，只是层层的绿，抑或浓黑的山川轮廓。这不啻为一个奥秘。

这一发现，在王维的心里盘旋了许久，终于有一天，灵光一闪。

那天，他试着用一个点，一个竖起来的米粒状的墨点，来象征一棵树。一个点，又一个点，或相叠，或错落，或疏离。山川下，是一群不规则的墨点，不见一截树枝、不见一片叶，却成一片苍郁的林。终南山麓，多种类的树，柏树、槐树、银杏树等，王维从中抽取其本质的属性，即一个墨点。这一开创性的举动，是第二步。程邃题王维《辋川图》说："作树头如撮米。"

最关键的觉悟，来自雪。

终南山的大雪，是为了令隐者悟道翩翩而至。是夜，王维在灯烛下，专心读诵《金刚经》，内心极为寂静。他读到"一切诸相，即是非相""不取于相，如如不动"，生起莫名的欢喜。佛经里阐述的世界，单纯至极。

清晨，一推门，眼前境界，正如佛经。雪，洁白的雪，掩盖住纷繁细节，山、石、树木、溪水，千千万万的"相"，离开了。天地一白。只有轮廓，凝为墨色。王维感到，眼前的黑白世界，是阴阳相合，产生了强大的宇宙气场，已经不局限于视觉美感，而是震撼着撞击着心灵。

彼时的他，胸中涌动山川的起伏，一种喜悦不能平复。笔下，竟呈现了墨色的杂耍。笔尖的姿态跳起戏谑的舞姿，形成墨色的皴擦。王维自己，对这种新鲜技巧的应用毫无觉知。只顾还原胸中的雪景。背阴处的积雪，呈现冷冷的深灰，只需横笔扫几撇淡墨，便是山的轻盈、静谧、沉穆。

浓墨，淡墨，干墨，湿墨，枯墨。墨与水的游戏，衍生出层层山水。一抹浅淡的灰，将山川推至平远。一抹灰的情绪，可以是淡泊，可以是清寂，可以是闲适，可以是荒寒的野逸，可以是隐遁的气息。

如《雪溪图》中，雪后农庄，积雪浮于云端。不是萧瑟，而是生命在严寒中顺势蛰伏，冷静中蕴藏生机，意味不可言说。

当后世的文人邂逅王维的水墨，便从这种无彩的画里，见到了诗人被田园山水滋养的禅心，为之深深迷恋。惊叹，这完全是中国画的另一副面貌。不似鲜花美人,无有情节复杂的故事。那些夺人眼目的炫技之作,在朴素的水墨面前,显得华丽而肤浅。

心心相印。王维画自己的心境,恰是所有士子的心。

## 三 这是一味药

王维在无意间发明水墨这种画法的时候,他没有料到,自己正在熬制一味药。这味药,让无数文人的抑郁情绪有了出口。

比如,南宋的梁楷,皇家画院的高级画师,常常要奉皇帝的"诏令"画画。这对超级热爱自由的梁楷而言,痛苦得要命。这种把绘画当成作业来完成的方式,让他觉得刻板、厌烦。据说,皇帝看重他的才华,特赐金带,象征画院最高荣誉,梁楷却把金带挂在院子里的树枝上,不管不顾地飘然而去,人称"梁疯子"。

幸好有水墨。梁楷把一颗真心施展在水墨里,无须繁复的描摹,无须色彩的构思,只随了自己的心绪,要简则简,想狂便狂。遂有了《泼墨仙人图》《太白行吟图》……寥寥几笔,人物像在云中飘。梁楷的心思,本就在云端。随心而画,梁楷终于活得舒展了……

苏东坡也是,靠着《枯木竹石图》疏解情绪。能说的话,他都写在诗文里,"乌台诗案"的伤痛,时常提醒他,有些话,不能说、不敢说。有些话,说不出。怪石嶙峋,瘦瘪的竹,枯槁的木,是东坡被坎坷政途所困顿的心。

生不逢时的黄公望，眼看着入仕的希望如羸弱的炉火，在他面前耗尽最后的余温。干脆，转身扎进富春江那捧飘渺的雾气里，隐居。靠着天地山水和道家学说颐养真气，把笔墨淬炼得纯净，松弛。一纸水墨，写尽了富春江畔秋色。不单是美，更是心境的提纯。

倪云林吝啬给世界一个笑脸，更吝啬自己的笔墨言说。他用枯淡的黑，皴擦出几块太湖的山石，一旁，添几棵杂树。性格的洁癖，让他不屑于在山水里渲染任何一个人物。他画一个简单的亭，将心里的苦，原地驻扎。

徐渭被命运的无常激怒，一抬笔，抛出一连串愤怒的藤。葡萄，一颗颗，任意浓淡，是辛酸的泪，一滴滴稀释了墨色。

很多次，八大山人想向清朝皇帝讨要老朱家的江山，无奈势单力薄。他委屈，委屈成一只全身墨黑的鸟。蜷缩在冬日枝头，瑟瑟地抖，给世人一个白眼。有时候，他静坐凝神，精骛八极，心游万仞，化身一条游翔的鱼。而大片的留白，即是宇宙虚空。

这些通透的表达，从王维开始。虽然王维画作，流传下来无一真迹，但水墨的精神，一直在流淌。赏画，亦是赏一颗文心。

久远以来，文人的心，沉醉于黑。那是最浓的夜色，是千钧的沉默。墨的黑，是从黑夜里提炼的最纯正的颜色。与文人们上下求索的苦涩，完全妥帖。

而墨色之外的白，是雪，是盐，是太阳，是大光明，是天地间的空。一芥子的空，装得下所有玄想。

与水墨相克相生的，是文人的心。虚伪的人，始终不得其医治。而一个真诚的人，面对一张洁白的宣纸，像是站在雪后的大地，谎言无处藏身。甚至失语。一股脑儿的泪，热烈的或者凝涩的情绪，涌向笔端。每一缕墨色，都是心跳。

## 四　旁观者迷

王维被正式尊为"文人画祖"，是在明朝时候。

文人画的概念，始于宋代，原本称为"士夫画"，是由苏轼提出来的。到了明代大理论家董其昌，称之为"文人画"，并明确指出，"文人之画，自王右丞始"。

这里，我试着打乱时空，编织一幕颇有趣味的"戏说"。

不慕名贵的王维对"文人画祖"这个称呼深感意外，连连摆手说，不敢当不敢当，画着兴怀消遣而已。

但有两个人，听说王维这样半路出家的业余画师，居然成了"画祖"，相当不服气，想要找人打抱不平。这两个人，一个是顾恺之，一个是吴道子。

顾恺之，东晋人。谢安称赞他的画"苍生以来未之有也"，等于说是有人类以来，画得最好的。这评价，登峰造极。

顾恺之的专长是以形写神。人像、佛像、禽鸟、山水，他无所不能。《女史箴图》《洛神赋图》《列女仁智图》《斫琴图》等作品，是公认的稀世珍品。

顾恺之画人十分传神。有一次，他为西晋名士裴楷画像，裴楷英俊、潇洒而有学问，顾恺之在画他的脸颊时候，一时兴起，加了三根毫毛，本来是很怪异的举动，但瞬间画出了裴楷的性格气质，堪称神来之笔。

顾恺之又是个相当自负的人。他曾作文《筝赋》，自己觉得很满意，夸口说，这文章与嵇康的《琴赋》不相上下，甚至懂得鉴赏的人一定会认为，此文比《琴赋》还要精彩许多。自我感觉十分良好。

听说王维被封为画祖，顾恺之连忙凑近了去看，那些简单的人物山水，寂寥的雪景图，跟他自己的画，一经对比，实在是太业余了。他感慨一声，真是岂有此理啊。

吴道子也觉得冤。

"画圣"吴道子大王维十几岁，该是王维的老师。虽然并没行拜师礼，但王维临摹吴道子使画技提高，是众所周知的。王维诗名远扬，吴道子当然不敢轻视。但论画，王维实在是不入流的。

"吴带当风"的典故，不是虚来。吴道子画画，有风。据说，当年唐明皇想念嘉陵江的水，派吴道子前去写生。吴道子去去就回了，声称，不需写生，都记在脑子里。提起笔来，大半天时间，嘉陵江三百余里的山水，全部呈现无余。笔笔生风。

吴道子擅画佛像。他给兴善寺画佛像的时候，长安城的老百姓全都跑来看，挤得水泄不通。画佛像头顶的光环，吴道子不用圆规，"其圆立笔挥扫，势若风旋，人皆谓之神助"。

在景公寺，吴道子画《地狱变相图》，老百姓争着去看，看了之后毛骨悚然，都不敢作恶了。一时间，长安城的街巷，不卖酒肉。

但吴道子的嫉妒心很强，从来不将绝技传给徒弟。记得当时，吴道子被《唐朝名画录》评为"神品上"，王维仅居"妙品上"，差了三个等级。如今听说王维被封为"画祖"，名声盖过他，更是觉得岂有此理。

无奈，请来大学问家苏轼出面解释。

苏轼不急不慌，显然对评判的标准成竹在胸，说，吴道子啊，你虽然画得好，"下手风雨快，笔所未到气已吞"，是外在的。但再看摩诘画，亦若其诗清且敦，是内在的。你虽然技巧绝妙，但还是个画工。画工的画，看来看去，总有看倦的一天。而王维呢，"得之于象外，有如仙翮谢笼樊"，文人画的内涵，却是越品越有味道。

苏轼这一番话，想来是有说服力的。学养深厚的顾恺之在一旁，完全听得懂，若有所思。他没料到，画画，不仅可以描绘眼睛所见，还可以画出心中所思。"画心"这一路，越想，越觉得妙。而吴道子，差不多是个莽撞人，他不依不饶，不太同意苏轼所说。最后，苏轼为了安慰他说，那你跟王维平起平坐好了。你们二人一个阳刚壮美，一个阴柔雅韵；一个是职业画家的龙头，一个是学问型业余画家的凤首，共同构成中国画美学的太极图。吴道子满意而归。

苏轼又小声嘀咕说，我个人还是偏爱王维。呵呵。

# 东坡三君子记

人物名片：苏轼（1037—1101年），字子瞻，号东坡居士，北宋中期文坛领袖，在诗、词、散文、书、画等方面均取得很高成就。

东坡画作传世的，仅《枯木怪石图》。另有《潇湘竹石图》，疑似真迹。

东坡气象大，喜欢在墙上画。读传记，尤记得他在黄州东坡，建雪堂迎客。四壁画雪花，漫天卷地。群众来围观，形容雪片"大如席"。我思忖着，如席到底有多大。"席"字夸张，却妙，把雪花的形状写出来了，感觉是横着飘，有气势，落地无声。我能想象，东坡当年用了哪种皴法，毛笔在墙上一点、一点，半天时间，就成了。浪漫主义思想飘了满屋。

一面墙，在王朝更迭中，在风雨流年里，自然倾颓了。不如一张纸。

东坡画路窄。原因？东坡志不在当画家。翻看友人和后人写给他的题跋,《某某题东坡竹》《某某题东坡墨竹》《某某题东坡古木》《题枯木》《题枯木怪石》……总结出,东坡画的基本构成:枯木,怪石,竹。后世袁枚不无揶揄地说:"坡公染翰仅能为枯竹巉石。"但东坡观点,绘画不是追求形似,不是看你画得多花哨,关键,要写出胸中的"意"。东坡的意,只这三样,足以表达。

东坡原话:"论画以形似,见与儿童邻。"意思是,衡量画的好坏只论形似,那真是跟小孩子差不多的幼稚见解。

为了论证此观点,东坡举了两则例子。一则是黄筌画鸟。东坡读黄筌画,发现他画的鸟,脖子和腿,都是向外伸展的。而现实中,"飞鸟缩颈则展足,缩足则展颈"。著名宫廷画家黄筌,画飞鸟居然"颈足皆展",明显不符合客观规律嘛。

还有一则,是戴嵩画牛。唐代著名画家戴嵩画的牛,被收藏人士当成无价之宝珍藏。偶然,晾晒的时候,画被一个放牛的娃娃瞧见了,拍手大笑说:"画的是斗牛啊!斗牛的力气用在角上,尾巴必然紧紧地夹在两腿中间。现在这幅画,牛却是翘着尾巴在斗,错啦!"

东坡说,就连顶尖级画家,都没办法把万物的"形"画准,还吹毛求疵地追求什么形似呢?还是要重"意"!这理论,影响了很多画家。后来,这话也被那些画不好画的文人拿去当借口了。观点这东西,总有许多空子可钻。

回到东坡画。

枯木一株,身子向右倾斜,如鹿角盘旋而上;怪石一方,棱角

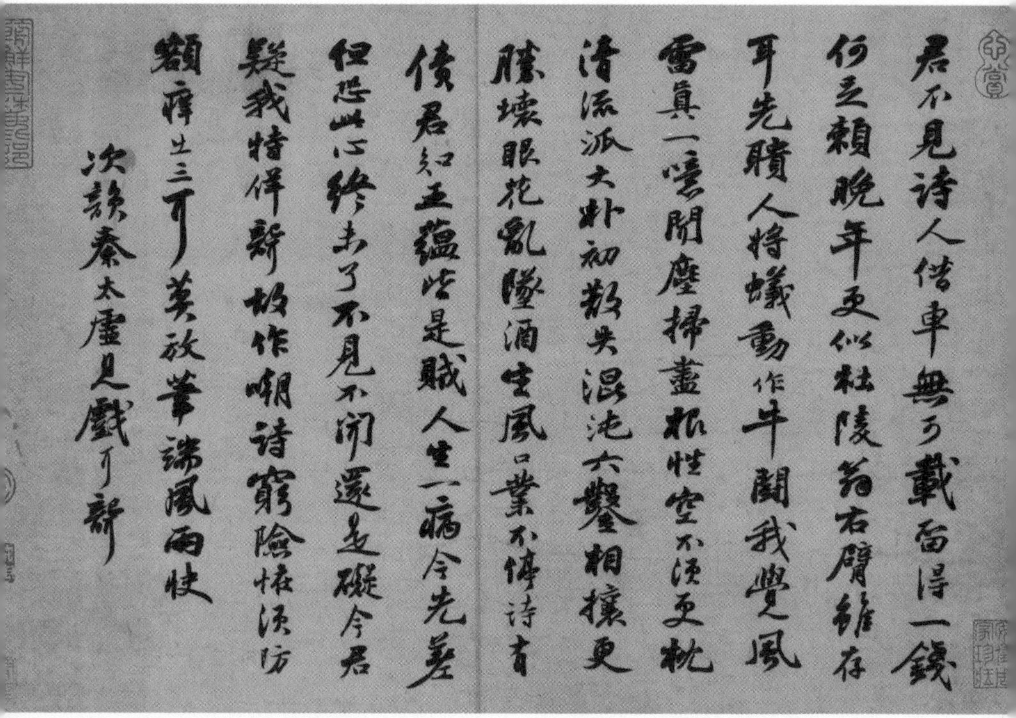

君不見詩人借車無可載畚得一錢
何足賴晚年又似杜陵翁右臂雖存
耳先聵人將蟻動作牛鬪我覺風
雷真一嘻閒塵掃盡根性空不須更枕
清流派大朴初散與混沌六鑿相攘更
朦壞眼花亂墜酒生風口業不停詩者
債君知五蘊皆是賊人生一病今先差
但恐此心終去了不見不聞還是礙今君
疑我特佯辭故作嘲詩窮險怪須防
額痹生三丁莫放筆端風雨快
次韻秦太虛是戲可新

宋四家尺牘紙本—苏轼

分明；野竹一丛，怪石背后，隐隐露出竹叶。竹，怪石，枯木，姑且称之"东坡三君子"，我试着将传世的《枯木怪石图》分解，逐一来读：

先说竹。

以苏东坡在北宋文人中的领袖地位，他捧红了很多人。比如王维，东坡对王维画作十分推崇，他说"味摩诘之诗，诗中有画；观摩诘之画，画中有诗"，这评价，语文课本至今还在沿用。

他捧红了文同，多次在文同的竹子画上题诗。

文同又叫文与可，蜀地人，是苏东坡的表哥。他曾这样向东坡传授自己的画竹经验："画竹必先得成竹于胸中，执笔熟视，乃见其所欲画者，急起从之，振笔直遂，以追其所见，如兔起鹘落，少纵则逝矣。"

振笔直追，兔起鹘落，好不爽利！"胸有成竹"这个成语，即来自文同。

东坡有首诗，描写文同画竹："与可画竹时，见竹不见人。岂独不见人，嗒然遗其身。其身与竹化，无穷出清新。庄周世无有，谁知此凝神。"有点绕。起初，是见竹不见人，怎么后来又见到了人？笨人看不懂。聪明人点头称妙。

还有一则故事，东坡题在文同的竹子画上，说，文同画竹，已经成了病态。不管走到哪儿，只要看见上好的纸，立马冲上前去挥洒一气，根本控制不住自己。画完，谁喜欢，拿走不谢！后来，有人特意给他准备好纸笔,请他画,他却避之唯恐不及了。问他原因,答:"以前我整天琢磨着画竹,情绪苦闷没处发泄,全靠笔墨排遣。现在,我病好了,还有必要画吗?"东坡苦笑说,这病还不如不好,因为不知多少人正伺机索画呢!

我听出来,话外,东坡是在夸文同。说文同画画,笔下全是胸中意气,灵感不是靠硬挤。

文同画竹,确实有"道"。每每读他传世的《纡竹图》,是忍不住要感动的。觉得新鲜,柔美。一千年过去,生机鲜活。

不是普通的竹。纡竹,是一棵打着弯的竹子。它从画面左上角伸进来,身姿扭动,像是天外的文人墨客,来探听人间消息。叶子明暗飞扬,沙沙沙,甩出一纸文气,一纸清朗。

竹子笔直,寓意气节,刚直不阿。纡竹是什么竹?为此,文同写了《纡竹记》,一并传世。

文同居住的屋外,山坡上生长野竹。由于受藤蔓的缠绕和虫蝎之害,不能自然生长,只能"蟠空缭隙,拳局以进",长成了弯弯绕绕的样子。文同找人来清理,除掉荒蔓,把竹子扶直捋顺,想帮它们释放天性,但那些竹子仍旧"坚强偃蹇,宛虬附地,若不欲使人加哀怜",毫不领情,又竭力恢复了原状。

正是这群"不识抬举"的竹子,令文同大为感动。他感慨说,为了生存而委曲求全的纡竹,虽然"其气不能畅茂于其内",但"其势所以促蹙于其外也"。在他看来,这种弯曲的形状,正是一种生生不息的气势所在。

长弯的竹子,被文同赞为"磨轹万象之奇植"。

饱含崇敬饱蘸深情,文同画《纡竹图》,挂在厅堂,每天观瞻,如有所思。他视山谷野竹为师长、为知己。

说了这么多文同画竹,是为了引出东坡的竹。

东坡不画《纡竹图》。

元丰五年(1082年),东坡在黄州。后来成为著名书法家的米芾,初次来访。米芾小东坡十五岁,作为超级粉丝,他千里迢迢而来,学习机会十分难得。在临皋亭,米芾向东坡请教画竹技法。东坡趁着酒酣,令米芾将观音纸贴在墙上,然后拿起笔,饱蘸墨水,一笔,从地上一直画到纸顶,作竹竿状。是直率气,是凌云气。

米芾在一旁看傻了,上前问,为什么不分竹节来画呢?东坡笑答:"竹生时,何尝逐节生?"

进而,东坡又画竹叶,以浓墨为竹面,以淡墨为竹背。这一招,正是跟文同学的。他与文同,同为"湖州画派"。

一竿竹,见性情。文同与苏东坡,一个迂回柔软,一个爽直磊落。

文同其人,自幼家境贫寒,奋发读书,后中进士。他任集贤校理长二十多年,谨言慎行,为人十分低调。据宋人叶梦得记,文同为人靖深超然,不撄世故……当时东坡多次上书,论天下事。私底下跟朋友聚会,也是议论时事,而且论调相当大胆,文同在一旁直为他捏把汗。多次苦口相劝,劝表弟,言行要谨慎啊,小心惹来祸事,东坡都没往心里去。

无论处在何种环境里，东坡是一定会把自己伸直了。

"乌台诗案"，因为与变法派政见不合，得罪了以王安石为首的新党，遭受排挤。宋哲宗即位后，以司马光为首的旧党上台，第一时间便提拔了贬谪黄州的苏东坡，希望他能和自己一条心，共同打压王安石。谁知苏东坡竟丝毫不领情，公然和司马光叫板。还义正辞严地怼司马光："当年韩琦做宰相，你为了自己的政见和他争了个面红耳赤。如今你当宰相了，就不能允许别人说话了吗？"管他新党、旧党，苏东坡是有啥说啥，两边都不靠。

一贬再贬，皆因满肚子的不合时宜。

有人说，东坡亦是相当柔软的。在黄州，他"一蓑烟雨任平生"；在惠州，"日啖荔枝三百颗，不辞长作岭南人"；在儋州，条件极苦，他也能把牡蛎烧得饶有滋味，"敛收平生心，耿耿聊自温"。

但他的柔软，前提是得自己想通，不是委曲求全。他的柔软，是一种自我觉悟，是"活在当下"的通透，是智者通达无忧的一种方式。

有悖于自己内心的事，他绝不做。东坡一生，把人格、名节，看得比泰山重。早先他写《屈原塔》云："名声实无穷，富贵亦暂热。大夫知此理，所以持死节。"或许，道出了他喜欢画竹的原因。

东坡也很擅长反思。当年被贬黄州，他在安国寺洗浴静坐，反省自己"道不足以御气，性不足以胜习"。是否，偶尔他也会想起文同，想起他笔下那一枝柔美的纤竹。

再说石。

东坡觉得，灵璧石美，但大多长相类似，味道也因此寡淡了许多。那天，他在朋友刘氏的庭院里，发现一块灵璧石，长相很特别，"巉然"，也就是奇崛陡峭的模样。东坡围着石头，左三圈右三圈，不论从哪个角度欣赏，都觉得美。继而寻思着，有什么办法讨过来呢。于是，他在刘氏的院子墙壁上，很认真地，画了一幅《怪石竹图》。主人一时高兴，就把石头赠给了他。

据说，那块石头黑质白脉，中间有水波纹若隐若现，细琢磨，像一幅山水画。尤其像是晚唐五代画家孙知微画的水图。东坡取名"雪浪石"。

画水的孙知微，在苏东坡心里，地位是相当高的。他写《画水记》，讲的就是孙知微。文中说，前人画水，都是画平远的细波纹，水平高一点的，无非也就是能画出波浪的涌动。但孙知微画水，不寻常。那年，他在大慈寺的寿宁院，想画一幅《湖水滩石图》，冥思苦想了很多天，始终不肯下笔。某日，他仓皇跑进寺院，急急地捞起笔，"奋袂如风，须臾而成，作输泻跳蹙之势，汹汹欲崩屋也"。

这阵仗，跟文同画竹异曲同工。

再回到雪浪石。石头搬回家，东坡用曲阳汉白玉雕琢了芙蓉盆，当成底座。有感而发，著诗文《雪浪斋铭》："异哉驳石雪浪翻，石中乃有此理存……"刻在盆座上。此理，石头里的理，是什

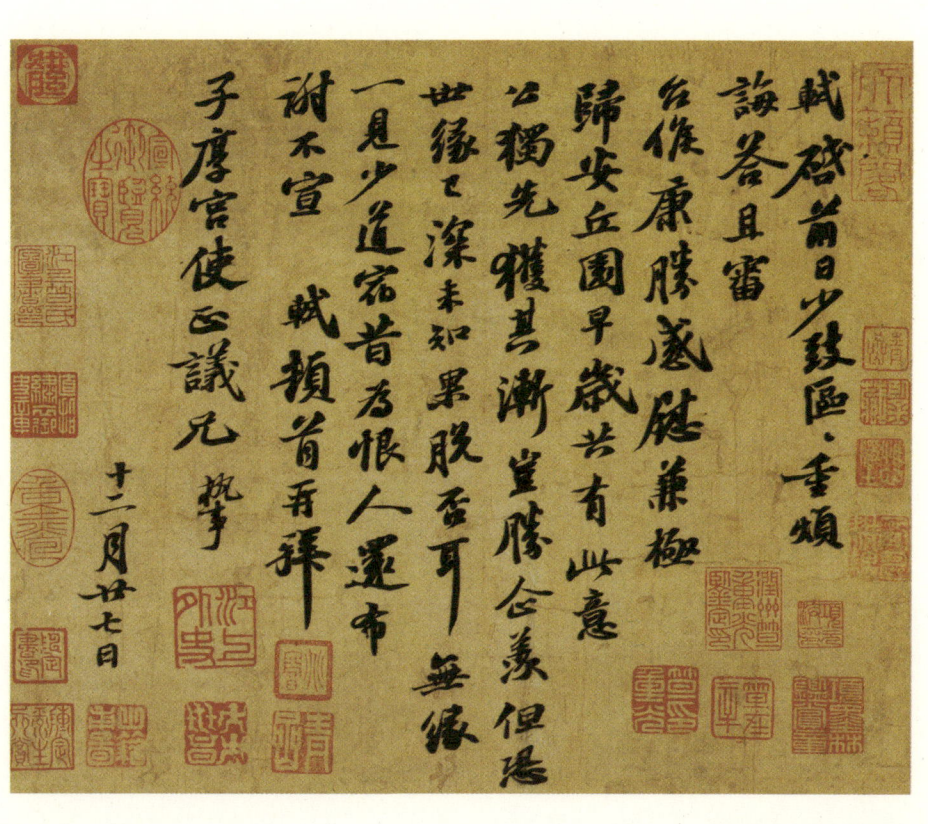

宋四家尺牍纸本—苏轼

么理？

我试着揣摩，可能是一种天趣。"石雪浪翻"的风景，天然存在于石中，可遇而不可求。刻意雕琢，反而徒劳。孙知微，也深谙这个"理"，日思夜想，任波浪在心里涌动翻腾起来了，漫到胸口挡不住，一口气画出来。一派天机。

雪浪石啊雪浪石，东坡守着一块石头，像是守着一片海，临着一条江。滔滔江水，雪浪拍岸，凉风盈面。只消看一眼，就能置身天地山水间。

遗憾，东坡颠簸多舛的命运，连一块钟爱的石头也不能久随。来年被贬谪至惠州，人石分离。石头和底座下落不明。东坡念念不忘，在写给好友的信里几次提到雪浪石，"画师争摹雪浪势，天工不见雷斧痕。离堆四面绕江水，坐无蜀士谁与论"。除了东坡，谁还能跟雪浪石对话呢。

雪浪石是块什么石？经东坡的粉丝们研究，这块石头质地很一般。清初诗人王士禛曾目睹过雪浪石，他实话实说："石实无他奇，徒以见赏坡公，侈美千载，物亦有天幸焉。"东坡能解石中意，别人看不出那层意思，也就觉得没什么意思。

平常物，成了东坡挚爱。这也不怪。东坡爱的，正是浑然天成。

再看《枯木怪石图》。他笔下的怪石，既不是典型丑石，也不是几大产地的名石。准确地说，是路边一块顽石。

"顽"字背后，大有深意。

在纸上，我听见东坡的怪石喊着——千万别企图雕琢我！

不轻易接受改造，大约是中国文人的群体特色。纵观古今，有宁死不屈者，有隐而不仕者，有放浪江湖者，大约都是因为有把硬骨头。硬久了，风化成顽石。

又想起来，东坡曾作《咏怪石》。"家有粗险石，植之疏竹轩。人皆喜寻玩，吾独思弃捐。以其无所用，晓夕空崭然……"

话说，东坡家里，有块粗糙的石头，很是多余，差点被他当废品处理掉。谁知当夜，这块没什么用的石头，闯进了东坡梦里，对他说了一番富有哲理的话：你所说的那些有用的东西，其实都是"伤残破碎为世役，虽有小用乌足贤"，因为有用，而损伤了自己的真性，成了残缺不全者。而我虽然无用，但是，"震霆凛霜我不迁，雕不加文磨不莹，子盍节概如我坚"。多牛啊！东坡听了这番话，生惭愧心。

这块石头，是老庄的弟子。

明眼人看得出来，这是东坡在自编自演寓言故事。他心里羡慕那块无用的石头，艳羡它还保持着自己的天性。相比之下，现实中的自己，欲在官场放任个性、舒展棱角，却屡次碰壁，遍体鳞伤，终不得自由。"伤残破碎为世役"，东坡为自己感到痛惜。午夜梦回，东坡呼唤着他被政途磨砺损耗的天性。

入世乎？出世乎？一面是儒，一面是道。怪石是镜子，照出矛盾的灵魂！

枯木。

一棵枯萎的树，生命已然终结。然而它站在那里，经年不倒，保持一种姿态。是对时间的挑衅吗？脱离四季枯荣的轮回，被鸟兽投以冷眼，又几乎被人间遗忘。它存在的意义何在？

枯木，身子扭结，在旷野里站成问号。

东坡画枯木，是弘扬胡杨精神吗？——活着一千年不死，死后一千年不倒，倒下一千年不朽。

东坡不作鸡汤文，东坡只表自己心里的意思。

画枯木，东坡用枯笔、枯墨。枯，是干涩。笔墨在纸上，艰难地行走，凝滞、再行走，似一段不得志的政途，如一段愁苦的羁旅。

要把一截枯木的意思说清楚，是困难的。我猜东坡自己也不尽然能说清楚。能说清楚的，他都在诗词里说清楚了。说不清楚的，才画在画里。

我试着从宋代孔仲武的《子瞻画枯木》文里，截取几句诗，帮忙理解枯木的意思——

"日落时复停归鸦。"虽没什么实际用处，但夕阳西下时分，成了一群乌鸦的落脚处。暮色里，乌鸦、寒冷、凄凉。飞倦了，有个温暖归宿。

"树犹如此不长久，人世何者堪矜夸。"树木那么长寿耐风华，都终究有枯槁的一天，何况是人呢。人生苦短，如梦幻泡影般不可依凭。

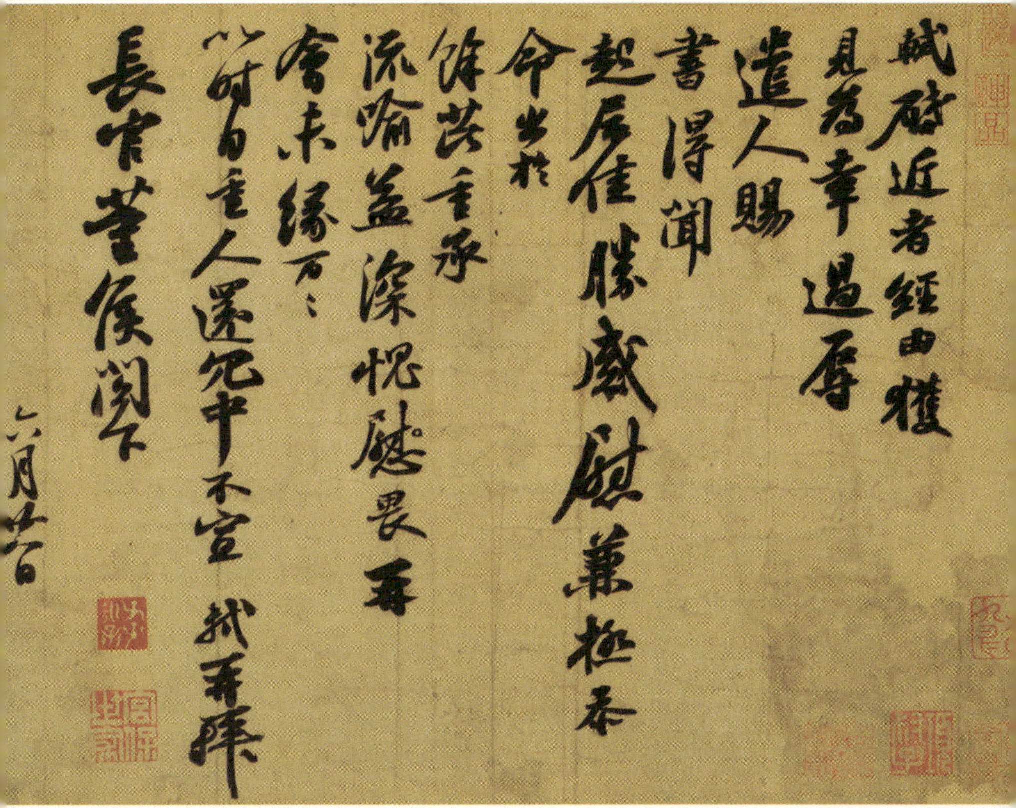

轼启近者经由辱
见为幸过辱
遣人赐
书得闻
起居催胜感慰兼挍奉
命出处
作报重承
流喻益深怍畏再
会未缘万万
以时自重人还匆匆不宣 轼再拜
长官董侯阁下
六月五日

宋四家尺牍纸本—苏轼

再看好友黄庭坚,他在《题子瞻枯木》里写:"折冲儒墨阵堂堂,书入颜杨鸿雁行。胸中元自有丘壑,故作老木蟠风霜。"老木历经了风霜,像东坡,栉风沐雨浑身都是阅历。这样的人,才配画枯木。

还有,米芾的理解:"子瞻作枯木,枝干虬屈无端,石皴硬,亦怪怪奇奇无端,如其胸中盘郁也。"

盘郁。东坡郁闷吗?东坡将郁闷长久地盘踞在心里吗?

东坡自己说:"心似已灰之木,身如不系之舟。问汝平生功业,黄州惠州儋州。"已灰之木——枯木——东坡的心。

追到这里,我愕然。止步。

诗文里的东坡,浪漫似李白,沉郁如杜甫,放旷超脱像他自己。

诗文里的东坡,既是"也拟哭途穷,死灰吹不起",也是"竹杖芒鞋轻胜马,谁怕?一蓑烟雨任平生";既是"看破人生路,万事转头空",也是"但愿人长久,千里共婵娟";既是"拣尽寒枝不肯栖,寂寞沙洲冷",也是"此身飘摇无处寻,此心安处是吾乡"。

文字里,东坡写自己的心情,时而苦恼感伤忧闷,时而快乐超仙界,归结起来,是三次流放生涯对东坡文学的玉汝于成。

画里,东坡画自己的心情。是竹,是枯木,是怪石。

清初画家龚贤说:"古人所以传者,天地秘藏之理。泻而为文章,以文章浩瀚之气发而为书画。"

按龚贤的说法,东坡书画,是文章浩瀚里生发出来的气。文章,能读懂。气,却是一种玄妙的东西。没有人能准确地形容,东坡画里的气,到底是个什么状态。

"苏公此纸,出于一时滑稽诙笑之余,初不经意,而其傲风霆、阅古今之气,犹足以想见其人也。"比如朱熹,他就说不清。打了个太极,说看了《枯木怪石图》,很想见见东坡其人。

东坡的亲弟弟苏辙也是,"东坡妙思传子孙,作诗仿佛追前人。笔墨堕地称奇珍,闭藏不听落泥尘。老人读书眼病昏,一看落笔生精神"。没正面说,只说读了东坡的画,连老眼昏花的人,都能打起精神。

如此说,我算哪根葱,偏要来读图。后悔给自己出了个大难题。画道之深,深不可测。东坡之意,千年不绝。写得再多,也还是与东坡的本意相去甚远。只是试着揣摩罢了。

# 已有丹青约

人物名片：宋徽宗赵佶（1082—1135 年），号宣和主人，北宋第八位皇帝，书画家。

宋徽宗的画，有一种伤怀之美。严谨的悲伤。我曾长久凝视他的一幅画，很想弄明白这种悲伤的缘由，但并不能准确地分解出其中拉动情绪的元素。借助历史，或许可以说，那是一个王朝的悲戚气息的某种暗示，又可以说，那是君王凄楚命运的预言。但都是牵强附会。我相信，艺术的直接指向，是情感与心性。

《听琴图》过于常见，反而不容易令人注目。某日我突然发现它的作用，是在扬州，宋夹城公园的图书室。那是一个供游人休憩的地方，可以喝茶、阅览，装点得古色古香。正对门那面墙，便是《听琴图》。那幅画，成为整个空间的点睛之笔，令其瞬间走向一种气息——典雅。

灰衣道人松下抚琴，红衣者、绿衣者听琴。现场，没有身份的强调。没有逢迎、唱和，三人各自在音律中寻找某种悠远。不论是

北宋 赵佶 《花鸟图册》

糟糕的皇帝，还是"六贼"中的奸臣，他们都是懂艺术的人。或许，曲终人散，他们继续干着为世人所不耻的事，但琴声起，他们是普通的"人"，他们互为知音。他们的深度"沉浸"，将时间切分为比一秒钟还要细碎无数倍的单位，停滞。你看到，抚琴人微微皱眉，淡淡的愁，是对生命流逝的敏感触觉。那一刻，你会被感染，仿佛听懂了他的弦外之音。

宋画的细节之美，准确地将瞬间情愫凝结于此。天下一人，至高无上的孤独与自恋，风华绝代。蒋勋曾说："宋徽宗有一种对美的极度追求，可是又发现美的无奈和美的绝望。"

虽然，《听琴图》的真实作者并不是宋徽宗，而是其掌管的画院的某画师，但宋徽宗作为画院总监的身份，直接决定着画作的风格和审美趣味。

再看，被公认为徽宗真迹的重彩工笔花鸟《芙蓉锦鸡图》，我也是禁不住眼泪要流下来。尽管这位艺术家皇帝竭力想要将他的绘画绝技表现出来，以此凸显宋代"格物"的风尚。据记载，他曾这样赞许一位宫廷画师的月季花："月季鲜有能画者，盖四时、朝暮、花、蕊、叶皆不同。此作春时日中者，无毫发差。"春天中午的月季花，这种准确性的写生方式深得徽宗欣赏。再回到他画中的锦鸡，那是他日日观察锦鸡的动静神态，胸有锦鸡，落笔才能呼之欲出。

话说，这种资源优势也只有徽宗具备。他曾在汴京花费巨资建了一个园子，名"万岁山"，也就是后来的艮岳。"括天下之美，

北宋 赵佶 《竹禽图》

藏古今之胜",像一个巨大的展览馆,奇花异草,怪石林木,还有各地进献的奇珍异兽。想象,走进这所园子,如同走进传说中的道教神山,满足徽宗极致浪漫的想象。有趣的是,有个市井人物叫薛翁,本以街头驯兽表演为生,毛遂自荐为艮岳管理鸟兽。某日,徽宗来到,薛翁上前施礼并发出号令:"万岁山瑞禽迎驾!"随着他一声长鸣,霎时间群鸟齐集,遮天蔽日,列队如仪作欢迎状。龙颜大悦。可以想象,徽宗是多么喜欢在这个园子里徜徉。

游玩,徽宗的趣味仍是高雅的。所见所想,多为其绘画创作服务,因为他曾很诚恳地说"朕万几余暇,别无他好,惟好画耳"。因此,在园子里徘徊久了,他能总结出"孔雀登高,必先举左腿"类似的画诀。在此之前,画草虫的名家巢无疑也有言:"某自少时取草虫,笼而观之,穷昼夜不厌,又恐其神不完也,复就草地之间观之,于是始得其天。方其落笔之际,不知我之为草虫也,草虫之为我也。"可见,宋人"精于刻画"的传统已经根深蒂固。只不过,普通画人,刻画的对象,只能是山间草虫一类的常见物。联想到白石老人的草虫,栩栩如生。不见华贵,却有质朴。

《芙蓉锦鸡图》的绚丽,多半是由锦鸡的色彩决定。又有芙蓉,蝴蝶,无尽繁华的代言,一派富丽堂皇。但再看,画中主角,那只扭着半个身子的锦鸡,望向右上方舞动的蝴蝶,表情呆滞。或许,不是真正的呆滞,而是对一切司空见惯的高贵,沉默。表面的华丽,与深沉的静默之间,巨大的反差,又将人带入一种伤感之中。似乎可以看到,宋徽宗赵佶的内心,是很阴柔深邃的。

想起他那首悼念刘皇后的《醉落魄》词："无言哽噎。看灯记得年时节,行行指月行行说。愿月常圆,休要暂时缺。今年华市灯罗列,好灯争奈人心别。人前不敢分明说。不忍抬头,羞见旧时月。"伤感,是理想主义者的沧桑与失落。痴情,亦是真心真性最直接的表达。

《芙蓉锦鸡图》题诗"秋劲拒霜盛,峨冠锦羽鸡,已知全五德,安逸胜凫鹥"。五德,指五种道德品性,"文、武、勇、仁、信",充满了教化的意味。这种经过大脑理性梳理的语言,是又忍不住端起了皇帝的架子。

徽宗骨子里不是一个高级画匠,而是风雅文人。这一点,连崇尚"士夫画"的苏东坡也无法否认。东坡曾有言:"观士人画如阅天下马,取其意气所到;乃若画工,往往只取鞭策皮毛槽枥刍秣,无一点俊发,看数尺许便倦。"但宋徽宗对于"形"的极致追求,是将"意"和"气",以一种静态的方式呈现,将匠气转为文气。即便按照苏东坡的评判标准,端详数尺,也是不会倦的。

或许,这与他追求画中诗意有关。据载,徽宗常以诗句为题,为其画院筛选人才。某次,他便出了当朝寇准的《春日登楼怀归》中的诗句作为考题:"野水无人渡,孤舟尽日横。"好了,画吧。画师们各显神通,但都不入徽宗的眼。只有一位考生画出了诗意——画中一摆渡人,手里横握一管竹笛,斜睡在船尾……悠闲、孤独,有一种"山静似太古,日长如小年"的寂寥。徽宗对此大加赞赏。

他自己的画,也在"所能"的基础上,超以象外,得其寰中,

北宋 赵佶 《戴胜图》

将准确本身化作一种诗意。比如元朝汤垕的《画鉴》中，曾这样描述徽宗所画唐玄宗骑照夜白通过栈道的画作："乍见小桥，马惊不进。远地二人摘瓜，后有数骑渐进至。奇迹也。"原作虽不可见，但单凭描述，便能想象那种忽远忽近，意蕴无穷的情境。

据载，著名书法家米芾曾被徽宗招聘到宫廷画院当教师，但也只干了不到一年的时间就离职了。我这样推测，米芾那种"米家云山"式的画法，虽属于高级的文人墨戏，但并不是徽宗的所爱，非主流。徽宗对待绘画的态度极其认真，并不容许丝毫戏谑。皇帝尚且如此，作为画院的教职工，应该更为谨慎精到才是。但这样一来又违背了米元章的个性。所以，离开便在情理之中了。

当然，宋徽宗的画，内涵并不是一个简单的"诗意"所能概括，应该是其文人品格的综合表征。

比如，他的"瘦金体"书法。宋徽宗很年轻的时候，大约不到三十岁，即形成了这种独创的风格。除了强大的自信之外，不能不说源自其对艺术的超强领悟能力。在中国书法史上，能够创造独特审美价值书体的书法家为数不多。大批书家一生临池不辍，苦于不能出前人窠臼。

宋徽宗书法初习黄庭坚，后又学褚遂良和薛稷、薛曜兄弟，并杂糅各家，取众人所长且独出己意，形成"瘦金体"，锋芒毕露又神闲气定。这种气质，也只他一人独有。

我曾以好奇心试着临摹"瘦金体"，发现难度相当大。笔画硬且细，缺点无处隐藏，想要笔笔准确端正，难之又难，只好作罢。

据说，这种笔法形状，与徽宗喜欢的一种鸟——鹤有关。

中国文化中，鹤与长寿有关，民间有"千年龟，万年鹤"的说法。虽然徽宗在登基之前，并没有对皇位有深切的觊觎，但既然坐稳了江山，还是渴望他的统治能够地久天长。这些想法，与其他皇帝并没有什么不同。但这位艺术家皇帝，他的梦想多了几许色彩。

宋徽宗经常抬头仰望，信奉道教的他，总是期待着来自天庭的表扬，表扬他将国家统治得如何精彩，一切的好征兆，都是盛世华章。

一一一八年十二月，数千只鹤从万岁山飞到上清宝箓宫附近，大家纷纷议论，这是祥瑞的征兆。为庆贺此情此景，蔡京作诗一首，宋徽宗也步韵唱和。"上清讲席郁萧台，俄有青田万侣来。蔽翳晴空疑雪舞，低徊转影类云开。翻翰清唳遥相续，应瑞疑时尚不回。归美一章歌盛事，喜今重见谪仙才。"

这幅熟悉的《瑞鹤图》，天空的颜色——石青色，幽蓝、深邃、迷离，是"天下一人"宋徽宗独有的梦境。

《宣和画谱》中关于画鹤，专门做了详尽描述："凡顶之浅深，氅之黲淡，喙之长短，胫之细大，膝之高下，未尝见有一一能写生者也。又至于别其雄雌，辨其南北，尤其所难……"宋徽宗的《六鹤图》，画了鹤的六种姿态，极尽优雅，成为后世画鹤的范本。

宋徽宗五彩斑斓的梦境，借艮岳得以实现。

艮岳于政和七年（1117年）兴工，宣和四年（1122年）竣工。正月初一，为庆祝艮岳建成，徽宗写文章纪念，情绪极其饱满：

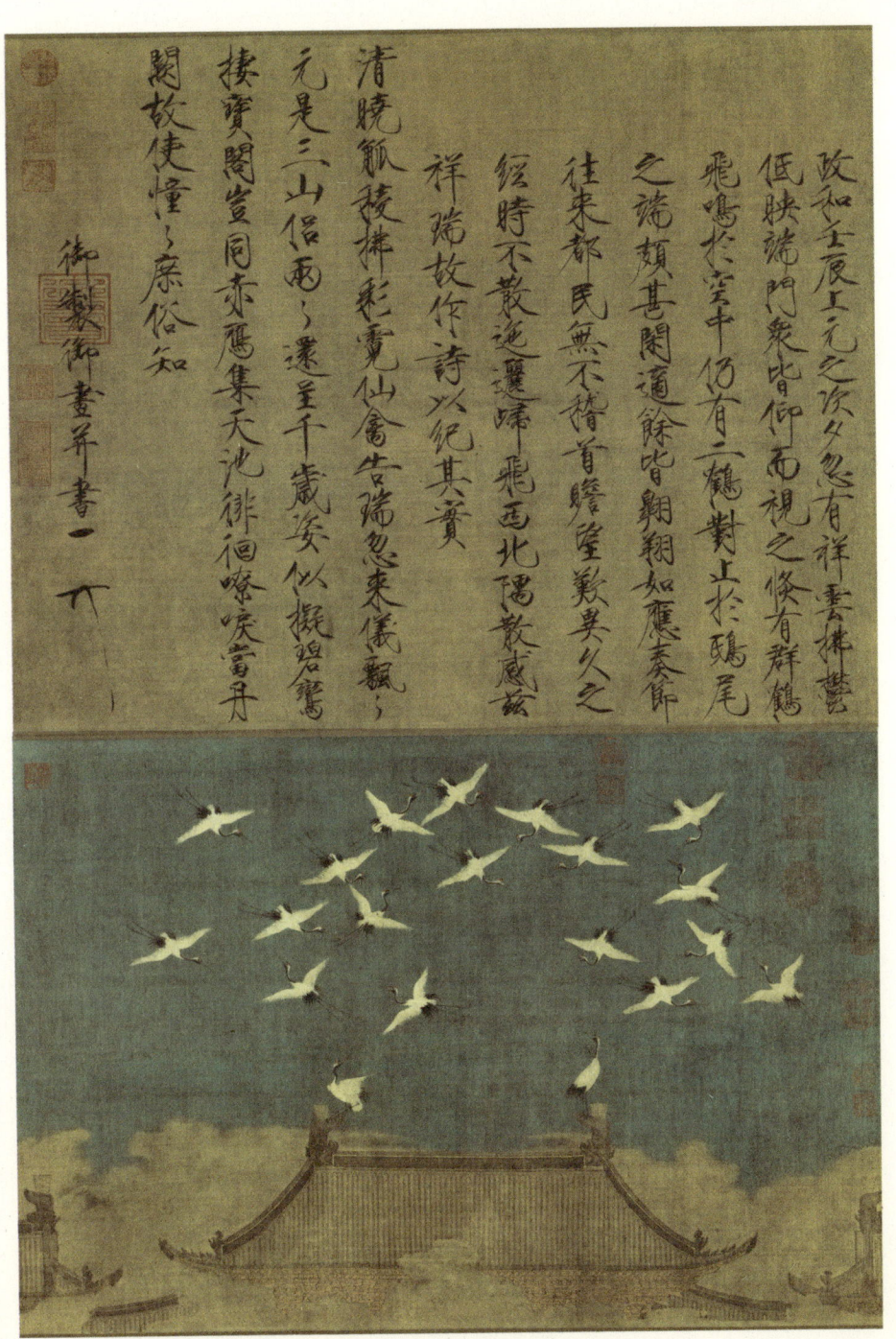

北宋 赵佶 《瑞鹤图》

"朕万机之余,徐步一到,不知崇高富贵之荣。而腾山赴壑,穷深探险,绿叶朱苞、华阁飞陛、玩心惬志、与神合契,遂忘尘俗之缤纷,飘然有凌云之志,终可乐也。及陈清夜之醮,奏梵呗之音,而烟云起于岩窦,火炬焕于半空。环珮杂还,下临于修涂狭径;迅雷掣电,震动于庭轩户牖。既而车舆冠冕,往来交错,尝甘味酸,览香酌醴……"

不得不说,徽宗太贪婪了。他对美的欲望、想象是无尽的。跟普通人不同的是,作为皇帝,他的欲望有了被满足的可能性。这十分幸福,也十分危险。他要将极致的美,全部收罗于艮岳。目之所见,鼻之所嗅,耳之所闻,舌之所尝,无不接近于天界。实现之后,他又害怕这些梦幻般的场景不能永恒,所以,最安全的方式,是将其画下来。拨开梦境的重重迷雾,是一个痴迷于"美"的脆弱灵魂。

是梦,终会醒。

造梦的代价,是"花石纲"的劳民伤财,"玩物丧志,嗜石误国"的民怨声四起。农民起义之后,金军兵临城下。靖康二年(1127年)三月底,金帝将徽、钦二帝,连同后妃宗室,百官数千人等押送北方,北宋灭亡。据说,徽宗听到财宝等被掳掠毫不在乎,但听到皇家藏书也被抢去,才仰天长叹几声。

被掳的徽宗在北行舟中,悲伤地低吟着"孟婆,孟婆,你做些方便,吹过船儿倒转",伤感且懦弱。

想起南唐后主李煜,这位大文学家永别他的江南往北宋汴京时,曾赋《破阵子》词:"四十年来家国,三千里地山河。凤阁龙楼连霄汉,玉树琼枝作烟萝。几曾识干戈?一旦归为臣虏,沈腰潘鬓消磨。最是仓皇辞庙日,教坊犹奏别离歌,垂泪对宫娥。"也是伤怀不已,缺乏帝王的豪气和担当。

总有人将这两位皇帝的命运编排在一起。据说,徽宗的母亲怀孕期间曾梦见李煜,由此推测徽宗是李后主转世。我猜,这种说法,该是杜撰。

一个缺乏血性的艺术家皇帝,历史将他的统治评价为"腐朽"的。他的艺术,却是不朽的。对此,相关的讨论已经足够多了。

那日,我看徽宗的《腊梅山禽图》,偶然生出了另外一种解读的角度,未必是徽宗原意。该图题诗:"山禽矜逸态,梅粉弄轻柔。已有丹青约,千秋指白头。"此诗前两句,像是徽宗自己柔媚的性情与心境的抒发。后二句,是写给我们,所有读画的人。是他与我们的承诺。不知曾在哪个远古的梦里,约定相见。他的一生,挥霍与屈辱,轻佻与磨难,都是为了在北宋的特定时空,与我们赴这场丹青之约。美好的,画下来,传下来。直至我们出生,用眼神和心灵承接。

## 米点传说

人物名片：米芾（1051—1107年），字元章，湖北襄阳人，北宋书法家、画家，与蔡襄、苏轼、黄庭坚合称"宋四家"。长子米友仁（1074—1153年），字元晖，世称"小米"。

书法家米芾，十分擅长制造典故。

他拱手哈腰，对着自己心仪的石头，至诚恭敬那么一拜，凝固为成语"米芾拜石"。他用毛笔蘸饱了淡墨，不经意地，在宣纸上一按，横着，又一按，定格成"米点皴"。宣纸上，层层墨点叠成一个风雨微茫的江南，江山蒙蒙水云里，人称"米家山水"。

米芾一生，盛产故事。最近集中读，时而会心。细想，米芾的启示，于我而言，大约是两个字——解放。

先看穿戴，米芾首先把自己从衣冠里解放出来了。《宋史》称他"冠服效唐人，风神萧散，音吐清畅，所至人聚观之"。米芾走到哪儿，都是相当的吸睛。他为自己设计的形象，是唐人衣冠。每次出门，他撤去轿顶，戴着高檐帽招摇过市。他曾穿着全套的唐服

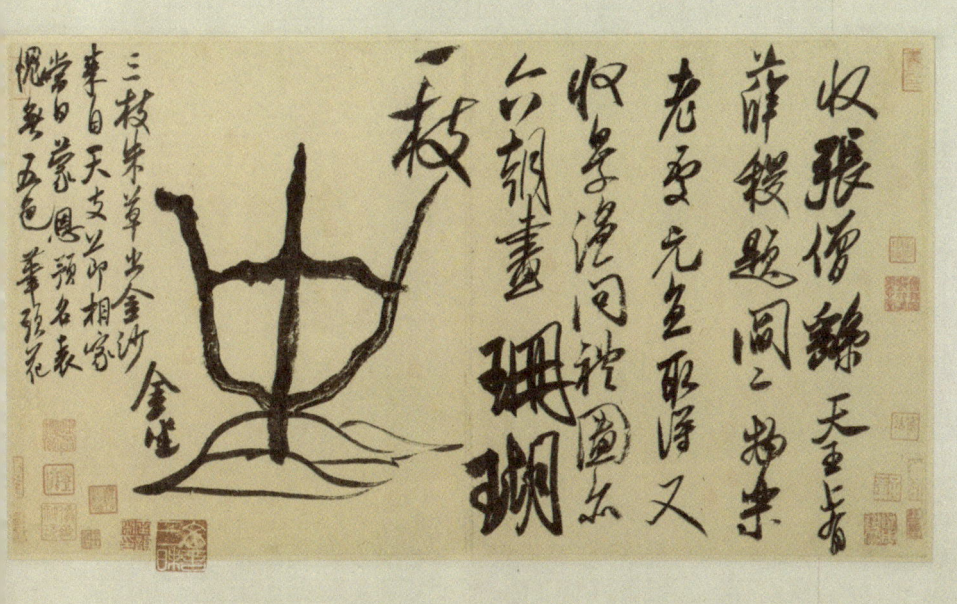

宋　米芾　《珊瑚帖》

参加驸马王诜召集的西园雅集,与会者还有苏轼、黄庭坚、秦观、晁补之等文化名流,他荣膺为诗集作序的角色。奇装异服,气度不凡,很是出风头。这一幕,被后来的很多画家记录在案,流传千古。

继而,他把自己从身份里解放出来。他爱奇石。一〇九七年,他在涟水(今江苏)当官的时候,对行政任务不怎么上心,整天驰游墨海,要么就是躲在书房里玩石头。纪委的监察官前去督查,正言厉色地警告他:"朝廷把这么重要的工作交给你,你怎么不认真管理呢?"米芾没搭茬,把自己心爱的奇石捧上前,只见石头玲珑嵌空,颜色极清润。见对方不理会,又取出一块。连取三块,还喃喃自语:"如此精美的石头,叫我怎么能够不爱呢?"那位检察官忽然改口:"不只是你喜爱,我也爱!"夺过奇石,登车而去,不再追究米芾的失职。

这是行贿吗?如果是,就不会传为美谈。米芾大人只是暂时忘记了身份,忘了官位这一回事。他把监察官当成了分享对象,从性情出发——这么好的东西,不动心才怪呢!果然引来了共鸣。

一一〇〇年,他在真州(今江苏仪征)任职,弄了一条船,把自己的斋号匾"宝晋斋"挂在船上,将自己收藏的古玩、石头一股脑儿全装在船上,只留一张席子的空间供自己起居。随时把玩,废寝忘食。一时间,这条"米家书画船"人尽皆知。黄庭坚有诗曰"澄江静夜虹贯月,定是米家书画船"。玩得这么高调,绝非从政者的路数。我猜,他不是刻意高调,只是兴致所至,难以自控罢了。

宋　米芾　《留简帖》

更有甚者,在皇帝面前,他依然搞解放。据说,宋徽宗经常召米芾进宫,写屏风。徽宗皇帝特许米芾使用御案上的砚台。老米对皇帝的砚台一见钟情,写完后,居然恬不知耻捧着砚台跪下请求说,皇上,这块砚台经过我的使用,已经被玷染了,没资格再作为御用了,就让它的宠幸到此为止吧。徽宗当然识破了他的小把戏,放声大笑,把砚台赐给了他。

这举动风险极大,有可能会掉脑袋。其实,老米不是胆子大,而是压根没想那么多。他实事求是,把自己对砚台的喜欢,坦诚地传递给了皇帝,让皇帝感同身受。那一刻,君臣的界限模糊了,身份隐去。徽宗似乎也很受用,自己从皇权身份里解放出来,这是少有的。看得出,徽宗十分惬意轻松。

继续被米芾当作枷锁抛弃的,还有名誉道德。据说他碰到自己喜爱的东西、字画奇石,不管是巧取豪夺还是其他下三滥的方式,一定是想方设法搞到手。他临摹的功夫很深,经常把别人的古本收藏借去临摹,以假乱真。归还的时候,让主人从原版和临摹版本中选一个,选错了,就只能自认倒霉。

一次,米芾得知蔡京的儿子蔡攸得到了一张王羲之真迹,并正乘船送往京师。于是,紧赶慢赶追到船上,软磨硬泡要看王羲之大作。蔡攸对米芾的为人相当了解,但碍于情面,只好先说定,只能在船上看,不可以带走。米芾满口答应。但一看到真迹,米芾不肯放手了,非缠着要用他珍藏的一幅画交换。苦求不得,就放声大哭。最后,威胁着要投江自尽。蔡攸知道,米芾绝对是什么事都做

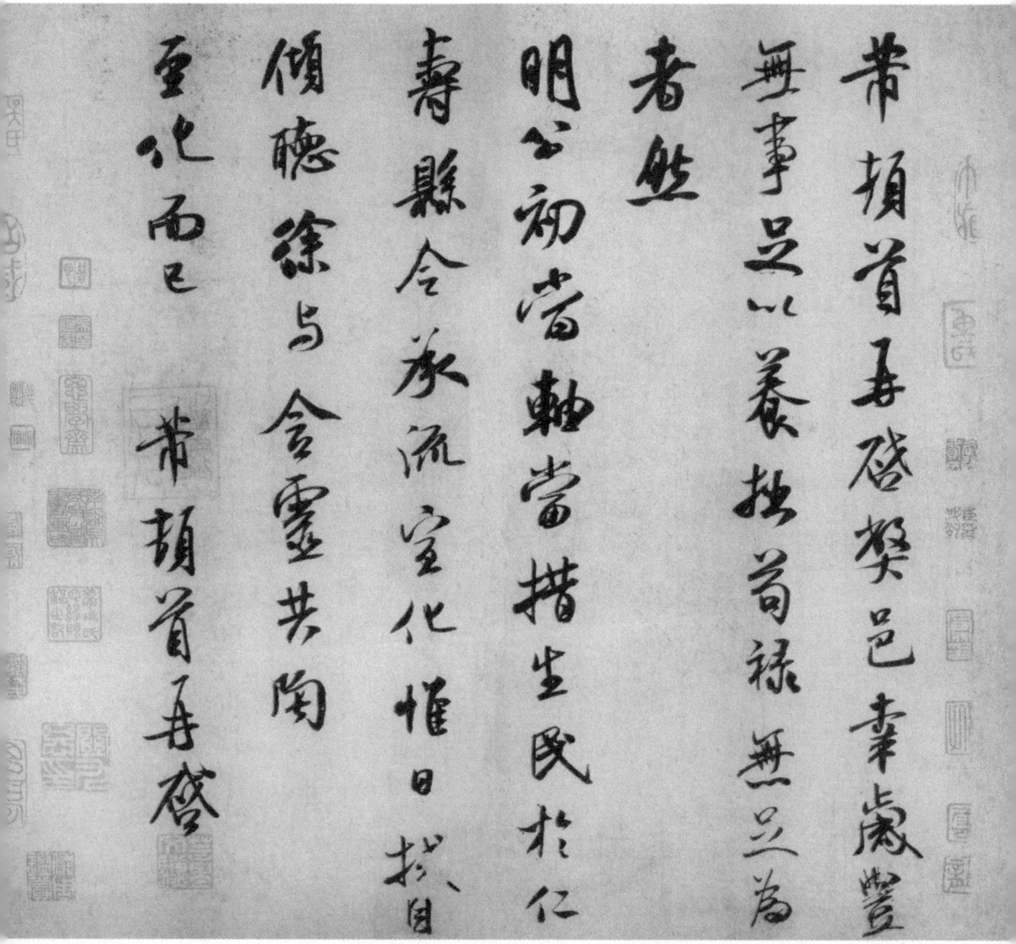

芾頓首再啟獎邑幸歲豐
無事足以養拙茍祿無以為
者然
明公初當軸當措生民於仁
壽縣令承流宣化惟日拭目
傾聽徐与含靈共陶
聖化而已 芾頓首再啟

宋 米芾 《岁丰帖》

得出来的，被他纠缠得没办法了，只好跟他换。得逞后，米芾马上变了笑脸儿。

对文人来说，气节、名誉，应该比命重。但在米芾看来，满口的仁义道德，实在是很无趣。他不在乎自己的坏名声。好在，大宋朝的文化环境是相当宽松的，对待士人的态度也相当包容。后人论及米芾，赞誉很多。那些巧取豪夺，用孔乙己的话说，都是些"读书人的事情"。

米芾活得极为舒展，得了一个"癫"字，史称"米癫"。我查字典，"癫"，意为精神错乱。米芾我行我素，思维不在正常人轨道。"癫"，既是客观描述，也是一种承认和谅解。有了这个名号，世人对他的容忍尺度，又放宽了很多。

回到绘画。癫人米芾，一看见时人崇尚的李成、郭熙笔下高大上的山水画，就眉头紧锁。在他看来，这种循规蹈矩、崇高伟岸的画风，无异于一碗毒鸡汤，绑手绑脚，不得自由。

他独爱董源。

董源其人，历史上记载不多。他是南唐时候的宫廷画师，掌管皇家后苑园林的设计修建工作。他的画一般分两种，一种是为皇家服务的着色山水，取法李思训，下笔雄伟、重峦绝壁，华丽，壮美。还有一种，是他自己想画的山水江湖。表达的，是他心里的意思。

董源心里，和风细雨、林霏烟云、汀渚水岸，都是目之所及的平常景物。平常极了，平淡极了。《庄子·刻意》说："淡然无极而

五代　董源　《潇湘图》

众美从之。"苏东坡也说:"绚烂之极,归于平淡。"文人墨客看了董源,想要吟诗。

这一类画,只是董源的自娱自乐,像写日记一样的,在当时毫无影响。但令米芾大为感动。要知道,作为评论家的米芾,是相当苛刻的。连当时被誉为巧夺天工的画家黄筌,在他眼里,都只落得一个"俗"字。

他评价董源:"平淡天真多,格高无与比。峰峦出没,云雾显晦,不装巧趣,皆得天真。"他认为,董源的画,不拿腔拿调,不巧取迎合,得到了天真。

米芾本人,就很天真。"天真"一词释义:不受礼俗拘束的品性;心地单纯,性情直率,没有任何做作和虚伪。正对了米芾的路子。

我看董源画,也是感慨,"天真"一词的魅力,无以言表。所以,《潇湘图》之美,竟无以传递。为此,我查阅虞集的《二十四诗品》,想要准确地诠释"天真"一词的意境,却落空。只有同义词"自然"——俱道适往,着手成春。月到天心处,风来水面亭。

董源的画,抽离了自己的情绪,平淡,再平淡,剔除了作为人的干预、说教,下笔极其松弛,将山川水月,一片澄明的天机,自然呈现。江天一色,幽渺空蒙。干净,柔软,悠远。

回到米芾,还是围绕那两个字"解放"。他觉得,董源把画家的画笔解放出来了,不再板着脸,非要画出个什么惊世骇俗的风景。而是本真、自然地呈现。后来的董其昌也和米芾看法一致,说董源画有一种"萧散"之美。萧散的,正是法度。

别人做加法,苦学技法。米芾提倡,先抛却技法,真实地表达。在米芾看来,笔墨还可以进一步解放。随了心画,怎么画就怎么是。他本来就没什么思想包袱,拿着毛笔轻装上阵,用淡墨,一点、一点,淡墨轻岚,点染出他心里的江南。山不高,水不深,一切雾蒙蒙的,有水汽。很多人拍手称绝,觉得米芾直抒胸臆的画法实在是太高明了;也有另一派,大跌眼镜,觉得他把绘画引向了邪路。在争议里,"米点皴"火了。

遗憾,米芾山水画无一流传下来。他的米点皴,差点成为一个空荡荡的传说。庆幸,米芾的长子米友仁,继承了米点皴。人称"小米"。

比起父亲的狂放不羁,小米有所收敛。但家风难舍,他对古玩趋之若鹜,癫狂的程度却远逊色于他老爹。有个糗事被流传下来。话说有人售卖戴嵩的《牛图》,米友仁借回来数日,重复米芾的招数,还了一个摹本给别人。不料,人家杀回来,要求真本。米友仁辩解,却被人拆穿:"牛目中有牧童影,此则无矣。"你这临摹的,牛的瞳孔里没画牧童啊,很是尴尬。这故事,顺便给戴嵩做了广告。

米友仁学着父亲的样子,把米点皴练习得出神入化,他不再用传统的笔法画峰峦、树木、云水,而是全用墨色。据说,他还用甘蔗渣画画,只要能呈现效果,不论过程。很多人对此嗤之以鼻,但他将计就计,称之为"墨戏",更洒脱。"米氏云山"成为品牌。

流传的米友仁《云山墨戏图》，画沿江景色，雾气迷蒙，屋舍隐现，十分梦幻。《潇湘奇观图》更是云雾渺渺。米氏云山，山都在云里。

评论家说，一般人画山，只能画雨山、晴山两种。但即将雨过天晴的，夜雾将要消散、在黎明升腾成烟的，薄雾已经散去又重新聚集的，这么多明暗变幻的山，甚至，山连着水，在云雾里若隐若现……这些都很难画。只有捕捉到自然真意，用墨技法高超的人才能做到。比如米友仁。

小米自己总结说，画画，要达到"老境"，一点的尘俗都不能沾染。要像僧人一样，在空寂的房间里静坐，把所有的忧虑都忘却了，与虚空融为一体。这是画画的准备活动。

如此说来，在"解放"的层次上，米友仁比他老爹保守得多。癫人米芾，是随时与万物浑然一体的，心头没什么挂碍。说是解放，实际上，连"解放"二字，都无迹可寻，只是便于世人理解罢了。而米友仁，还需要一个安静的房间，做做准备工作，进行切换。

世人皆知的，米芾拜石。眼下，收藏石头的人满世界找石头，观察石头里有什么纹理。每逢有个弓腰的人形，总说那是米芾拜石。米芾想拜石，现代人，想要拜米芾。

米家山水，后人多有顶礼膜拜。拜的，大约也是米芾。

## 六柿如意

人物名片：牧溪，俗姓李，佛名法常，四川人。南宋画家，具体生卒年月不详。

钢琴接住倾泻的月光
琴键被流水压迫
交错，跃动
向下俯冲
透明的小夜曲
挂在天上
冰凉

墨柿子在虚空里，飘浮
黑，白，灰
浓淡，疏密
最大的那一颗

紧咬嘴唇

谁也别想逼他吐出

形式主义的密码

　　——读《六柿图》有感


　　南宋和尚法常笔下,《六柿图》一出,即引来众人目光。看过此图的人,大多心头一惊,像是被击中了软肋。继而,又在心里画个问号。敢问法常,你究竟要表达什么意思?法常沉默。他从不题跋,没留下只言片语。

　　法常无话可说。

　　他是个脾气相当倔强的人,年轻时曾中了举人,本可以官运亨通,却是这也看不惯,那也看不惯,终于被朝廷政治的腐败所刺伤,出家为僧。剃度后的法常,专注修行和绘画。五十岁后,他住持西湖边的六通寺,目睹权臣误国、世事日非,又挺身而出,斥责奸臣贾似道。事后,遭到追捕,直到贾似道败绩,法常才又重新露面,二十多年隐姓埋名。

　　世事险恶,艰危历尽。多年来,青灯古佛,苦苦参悟"看破"与"放下"的人生真谛,法常已经无话可说。

　　有人说,法常深谙几何的某种定理,按照数学逻辑推算,确定了六个柿子的位置,还有色彩浓淡,成功安排出最符合审美规律的形式。

　　也有人说,六个柿子,象征佛教曼陀罗,中间用墨最浓的那一

宋　法常　《水墨写生图》局部

颗,象征"主尊",佛教中的宇宙秩序,就藏在这几颗柿子里。

显然是南辕北辙,无稽之谈。

或许,可以换一种路径去探析。你可以试想,深山古寺,寺院角落里最为幽静的禅房,正是法常闭关禅修的处所。他双目微张,神情安详,结跏趺坐,整日苦苦参悟"念佛者是谁"的禅机,心凝一处。在修行间隙,他起身,经行,伫立于窗前。彼时,正值深秋,窗外的柿子树,果实早已熟透,叶子落尽,一派萧瑟。枝头,鸟雀正顽皮地啄食。树下枯草丛里,几颗坠落的柿子,寂然而坐。万物,在那一刻静止。法常心有所悟,展纸提笔,随意几下涂抹,成了《六柿图》。

这六个柿子,是法常心里的意思。法常的意思,连法常自己都不清楚。和尚法常,画的是禅画。要想明白法常的意思,先要明白"禅"的意思。

禅是什么意思,此处省去一万字。禅宗认为,所有的佛经,都相当于一片树叶。小孩子哭闹的时候,拿来树叶,到眼前晃一晃,小孩破涕为笑。好了,树叶扔掉。佛经,那些一字一句教人开悟的纸张,不能当真。禅宗主张,不立文字。全靠心的体悟。

所以,在文字里找禅,无迹可寻。王维的诗里,或许有,"人闲桂花落,夜静春山空。月出惊山鸟,时鸣春涧中",是稀释的禅。摩诘居士心有体悟,却也道不清楚,何者为禅。只将禅意之美,掀开一角。

对比王维,法常的表达更为纯粹和直接。法常毕竟不是文人,他比王维，离世俗更远。禅画，是他的修行笔记。

如此，这六个柿子的意思，无从描述。它们散发出来的能量之大，亦不可名状。与之对视，像是被极为柔软的东西击中，那种感觉称得上神秘。或许是，流逝的生命中，有那么一个瞬间，正被法常握在手里，铺在眼前。活着，从生到死，每一个片段，都是一件无比严肃的事情。

联想到，曾读过一册薄薄的书《射艺中之禅》，似乎可以从某个角度说明，什么是禅。作者是个叫赫立格尔的德国人，跟随中国禅师学射箭。一把极难拉开的弓，作者身强体壮，却毫无办法。禅师教他，不准肌肉用力。不是用力气拉，而是用心。要全然进入一种无意识的状态，彻底空却自我。按照禅师的传授，学射者须做到不再与所射的目标对立，而是与之浑然一体，也就是"无我"。赫立格尔苦练三年，学到了禅。以禅法射箭，百发百中。

有点玄妙，却也不是完全摸不着。我试着理解，禅，该是"解衣般礴"的极致状态。文同画竹，李公麟画马，吴镇画梅，多少都有这种功夫。

禅者法常也是如此，把自己的意识，从"画什么""怎么画"当中抽离出来，让笔端纯粹得像射箭者松弛的肌肉，不用力，胜过千钧之力。

法常画山水，《潇湘八景图》云烟飘渺，像是米家山水的墨戏，意境却比之更为出尘。他笔下，两个冬瓜，一棵白菜，是没有烟火气的生活禅。法常画一只鸟，独坐枝头，是正在思想的问道者。空无所有，神色怡然，你望不尽它内心世界的深邃。法常画竹，浓淡相间。透过竹的某个瞬间，却是可以延展到竹的一生。生生灭灭，唯一梦耳。余韵无穷。

但在当时的文人画领域，对法常的评价并不高，元人汤垕著《画鉴》说："近世牧溪僧法常作墨竹，粗恶无古法。"明朱谋垔在《画史会要》中也说："法常号牧溪，画龙虎、猿鹤、芦雁、山水、人物皆随笔点墨而成，意思简当，不费妆饰，但粗恶无古法，诚非雅玩。"

"无古法"，正是禅者的"破"。无疆无域，自由驰骋于心。石涛和尚说的法无定法，也正是借用了禅的智慧。绘画史上多次"别开生面"，都有禅的基因。"诚非雅玩"，又是禅画对文人画的超越。不囿于"雅""俗"的二元对立，脱离了文人情趣，直面生命之本质。

好的艺术，终究会发出耀眼光芒。后世，有一大批与法常心灵相通的人，被法常的画深深感动着。"明四家"的沈周，受法常笔墨意趣启示，开创出文人写意花鸟画的全新画法。清初画坛"四僧"，受法常影响颇深。

最受这六个柿子长久震撼的，是日本人。《六柿图》正是被日本京都龙光院藏。法常的大部分画作，如《潇湘八景图》《鸟荷图》……被当作日本国宝收藏。法常的艺术，在日本开枝散叶。多年来，那种意味，分解、组合、再分解，化为体积极小的因子，飞散在日本活色生香的日常里。

日本艺术与法常绘画的水乳交融，我取几个关键词：

朴素。略有逼仄的居酒屋，不起眼的外墙，低调的招牌。深入内部，昏暗、粗粝、陈旧、简单得近乎清贫。所有的器物，都在时光里行走了多年。微弱的灯光，照亮菜谱，来访者的心，随之沉静。远离了繁华，拨开杂草枝蔓，回到安静、质朴的日常。如《六柿图》，摒弃了色彩，全然墨色。

寂。著名设计品牌无印良品，是极简主义的化身。日本茶室，木色茶桌，摆一枝清菊。插花，多用枯枝。枯，即是寂。生命尽头，是极致的静。在诗人国木田独步的笔下，寂，是"一夜风雨，遍地残荷。田禾收割已尽，满眼冬枯景象"，是"秋空一碧如洗，树叶光耀如火"。在散文家德富芦花笔下，寂，是"古钟楼上，夕月一弯"。寂，在宣纸上，是简笔，是留白。《六柿图》，是极简主义者的依凭。

刹那。樱花飘零，从枝头向泥土俯冲，从生到灭，刹那，一个牵着一个，照见生命之轮回。能乐舞台，讲究"一打一音"后的停顿，制造余韵。他们甚至迷恋，青蛙跃入水池泛起的涟漪，体味瞬间之美。六柿组合，不是最美的瞬间，却是与永恒最为接近的瞬间。刹那与永恒一经相遇，便会揭穿时间的谎言。

遗憾，至今，我还没去过日本，只是在书里读。试想，在那个国度漫步，庭院、山水、街巷，定有某些场景，会让我想起，南宋的中国和尚法常。

近八百年过去了，六个墨柿子，已被风干成了柿饼，扁扁的，圆圆的。在纸上,似印章,连刻六个"谜"字。我想,这个谜,并非不能意会。只是提醒着我们,语言的蠢笨。

# 出　尘

　　人物名片：倪瓒（1301—1374年），初名倪珽，字元镇，号云林子，江苏无锡人，元末明初画家、诗人。与黄公望、王蒙、吴镇合称"元四家"。

## 一　白云自可怡悦

　　本文写"元四家"之一的倪瓒，却从元末散曲作家张鸣善说起。

　　张鸣善在《水仙子·讽时》中，将元朝当政者比喻为"五眼鸡、两头蛇、三脚猫"。三者都是世上并不存在的怪物，暗指官僚行径之卑劣荒谬。大胆老辣，极尽讽刺。现实主义色彩力透纸背。

　　倪瓒和张鸣善的关系，是否有交集，无从考证。但倪瓒的《折桂令·拟张鸣善》，已成为其诗文代表作：

　　"草茫茫秦汉陵阙，世代兴亡，却便似月影圆缺。山人家堆案图书，当窗松桂，满地薇蕨。侯门深何须刺谒？白云自可怡悦。到如何世事难说,天地间不见一个英雄,不见一个豪杰!"

这首小令有很强的音乐感。读来齿间清爽,又意蕴不绝——秦皇汉武的山陵和城阙已经荒草萋萋了,世代兴亡江山易主,如同月圆月缺一样自然。我家案上堆的都是书画,窗前栽满松桂,地上长满薇蕨菜。何必将目光投向侯门呢,白云自可怡情悦性。看茫茫天地间,不见一个英雄,不见一个豪杰。

同样出生于乱世,倪瓒的情绪跟张鸣善截然不同,他更为冷静。倪瓒在高处,冷眼看世间乱象、王朝更替。放眼望去,哪里有什么英雄豪杰的影子呢!

这也许是最理直气壮的目中无人,跟那些谦谦君子儒生全然不是一个腔调。与其说崇敬圣贤是一种谦恭之美,那倪瓒式俯视红尘,何尝不是一种超脱之美。

最迷人的,是"白云自可怡悦",陶陶然随风自乐。联想到,倪瓒早年藏有一块奇石,上刻"飞云"两字,笔法流动。明正德年初,石头被海虞钱氏收藏,却不知出处。恰巧遇到沈周,指认出这正是倪瓒的心爱之物,久置清閟阁中。倪瓒出游时,曾随身携带,后来转赠友人。众人得知,连忙珍视起来。文徵明还特为此作《飞云石图》,用题跋讲述了此番来历。可见,众文人对倪瓒的崇拜程度。

飞云,自在自由,不为一切所缚。

目中无人的倪瓒,画里,也见不到人。

倪瓒作画,人迹,常以空空一个草亭代替。茫茫天地间,空荡

三春雷雨蒼龍角
萬里雲霄翠鳳毛
怪得君家圖畫裏
虛窗涼月夜蕭騷
余詮

清閟當年風度雲
林此日襟期每向
詩中見畫今於畫
裏觀詩吳盧充賴

木客夷吟秋露翻山空無
人石楊寒不侶名家子千
谷雲棋畫下玄都壇
會稽唐肅

彭釣枷笛碧錯刀
終宵神坡陛崴寒
這不似陳時真
家楚

萬里雲霄翠鳳毛
望幾筒石礫珣生平
立壁真成醉笑怪鳥
藤未往頻 于思禮

已然古木石巖幽移得江
南一段狄共説倪君知箇法
數竿蕭洒更風派
河南高巽志

喬木千章高出雲幽
流光冉冉鶖波文物空思
晉永和邇寶重尋舊城郭
當詩風支之無多王遂

元 倪瓚 《古木竹石圖》

荡像是有人要来，也像是刚刚离去。江面，不着一笔，不见一丝波澜，更看不见船只、渔夫；天空，不见风，亦不见云；暮色，不见一抹晚霞，一只昏鸦。你所看见的"有"，正是他在表达心中的"无"。

如此一来，一幅画，终于符合了他的性情——深度洁净。

云林有洁癖。作画之前，他需要很多水。先洗手，随之将太湖的石头洗一洗，冲刷得一点尘土都没有。之后，把树洗一洗，枝干叶子历历分明。洗一洗山，令其上方空气透明，完全没有雾霭笼罩。最后，连岸边沙石，云林也将其淘洗干净了，清清爽爽，可作案头清供。

云林有耐心。他花了大把的光阴，用来清洗。洗身洗心。似乎总感觉沾染了世间的不洁净，处理任何事之前，他都要洗。

会客之前，他要洗澡。那次，道人张雨上门拜访，在客厅等了半天也不见人，书童来报，说云林先生正在沐浴呢，准备接待贵客。张雨大为感动，将云林当作生死至交。或许，当时云林也只是延续着这一习惯罢了。

又听说，云林将喜欢的歌妓接到家里，令其洗澡，反复洗，还是觉得不干净，一直洗到天亮也没碰一下。

最著名的，是他清洗梧桐树的逸事。给梧桐树洗澡，起因或许是某文友将一口痰吐到了梧桐树上，具体不得而知。总之，家中仆人成群，各司其职，像举行一项重要仪式，有人端水，有人上树，将梧桐树洗得找不到一粒浮尘。云林在旁监工，唯恐他们敷衍了事。

元　倪瓚　《秋亭嘉樹圖》

如此，云林洗桐，洗成了典故，洗成了诗。遗憾，水至清则无鱼，梧桐树究竟经不起多番折腾，日渐枯萎。

云林洁癖，依然故我。

## 二  所居有阁名清閟

云林的日常，是一点也不急的。毕竟，他也没什么正经事可做。这种"不务正业"的日子，他从小就计划好了。这是他的梦。或者说，他一直生活在这种气氛中，闲即是忙，并未觉得除此之外还应该做些什么。作为读书人，他没有济世愿望，更没有立言立德的雄心，只随着自己的性情做事，简单直接。风雅，是骨子里的。

后世反复证明，倪瓒式风雅，不可复制。倪瓒出生于富豪之家，祖上留下丰厚家业。虽然父母早亡，但他的哥哥倪昭奎是社会活动家，勤于治业，弘扬道。建玄文馆，作为道家上层人物将事业搞得很红火。倪瓒在其呵护下，生活随心所欲。云林之欲——建清閟阁，遍藏名家书画，整日清赏把玩。又搞文人雅集，将一群风流才子、文人墨客会集在私家园林里，喝茶赏画，坐而论道。

我想试着还原彼时云林生活的风雅场景，无疑遭遇了想象的困境。只好借助明诗人周南老的笔记，一窥其中细节："所居有阁，名清閟，幽迥绝尘。中有书数千卷，悉手所校定，经史诸子、释老岐黄，记胜之书，尽日成诵。古鼎彝名琴，陈列左右；松桂兰竹香菊之属，敷行缭绕，而其外则乔木修篁，蔚然深秀。故自号云林……

元　倪瓚　《梧竹秀石圖》

平生无他好玩,惟嗜蓄古法书名画,持以售者,归其直累百金无所靳。"

云林读书多,"尽日成诵",像是有过目不忘的本领。一肚子学问,不用来著书立说。唯一的爱好,即是收藏。千金万银,从他洁白宽大的衣袖里,忽而散尽。古帖名画,纷纷涌进清閟阁,给他带来极大快慰。每天欣赏各种艺术珍品,与之隔空默语,日子过得寂静且充实。

用世俗的眼光看,云林先生不会赚钱,只会花钱。他擅长的,不是创造物质财富,而是将物质财富转化成精神快慰。将有形变为无形,世俗来看,是不是一种败家?

除了清閟阁,倪瓒还建有云林堂、逍闲仙亭、朱阳宾馆、雪鹤洞和海岳翁书画轩等园林别墅。内置陈设相当考究,不彰显富贵,处处以文心雕琢。张端《云林倪先生墓表》写:"清閟阁借以青毡,设仃履百两,客至易之始入……雪鹤洞以白毡铺之,几案则覆以碧云笺……"

"斋阁前植杂色花卉,下以白乳其隙,时加汛濯。花叶堕下,则以长竿掇取之,恐人足侵污也。"

地上铺纯白的毯子,用牛奶浇花,绝不能让花叶落在凡人的脚边……讲究的程度令人咂舌,怀疑倪云林是从天上下凡的神仙,一点烟火气都不染,高洁得不近人情。据说他还首创"莲花茶""清泉白石茶",宋朝宗室后裔赵行恕慕名前来,倪瓒奉上糕点和茶。赵行恕只顾着吃糕点,完全不能识得这茶的稀贵。倪瓒鄙视至极,遂绝交。

想起张岱和他的兰雪茶。只是倪瓒却不屑于将这些贵族化的生活方式拿出来展示。如此，源于其内心的富足。

贺知章曾称李白为"谪仙人"，杜甫也在诗中写，"自称臣是酒中仙，天子呼来不上船"。但另一面，李白听见天子的召唤，兴奋得狂喜，"仰天大笑出门去，我辈岂是蓬蒿人"。诗仙一生被"功名"二字所困顿。李白式潇洒，毕竟不彻底。他喜欢热闹，常站在舞台中央聚光灯下，等待众人的掌声。

相比李白，云林的仙气更足，纯粹，冷逸，决绝。他沉浸在自我的怡悦中，迥然出尘。

## 三　蜗牛居夜谈

一个人，当他全然不顾世人眼光的时候，谁也拿他没了办法。倪瓒便是如此，任你赞美他，贬损他，跟他都不相干。然而，命运最喜欢惩治清高的人。你越清高，他越是强迫你低头。

倪瓒的性情，直接为他引来祸端。比如，元末起兵的首领张士诚，其弟弟张士信差人带着金银拿着绢请倪瓒画画，他怒道："倪瓒不能为王门画师！"当面把绢撕毁，退了钱财。后来，一次泛舟游太湖，正巧遇到张士信，后者伺机报复，把倪瓒捉来痛打一顿。挨打的倪瓒，牙关咬得紧紧的，一声不吭，"一出声便俗"。这一回合，倪瓒赢在精神层面，但以皮肉之苦为代价。

高洁的倪瓒,终究要面对污秽现实。

元代,是一个寒冷的朝代。元代初期,蒙古族统治者划民四等,带有严重的民族歧视意识。又倡儒轻佛,废除科举,阻断了读书人仅有的仕进路径,使之沦为时代弃子。到了元末,吏治腐败,横征暴敛,苛捐杂税名目繁多,大批蒙古贵族抢占土地,导致社会动荡,百姓破产流亡,无计为生。在这个"兵戈四起,岁无宁日"的乱世,士子心中大都郁积着生不逢时、命运多艰的情绪。

倪瓒的哥哥去世后,家业自然交到倪瓒手里。柔弱书生显然不善经营,中途家道沉沦。大约自他四十七岁左右,举家开始避乱。他不得已放弃祖上积累的财富,离开他精心构建的清閟阁,在松江、浙北等地漂泊。

现实的教训,时事多艰的磨砺,残忍而深刻。不知洁癖的倪瓒,在避难途中,是否能保持频繁的清洗。是否动过在凡间苟且的念头?

元至正壬寅年冬,十二月九日夜,在一盏昏黄的篝灯前,倪瓒生发了一点感慨。我们且当日记来读——

那天,在笠泽的蜗牛居,我与好友陈惟寅围坐闲谈。门外,北风呼呼地号叫,满地清霜在月下分外耀眼,窗户上映出凌乱树影。屋里屋外,俨然两个世界。我们二人,时而交谈,时而沉默。"瘖痖千载,世间荣辱悠悠之语不足以污吾齿也"人人说我迂腐,但我就是我,坚持老样子,本性如此。岂能因别人的议论而改变自己的操守……

元 《倪瓒 林亭远岫图》

写到此处，并未结束，后面跟着"陈君有古道，夜话赴幽期。翳翳灯吐焰，寥寥月入帷"等场景描写，清淡优雅，俨然置身画中。

我刻意将"瘖痱千载，世间荣辱悠悠之语不足以污吾齿也"一句保持原文。这一句，正是倪瓒风度。这一句告诉我们，倪瓒依然不落凡俗。这一句，照亮冬夜。

彼时，倪瓒的处境已经十分艰难了。文中所说的蜗牛居，便是他暂时避难的居所。明天将去向哪里，他不知道。

回到那个幽寂的冬夜，倪瓒跟好友秉烛夜话。聊些什么呢？可聊的话题很多，聊聊政坛的腐败，聊聊眼下风起云涌的农民起义，聊聊自己沦落天涯日渐憔悴的际遇。或者，聊聊其他好友的糗事，比如杨维桢，自从那次雅集，他用歌妓的舞鞋当作酒杯来饮酒，深度洁癖的倪瓒，就再也没跟他来往过……话题这么多，但倪瓒一个也不屑。与其谈论这些俗世是非，倒不如沉默。世间荣辱不足论，以免玷污了自己的唇齿。

双腿陷在淤泥里的倪瓒，心却游弋在高空。

## 四　一场文化接力

庆幸，云林是艺术家。这一身份，使他的超凡脱俗有了绝佳的表达空间。脱俗的心境，成就脱俗的艺术。

云林是绘画史上将"无功利"演绎得最为彻底的画家。云林笔

元　倪瓚　《水竹居圖》

墨,那么严谨,又那么"松弛"。松弛,正是源于其性格的天真无碍。艺术是其心灵本色。他志不在谋生,志不在青史留名,志不在画好画。全然没有名利心。笔墨的纯净,亦是他日常清洗的结果。在每一个作画的当下,他的神经是那般放松,那般沉浸,那般享受。

当"随性涂抹"的倪瓒笔底呈现"水不流、花不开"的寂静画面,所有人为之陶醉,为之震撼,为之失语。尽管,他的图式是单调的,远山近水枯树,单调却纯净,单调成永恒。最后,连单调本身,也提纯为一种风格象征。

后世文人趋之若鹜,模仿云林笔墨,每每不得要领。

明代文史学家王世贞说:"元镇极简雅,似嫩而苍,宋人易摹,元人难摹,元人犹可学,独元镇不可学也。"

清代画家方薰也说:"云林大痴画,皆于平淡中见本领,直使智者息心,力者丧气,非巧思力索能造。"

最后,临摹云林画的"失败者"总结出,云林越是不可学,越能说明中国画的魅力。"外师造化,中得心源",心性的密码,至今无人破解。欲学云林画,先拟云林心性。而云林心性,如何能够企及呢!

对云林高士的膜拜情绪,在艺术史的长河里绵延。比如,元末隐士曹善诚根据云林清洗梧桐树的故事,建有"洗梧园",以表白自己不同流合污的心迹。元代之后,更有《洗桐图》系列频繁面世,像一场文化的接力。

"明四家"之一仇英画青绿设色《洗桐图》，明末崔子中有《云林洗桐图》，戴苍画《渔洋山人抱琴洗桐图》长卷。清代，康熙皇帝刻"洗桐山房"的印玺，乾隆皇帝更是因崇拜倪瓒，而写下了多首以洗桐为主题的诗。民国及近现代，张大千、傅抱石、李可染、徐燕荪等人都画过"洗桐"主题，对云林隔空礼敬。如同清代诗人张步瀛在《题云林洗桐图》一诗中所写："先生爱洁本天真，坐对高梧洗涤频。眼见衰元多秽习，故将清品励时人。"

我离倪瓒最近的时候，有两次。一次是在无锡，云林家乡，去往惠山古镇的路上，有倪云林先生祠，走进去，很清幽。云林依旧孤独，游人多不知倪瓒是谁，更读不懂他的枯山淡水。人们无法理解，一个洁癖孤傲的文人，能对世界做出何种贡献。一排竹墙，记录着云林逸事。都是旧时读过的，又恭读一遍。在小庭院里徘徊，想调动全身的敏感捕捉云林气息。却只记住了庭院里绿得通透的芭蕉，衬以荷塘、假山。在一个北方人眼里，如此情境，便是江南高士的文气了，便是江南文脉的一侧剪影了。

还有一次，是深秋北京，琉璃厂。空气透明，万物澄然。抬头望见"清秘阁"三字牌匾，感觉倪瓒并未走远。

清閟阁是倪瓒的精神家园。眼前清秘阁始创于清乾隆年间，传世近三百年。据说是当初乾隆皇帝的奶娘为了给儿子求个谋生的职业，去求皇帝。乾隆仰慕倪瓒，便御笔"清秘阁"三字牌匾，让奶娘的儿子去开古玩书画店。为了照顾生意，清朝宫廷、六部衙门所用的文房信笺、屏风折扇、八宝印泥等多选用清秘阁所制。清末民国时期，张之洞、蔡元培、胡适、齐白石、溥心畬等文化大家都与清秘阁过往，鲁迅先生更是清秘阁的常客。

眼前，清秘阁门前石级两旁，清朝旧时拴马桩仍在。走进去，文雅安静，有些清冷，并没有店家上来招呼。一场展览正在进行，画作仿古，装裱沉穆雅致，流连其中，叫人忘却今夕何夕。

近来，又关注了清秘阁公众号。前日，公号推出一款笔筒，极富倪瓒风。青瓷，上有隶书"出尘"，古雅可爱。细想，毕竟是商品，笔筒还是迎合了大众口味。"出尘"二字，一经出口，便沾染了些许俗气。真正的出尘，是连"尘"字也望不见的。

六百多年过去，倪瓒仍在高处。即便偶尔感觉亲近，但终究难以企及。当下一刻，在俗世的烟火里熏着，欣赏倪瓒，仰望倪瓒。如此，甚好。

# 断裂之外

人物名片：黄公望（1269—1354年），元代画家。字子久，号一峰、大痴道人等。著有画论《写山水诀》。

黄公望的《富春山居图》，后世仰望者众多。事实上，这幅画的灵魂，凡人无法触摸。如果非要靠近，摸到的，可能是一把火。

一六五〇年，宜兴收藏家吴洪裕制造的一场火，缔造了一个名为"断裂"的传奇。吴洪裕老人太爱这幅画了，哪怕到阴曹地府，也要每天看到这幅画。深刻的爱，往往带有很深的执着成分，也就是以爱的名义去伤害。多亏他的侄子是个相当理性和有勇气的人，从火堆里将之抢救回来。从此，断裂的两段图画，《剩山图》和《无用师卷》，分头铺展自己命运的地图。直到二〇一一年，杭州、台北，两段名作破镜重圆，两岸人热泪涌动，山海欢呼。

如今，杭州城之北的富阳、桐庐两地，山川毓秀，江水清碧，游人慕名而来。沿着这个有关断裂与重逢的故事，亲近长卷山水。他们，显然游走在这幅画的灵魂之外。

历史上，也有一些人，他们对笔墨相当敏感。在展开《富春山居图》的瞬间，产生一种难以名状的情愫，热血上涌，感慨"心脾俱畅"。我想关注的，即是这个细节。我想知道，视觉图像怎样进入一个人的大脑，之后触发了神经的振奋，进而令别的器官产生了畅快。通俗地说，他们做到了与黄公望心灵相通，甚至比黄本人更加"激动"。激动的情绪，应该是一种通达，接近本能。本文试着沿"断裂"这一话题之外，回归笔墨之内。

## 一　无用

一二二〇年，丘处机道长精心挑选了十八名得意弟子，经过两年多的长途跋涉，终于抵达"大雪山"（今兴都库什山），在八鲁湾行宫觐见了一代天骄成吉思汗。丘处机并不是主动前来，而是被召见的。在成吉思汗眼里，丘处机是手握长生不老药的道教魔术师。此时，"战神"成吉思汗已经年近花甲。他悟到，世间的厮杀不足为惧，疆土的扩张并不能给他带来绝对的安全感。最令他在黑夜战栗的，是死神眼里散发的幽秘蓝光。

丘处机不负所望，给成吉思汗开出了三个长生药方：长寿之道，清心寡欲；一统天下，不嗜杀人；为治之方，敬天爱民。成吉思汗频频点头，深以为是。虽然四年后，成吉思汗与丘处机在同年同月里辞世，但全真教因受一代天骄的推崇而名声大震。

一二七一年，成吉思汗的孙子忽必烈建立元朝，大量全真道士

元 黄公望 《丹崖玉树图》

南下发展势力。这一年，黄公望只有两岁，他的名字还不是黄公望，而是陆坚。

在谈及黄公望之前，有一个叫无用的道士需要先行登场。在教派里，他没有多高的名望。只是一个小人物，但他的出场，却影响了中国美术史。如果没有他的恳求，绘画史上就不会有《富春山居图》。

全真道士金志扬的弟子无用，原名郑樗，号散木。无用是他的字。他是黄公望的同门师弟。名字中的"樗"，意为臭椿。与香椿的美味、讨巧相反，没什么用处的臭椿，自存于山野，无人问津，得以保全自己。

师弟无用来到黄公望身边，像是一则寓言。

黄公望的前半生，实在是太渴望"有用"了。追溯一下，小陆坚七八岁的时候，过继给寓居常熟的温州籍老人黄乐。此时，黄老的年纪已经有近九十岁了，终于喜得继子，老人忍不住拍手感慨："黄公望子久矣！"小陆坚因此改名为黄公望，字子久。

被收养后，黄公望背负着老父亲殷切的期望。史书记载，他"幼习神童科"，"天资孤高，少有大志"，天资很出众。按照宋代规定，十五岁以下能通经作诗赋者，应试后给予出身并授官。黄公望成长为一个对当朝有用的人，指日可待。

黄公望十一岁那年，南宋亡。时代的尘埃落在个人身上，即是一座山。黄公望更不幸，赶上了时代大山的倾颓。生于南宋的他，成为元朝子民。举目四顾，茫茫然前途无望。

元朝的蒙古族统治者是以武力征服天下，将国人分为四等人，原南宋统治下的江南人，是四等公民。此外，元朝还废除了科举制度。想要做官，先要做吏。面对逼仄的生存空间，黄公望仍抱持着一线希望，做吏就做吏，他始终寻找在政治舞台上施展自己的机会。

命运的面孔不仅冰冷，而且狰狞。直到四十多岁，黄公望还是一名书吏。却因上司张闾涉嫌贪污，账目由书吏掌管，黄公望被牵连入狱。入狱那年，他四十七岁。而正在他入狱这年，朝廷突然恢复了中断几十年的开科取士。黄公望的好友——诗人杨载就是在这一年考中进士做了官。可以想见，狱中的黄公望如何捶胸顿足，愤慨命运不公。

黄公望出狱时，已经年近半百了。年龄的原因让他不再血气方刚，命运的作弄，朝代的昏庸，综合起来，想做一个有用的人，这种想法显然淡了。前半生的孜孜以求，如梦幻泡影。泡影碎了，梦醒了。因无所追求，不用再紧绷着一根弦，眼前的日子反而轻松了。

黄公望是在六十一岁那年，和倪瓒一同加入全真教的。名"苦行"，号大痴。师父金月岩是当时江南全真道最有影响力的宗师。此时，元朝废除科举已三十余年，人才济济的江南士流没有进阶途径，而全真教宣扬的"性命双修""苦己利人""淡泊寡营"等思想正好迎合失意南人心境。"弃人间事，绝粒轻举，从赤松子游"，黄公望们自在极了。

道士黄公望在苏州设立三教堂，向士人阶层宣传全真教义，名下弟子众多，成为高道。此种心迹，都在他的题画诗中："蓬山半为白云遮，琼树都成绮树华。闻说至人求道远，丹砂原不在天涯。""春泉汩汩流青玉，晚岫层层障碧云。习静仙居忘日月，不知谁是紫阳君。"

他开始云游生涯，顺便给人算命，赚一口饭吃。卖卜，云游，作画，吹笛子，前半生他认为"无用"的事，此时，被他拾捡起来。修行中的黄公望，心境渐渐超脱世俗。

黄公望的笛子吹得出神入化。目前最权威记载黄公望生平的，是一本叫作《录鬼簿》的书，这不是野史，而是著名的戏剧理论著作，收录了一百多位戏剧家的生平事迹。黄公望虽然不是戏剧家，但他通音律，尤其擅长吹铁笛，因此被录其中。

诗人杨维桢曾描述："予往年与大痴道人扁舟东西泖间，或乘兴涉海，抵小金山，道人出所制小铁笛，令余吹《洞庭曲》，道人自歌《小海》和之，不知风作水横，舟楫挥舞，鱼龙悲啸也。"画面极美。清诗人厉鹗也有诗句："欲借大痴哥铁笛，一声飞入水云宽。"

回到无用。一三四七年，黄公望已经七十九岁高龄，身体非常康健，下笔气息很足。据无用观察，本来就享有极高画名的师兄，在这个年龄，思想归于空寂，又基于其深厚的学养和道教的修为，正是产生杰作的最佳时期。在黄公望隐居的富阳庙山坞，那间叫作南楼的小书房里，无用恳请师兄为他作画。黄公望欣然应允。

谁知，画了四年的时间，仍旧没有完成的迹象。当然不能催，这跟黄公望的心性有关。这把年纪，他已不会将绘事当作任务来完成，而是享受过程。过程即是笔墨的修行，过程即是气息的吐纳。过程中，他是迈着从容的步伐，在附近的山水中徜徉，找一块石头，坐看云起。兴之所至，画上两笔。慢，且保持气息的连贯，即是一种功夫。

无用的心思相当缜密，看到完成一半的画作，预感到，此画将会传世。他很担心，这幅画被巧取豪夺，所以那日闲来，他请师兄在画上题跋，注明这幅画是归我无用所有。在淡然的黄公望看来，这种想法，实在是"过虑"了，但也笑着提笔。

七年，画作完成。当长卷在道士无用面前铺展开来，作为观者的感受，文字里没有留下只言片语。我们只能想象，他个人的情绪，完全是被长卷的气息所震撼和裹挟，惊愕得说不出话来。

从无用到《无用师卷》，留在绘画史上的名字，意味深长。

## 二　大痴

一四八八年立夏时节，六十二岁的沈周再一次见到了日思夜想的《富春山居图》长卷。他太激动了。虽然谈不上失而复得，但毕竟是久别重逢。回想一年前，这幅长卷在他手上丢失的时候，他心痛不已，常常对着案头发出嗟叹。如今，画作又被朋友购得，也算尘埃落定。他深知，画比人长寿。如此佳作，纵然他今天拥有了，也终有阴阳相隔那一天。

眼前，凝视这幅长卷，沈周激动地提笔，要开始题跋了。说些什么呢？他个性谦和温厚，从不凸显自己。此时，他最想表达的，还是对黄公望的崇拜。于是，起笔，讲起了偶像大痴的故事——

"大痴黄翁，在胜国时，以山水驰声东南。其博学惜为画所掩。所至三教之人，杂然问难。翁论辩其间，风神竦逸，口如悬河。今观其画，亦可想其标致。墨法笔法，深得董巨之妙。此卷全在巨然风韵中来……"

如在目前。根据沈周这段描述，黄公望才情甚高，是智慧的道家论辩者形象。如果不是沈周这段题跋，很多人会误以为，晚年黄公望，已经完全不食人间烟火了。

"黄子久终日只在荒山乱石丛木深藤中坐，意态忽忽，人莫测其所谓。又居泖中通海处，看激流轰波，风雨骤至，虽水怪悲诧，亦不顾"，"尝于月夜孤舟，出西郭门，循山而行，山尽抵湖桥，以长绳系酒于船尾，返舟行于齐女墓下，率绳取瓶，绳断，抚掌大笑，声震山谷，人望之以为神仙云"。这些文字记载，把黄公望说得神乎其神。有人称他黄石公，夜间在山谷中喝酒大笑，颇像道教传说中的仙人。

倪瓒也说"文化大痴黄老子，与人无爱亦无憎"。爱憎的情绪都没有了，完全涤荡了烟火气。

这些说法，都不如沈周的描述更接地气。

回到沈周本人。就在此次题跋的前一年，沈周凭着记忆，背临

元 黄公望 《天池石壁图》

了这幅长卷。那时是因为心痛,这幅画在他手上被朋友借走,下落不明。他在心上反复琢磨之后,开始背临。痴迷于长卷的他,竟然将自己也画进了富春山水。大痴原作有八人,或渔或樵。而沈周背临的《富春山居图》长卷却有九人。后人猜想,多出来的那一人,正是沈石田自己。他渴望走进大痴的画里。

沈周的心思,很多人都有。丁酉年夏末,我与好友游览富阳庙山坞黄公望隐居处,寻觅大痴当年足迹。竹林深处,人迹罕至。有黄公望纪念馆,正展示其《富春山居图》和沈周背临的长卷,当然是仿品。四周山林幽寂,鸟鸣泉流,山静心空,无所挂碍,竟触及沈周的某种情绪,时间的迷局瞬间被识破,感动不已。黄公望原作,是渴笔枯境,纯粹、超越凡境。而沈周背临的长卷,有江南雨夜的湿润,氤氲人间之暖。

这种暖,正是吴门画派创始人沈周的笔墨气质和密码。澄怀味象,造化终究是心源。这种暖,与沈周的个人经历有关。

沈周的祖父沈澄,非常喜欢饮酒吟诗。永乐初年,曾以贤才征召,正要被授以官职,却以生病为借口辞归故里。回到家乡后的沈澄生活十分自在,几乎天天在自己的住所——西庄宴请宾客。在当时的名声甚至可以与元末昆山名士顾瑛相提并论。沈澄很爱赏画,尤爱"元四家"之一王蒙的画,因收藏王蒙杰作《听雨楼图》,将自己的临溪小楼命名为"听雨楼",痴心一片。这座小楼成为名人雅士聚会的场所,名声遍传江南。

试想,年幼的沈周一定在母亲或仆人的陪伴下,在听雨楼嬉戏玩耍。少年聪颖的他，也会听祖父或者父辈讲述听雨楼的来历。再长大一点，他便可以展卷，读到王蒙《听雨楼图》的元气磅礴，进而解读他的解索皴和牛毛皴笔法。又想象，在某个深冬之夜，万物萧索，当沈周独自与这幅画对视，联想到画家王蒙的身世和悲惨际遇，不禁眼角微微潮湿⋯⋯

赵孟頫外孙、浙江湖州人王蒙，早年曾隐居黄鹤山，自号黄鹤山樵。明朝初年曾任泰安知州。一三八〇年，朱元璋以谋反罪诛杀了丞相胡惟庸，凡与之有关联的人要么被杀，要么被捕，前后被杀的王公贵族共三万多人。王蒙曾和一些友人到胡惟庸的府上赏画，因而被牵连入狱，并于一三八五年死于狱中。

再有，张士诚统治期间，吸引了江南各地一流的诗人、画家来到苏州，浓郁的文艺气息让这些文人才子大放异彩，这让文化底气严重不足的朱元璋特别痛恨。张士诚是朱元璋的劲敌之一。朱元璋登基后，上百名苏州文士遇害，并有数以千计的苏州人被流放。

如此，沈氏三代都没有出仕为官，而是潜心于艺。

想起，我曾被一幅《竹炉山房图》深深吸引，图中意境静气宛然。山水流转，沿着茅草屋蜿蜒而上，碧水修竹，两高士对坐，旋绕四周的竹林，清寂得如绿色的烟雾飘渺，背后又有高山新雨的轮廓，沉静古雅。题跋也美：成化辛卯年初夏，我在毗陵游览，路过竹炉山房，得普照和尚挽留，于竹林深处小酌。谈话间，和尚拿素纸索画，我趁着微微的醉，挑灯戏作此图，供清赏。

该图作者沈贞，正是沈澄的儿子，也就是沈周的伯父。沈贞作品传世极少,但那种清雅意境,流露了内心静笃。

轮到沈周,当时的郡县太守曾多次发文,要推荐沈周做官,他不慌不忙,拿来《周易》给自己算了一卦,得到一个"遁"卦,卦辞是"嘉遁贞吉"。意思是,该退隐。于是便隐居起来。我猜,这只是他为自己找的借口罢了。

为避喧嚣,他又从城里搬到乡下去住,专门建一处"竹庄"。多年居家读书,吟诗作画,悠游林泉,追求精神自由。他为人品行高洁,唯恐隐藏自己的德才而不够幽深。活了八十多岁,可谓善始善终。

沈周一生,命运基本没什么起伏。流水、落花、竹林、山涧,生命的凝思大多围绕自然而展开。他安乐于自己的宁静生活,很多文人的无奈与抑郁不得志,在他这里是寻不见的。他笔下吟咏的,是生命本身。

雪后,他在银白的世界里凝思;夜雨里,发出对于生命流逝的抒怀。他常置身"万籁俱寂"的夜之深处,对"时空"的真实性产生追索。他怀着淡淡的忧愁独坐水边,感慨世事无常——有什么能够令时间停滞呢……

沈周也有"痴心"。痴,即是不辨是非的混沌。在苏州,有人模仿他的笔墨,画假画卖。买者找到沈周本人,求鉴定。沈周便说,是真迹,并在画上题跋。沈周的痴,是平民的和善,是厚朴的纯良,是践行"施舍"的处世之道。文徵明因此称他为飘然世外的"神仙中人"。

与黄公望的"大痴"相比，沈周的"痴"更近于平常。

黄公望的前半生是带着深度的迷惘在奋进，由于用力过猛，受挫后遭遇强烈痛感。当他一头扎进富春江的云雾里去的时候，他已经决定，将整个时代抛弃了。熄灭一切名利心，真正地做了一个痴人。大痴狂态尽出。世人的目光如何，已经全与他无关。大痴只在月下，放纵一笑。

而沈周的日子，要优雅得多。借由家族文化基因，他早年即避开政治旋涡，成为闲居者。生活是时刻展开的纯粹生命体验。沈周一生画了很多山居图，如《吴中山居图》《湖山佳趣图》《庐山高图》，尽管被推崇为画坛领袖，但他始终知道，山外有山。在他的超脱之外，还有更高境界的超脱，名为大痴。所以，当他将自己安放在背临的《富春山居图》中的时候，是畅怀的，亦是谦卑的。

## 三　生机

明崇祯十五年（1642年），也即清崇德七年，诞生了两位画坛巨匠——"清四王"之一的王原祁和"清四僧"之一石涛。

王原祁开始习画的时候，显然石涛的"搜尽奇峰打草稿"理念还未出炉。在王原祁看来，山水画的草稿是用不着到野外去"搜"的，现成的参照很多。比如黄公望的《富春山居图》，大痴已经将自然山水提纯为笔墨符号，这里面可探究的奥秘永不枯竭。再比如董其昌的山水，还有他祖父王时敏的画，这些别人难得一见的真迹，在他家里俯仰皆是。

"清四王"之一的王时敏也是黄公望的崇拜者。他将孙子捧作掌上明珠，每日悉心教导，亲自教他将仿古画作为学画的第一步，并且预言了他的成就，"是子业必出我右"。

立志当好画家的王原祁初入道时，对黄公望的无功用之美和散淡作风感到无可奈何。他既无法对大痴的悟道艰辛产生共鸣，也很难体会其笔墨和气韵之间的关联，因为两者都需要相当的阅历。幸好，祖父给了他相当大的信心。

祖父谆谆教诲：绘画自六朝开始就注重的气韵，以及宋元以来难以言传的士气，其实并不玄奥，都可以通过笔墨之"法"来实现。绘画，完全可以排除个人意气，与情绪，情感绝缘。没有什么是脱离"法"的，只要能总结出绘画的"法"，就能画出高格调的画。

听罢，仿佛一条坦途在王原祁面前铺展开来，成功指日可待。前进的速度，完全取决于其用功的程度。

王时敏的这种绘画理论，直接来源于老师董其昌。

时光回到万历二十四年（1596年），四十二岁的董其昌得到《富春山居图》，当山水长卷在面前展开的时候，他惊呼："吾师乎，吾师乎！"他兴奋极了，每次展阅，董玄宰心脾俱畅。一日观瞻，便是享一日的清福。

他认为，黄公望的画，跃动着明媚的生机。能画出这种画的人，必定长寿。董其昌对养生术有执念。黄公望活了八十二岁，这是最让董其昌服膺的。他分析说，黄公望在富春江一带隐居，以烟云为供，吸收了天地真气，所以笔下才有这样的灵秀和隽永。继而，他又总结出："画之道，所谓宇宙在乎手者。眼前无非生机，故其人往往多寿。至如刻画细谨，为造物役者，乃能损寿，盖无生机也。"

在董其昌看来，黄公望是完全掌握了画道的人，能够做到"宇宙在乎手"。但想想黄公望置之死地而后生的经历，实在是太辛苦，且是不可复制。那如何能画出大痴那般意境超脱的画呢？

靠着参悟佛理，董其昌认为，天地间一切都有"法"可循可依，没有什么是不能主宰的。他本人前半生的履历即是很好的明证。

万历十三年（1585年），董其昌第三次乡试失败。郁结失落的他开始转向禅宗，三十二岁，他由禅宗语录悟得文章宗趣，从此科举一再告捷。三十三岁悟得八股文写作的"洞山宗旨"，从此适应八股文写作规则，总结的"九字诀"概括八股文写作之法，成为科举考生理论范文。从科场失意到得意，只经历了短短几年时间。这让他颇为自负。

在书画创作方面，董其昌也试图总结理法，依靠临摹古帖古画发展出一套文人式的笔墨技法。声称掌握了此套技法，无往而不利。清代画家无一不受其理论影响。董其昌本人的画，的确是达到了相当的水准，清旷雅正，虚室生白，空白处流动禅意与天机。

王时敏出生的一五九二年，董其昌三十八岁，正担任翰林院庶吉士。王时敏的祖父王锡爵此时正担任内阁首辅,是董其昌早年政治生涯的提携者之一。王时敏七岁那年,便被托付给董其昌学画,师生关系一直延续到董其昌去世,长达三十多年之久。

在董其昌的影响下,王时敏一生都将黄公望作品奉为主流。潜心研究黄公望笔法,在效仿大痴的路上越走越远。这种专一,现在看来无疑是一种拘谨,是只能"入"而不能"出"的局限。

"元季四家首推子久,得其神者惟董思白,得其形者吾不敢让,若神形俱得,吾孙其庶乎?"王时敏说,我只是得了大痴的形,而论神形兼备,应该是我的孙子王原祁啊。祖孙两代都将模仿大痴当成专业。

年纪轻轻就被推到聚光灯下的王原祁,绘画事业顺风顺水。相较于描绘真正的山岳江河,他更在意纸绢上的笔墨效能。山川树木、丘壑烟霞于他而言,只是展示笔墨技法的载体。他无心于野外山郊,心思全部投放在精心设计构图,还有笔墨的几何之变。自然的土石山川,推门仰首即是,并不稀贵。真正难得的,是抽象的笔墨智慧。途径即结果。

相形之下,我们借着大痴《秋山图》中题诗《秋山招隐》,试着回到黄公望七十九岁那年:"结茅离市廛,幽心幸有托。开门尽松桧,到枕皆丘壑。"大痴所居住的环境,是每天枕着丘壑睡觉的。试想,《富春山居图》长卷,山的起伏,灵感是否来自梦中枕边呼吸的节奏。

"此富春山之别径也。予向构一堂于其间,每春秋时焚香煮茗,游焉息焉。当晨岚夕照，月户雨窗，或登眺，或凭栏，不知身世在尘寰矣。"似乎，大痴已然做到了天人合一，将身心融化于自然，忘却此刻在尘寰。

而在后世临摹者王原祁看来，大痴一心想要脱离的这个尘寰，饶有兴味，更不需要忘却。

王原祁十五岁考中秀才，二十八岁中举，二十九岁中进士，三十岁步入仕途。从知县一步步做到了户部左侍郎，位居高官四十余年之久。五十九岁时，受命鉴定内廷书画，七十岁时主持绘制康熙六十大寿贺图《万寿圣典图》。康熙常邀他一同赏画，他可以直接进入康熙皇帝的南书房。想象，这一幕如果被石涛和尚撞见，一定是羡慕得生出嫉妒。石涛自从在扬州被皇帝点过一次名之后，激动不已，便一路辗转到了京城，不论再求谁举荐，也不曾得到皇室的青睐了。很显然，他那种纵横排闼、"不恨臣无二王法，恨二王无臣法"的张扬个性，像是无来由的野路子，根本不入皇室的眼。

"四王"中，被重视的不止王原祁，还有王翚。同样师法黄公望的职业画家王翚，靠贩卖仿画为生。六十岁被举荐进京，奉旨主稿《康熙南巡图》十二长卷，随之担任宫廷画家八年左右。离开京城之际，康熙皇帝赐"山水清晖"四字，传为佳话。

因受皇家推崇，"四王"风靡一时，继而影响画坛两百年。

刚刚站稳脚跟的清王朝，实在是太需要"四王"了，出于对汉族文化的膜拜，他们对画家具有天然的好感。而"四王"作为文人画家，推崇对山水自然的描摹，题材决定他们的作品很"安全"，山山水水很难表达对新王朝政治的抵制。推崇"四王",又可以趁机拉拢相关文人阶层,一举两得。

彼时,离大痴的时代已经过去了三百五十余年。善于占卜的黄公望应该没有预想到,自己作为被政治驱逐到世俗边缘的业余画家,后世效仿者却在宫廷大放异彩。"四王"从黄公望脱胎而来,又将黄公望的出世之气抖落得干干净净。他们本能地砍掉性情中多余的枝杈,将自己收敛得规规矩矩,以完美中正的技法服务于宫廷。

像一片风干的树叶。盛名之下,"四王"绘画沿着理法之路越走越狭,终究缺乏了生机——也就是当初令董其昌眼前一亮的东西。他们整天用笔墨触摸山、触摸水,与前人真迹耳鬓厮磨,却缺乏一种精神的自由度。是否,没有经历痛感的人生,很难触摸到自我真实的灵魂。

以一场雪为例。大痴的世界下雪了。靠山水悟道,他身形渺小,目光近乎隐退。眼前,山峰神圣得像莲花,白雪装点玉乾坤。时光凝滞在琉璃世界,那是神性的所在,任灵性飞升。这一切,并非他所见,而是外境映现心湖。在那间简陋的画室,大痴久久地感动,呵冻着手,呈现灵性之作《九峰雪霁图轴》。

"四王"的世界下雪了。他们的脑海中浮现出王维的雪、李成的雪、黄公望的雪,苦苦思索技法之演变,似乎有所悟。经过两三个月的精心构思和描摹,一幅壮丽的《仿xx江山雪霁图》最终完成。气派、整饬,你可以用它装点厅堂,却感受不到雪之真性、雪之清凉。

技法终究敌不过心法。很多人将"四王"看作绘画史上发出的警示。《富春山居图》完成后六百多年,来到眼下,面对大痴的灵魂之作,除了谦卑者和无知者,再不见其他人。

# 满船空载明月归

人物名片：吴镇（1280—1354 年），字仲圭，号梅花道人，浙江嘉兴人。元代著名画家、书法家、诗人。

## 一 借船

"元四家"之一吴镇向前人借来一条船，从此悠游在乱世的风波之上，一点忧虑也没有。后人，喜欢画山水的人，大多临摹吴镇。

吴镇借来《楚辞》里的船。

"屈原既放，游于江潭，行吟泽畔，颜色憔悴，形容枯槁"。面容清瘦憔悴的诗人屈原一边在江畔行走，一边默默吟咏着什么，偶遇渔父。他俩一个在江上，一个在岸边，隔着江水高声谈论着"道"。一番对话之后，"渔父莞尔而笑，鼓枻而去"。渔父富有深意地笑着划桨而去，桨声越来越小，背影渐渐消失于江面。这幅画的余韵，因此绵延了千年。显然，乘船而来的渔父，是位智者。一

元　吴镇　《芦花寒雁图》

番交谈，没能给屈原带来启示，浪漫主义诗人的结局固执而悲壮。

再看《庄子·杂篇·渔父》。"孔子游于缁帷之林，休坐乎杏坛之上。弟子读书，孔子弦歌鼓琴。奏曲未半，有渔父者，下船而来，须眉交白，被发揄袂，行原以上，距陆而止，左手据膝，右手持颐以听。"继而，从船上下来的渔父感慨，孔氏讲"仁"本身是件好事情，但其自身终究不能免于祸患，反而伤害了他自己的自然本性。离大道远矣！敢对先师孔子指手画脚的人，也是渔父，乘船从水里来。

这两篇文中，渔父像是从天而降。他们平时生活在云端，站得高、看得远，对尘世的活动了如指掌。他们时刻在寻找着需要被点化的人，只等待一个美妙的时机。他们吹一口仙气，将一片叶子变成船。他们降落在水里，人间因此没留下他们的脚印。说完一番富有哲理的话，他们又重新回归天上。这样的人，吸引了吴镇。

再近一点，吴镇又向诗人张志和借船。

唐人张志和自号烟波钓徒，他的《渔歌子》存世五首像是一气呵成，音律优美，意境高妙，最著名的："西塞山前白鹭飞，桃花流水鳜鱼肥。青箬笠，绿蓑衣，斜风细雨不须归。"他还写："松江蟹舍主人欢，菰饭莼羹亦共餐。枫叶落，荻花干，醉宿渔舟不觉寒。"潇洒至极。

乘着一条船，张志和的日子真是快活极了。浮三江，泛五湖，渔樵为乐。看透世情冷暖的张志和，将自己放逐江湖。其兄松龄也学着弟弟的口吻，作《渔父词》："乐在风波钓是闲，草堂松径已胜

元　吴镇　《墨竹坡石图》

攀。太湖水，洞庭山，狂风浪起且须还。"意思是，弟弟啊，江湖险恶，赶紧回家吧。可惜没能奏效。

《太平广记》中也说，张志和是个相当传奇的人。他"饮酒三斗不醉，守真养气，卧雪不寒，入水不濡"，近似修炼成仙。时任湖州刺史的大书法家颜真卿与张志和交好，并对张的才华十分叹服。"颜真卿东游平望驿，志和酒酣，为水戏，铺席于水上，独坐饮酌笑咏。其席来去持速，如刺舟声。复有云鹤随覆其上。"那一次聚会，兴致上来，张志和不用乘船，而是直接在水面铺了一张席子，端坐其上，随后，朝着颜真卿和众人挥挥手，飞升而去！只将画作、诗作留于人间。此番叙述天真烂漫。味道，像是苏东坡在《前赤壁赋》中做的那场梦。

但历史上载，唐大历九年（774年），张志和应颜真卿邀请，前往湖州拜会，同年冬十二月，和颜真卿等东游平望驿时，不慎落水身亡。看来，前一种说法，只是想象力丰富的演绎。

回到吴镇，一个清苦的文人，自号"梅花道人"。他痴迷梅花，更痴迷"道"。道是什么？是他《渔父图》中，那一条船，那一个人。

一个得道的人，满船空载明月归。

## 二 风波

吴镇是浙江嘉兴魏塘镇人。他年少好剑术，成年后钻研《易

元 吴镇 《渔父图》

经》，自此韬光养晦，讲天人性命之学，贯通儒释道。长住魏塘，深居简出。

倪瓒在和吴镇的《平林野水图》自题诗中写道："鸳湖在嘉禾，湖水春浩荡。家住梅花村，梦绕白云乡。弄翰自清逸，歌诗更悠长。缅怀图中人，看云杖桄榔。"

云林诗中所谓的"鸳湖"，就是吴镇的家乡嘉禾（今浙江嘉兴）的鸳鸯湖。吴镇极爱梅花，在园子里遍植梅花，自号梅花道人、梅道人、梅沙弥等。

梅花道人画梅，也画竹。吴镇笔下的竹十分动人，有文气，有清气，有隽永气，像是文同一路，却又比之用墨湿润。"野竹野竹绝可爱，枝叶扶疏有真态。生平素守远荆榛，走壁悬崖穿石罅。虚心抱节山之阿，清风白月聊婆娑。寒梢千尺将如何，渭川淇澳风烟多。"从中可见梅道人心境。

另有画竹诗咏"倚云傍石太纵横，霜节浑无用世情。若有时人间谁笔，橡林一个老书生。"吴镇的房屋旁又有棵橡树，高大蔽日如林，故称"橡林"，其隐居屋舍因而得名"橡林精舍"。精舍二字，源自佛教。

吴镇的诗书画中，少有风波。元代初期，不少文人表现出不肯俯就现实的抗争精神，但岁月最擅长让紧绷的神经慢慢舒缓。随着元政权的巩固，人与现实的关系不再紧张，文人们或应召入仕，或攀附权贵。有的人虽然远离官场，但结交权贵，在文人雅集中消遣寂寞也成为人之常情。

纵观"元四家",黄公望年轻时热衷功名,屡屡受挫后隐居富春江畔;王蒙一直在出仕与隐居之间游移不定,虽然在画作中有意隐藏出仕的愿望,却被人更清晰地洞见其内心深处的纠结;倪瓒的灵魂一直在高处,到头来却被自己的清高所困,由于爱惜羽毛而在乱世中屡屡遭受困境。

相形之下,吴镇是真正甘于寂寞、清贫守志的人。他与达官贵人很少往来,靠村塾教书为生,拮据时又在钱塘等地卖卜。虽然擅绘,却从不卖画,将笔墨赋予皎洁的动机。

在文人画发展史上,吴镇常被描述为一个能洞破世相的法外仙人。我从他的诗词《沁园春·题画骷髅》中得以窥见其灵魂的深度:"……古今多少风流。想蝇利蜗名几到头。看昨日他非,今朝我是,三回拜相,两度封侯。采菊篱边,种瓜圃内,都只到邙山土一丘。惺惺汉,皮囊扯破,便是骷髅。"一起笔,便写到了生死边际。人世的是非争端,都无须再论了。一觉醒来,有苍劲的老梅与潇潇翠竹相伴,足矣。

吴镇的出世,是主动的、先觉的。如果说元代文人的隐逸是一种对社会的整体性退避,而吴镇便是在这整体性之外,早早地归入了湖山,避开了世事的纷乱。他习惯把自身化为渔父,拨轻舟荡漾云水之间。有说法认为,渔父之所以生活在水里逼仄的小舟上,是为了躲避尘世的风波。

比如"人生贵极是王侯,浮名浮利不自由。争得似,一扁舟,吟风弄月归去休",这首《渔父词》作者管仲姬便是赵孟頫的妻子。赵孟頫晚年官居一品,但他以宋室后裔身份入仕,心里并不完全畅快。管仲姬填《渔父词》四首劝其归去。归到哪里呢?回归到一叶扁舟里。青山明月间,以一舟为归宿。安然没有风波。

但吴镇的状态,并不是一种躲避,而是一种开怀与超脱。像是船只中空,自然浮于水面。梅道人的心,旷达于世,空虚以载道。

## 三  知音

梅道人后世知音众多。沈周、董其昌、陈继儒等人对他的崇拜无以复加。从画法上看,梅道人多用湿笔重墨画平峦秋水,对吴门画派创始人沈周产生了直接影响,他说"梅花庵里客,端的是吾师",对其十分崇敬。

董其昌也在笔记中讲述了一则小故事:吴镇与同时代的专业画家盛懋皆以画著名,求盛懋画者接连不断,而吴镇门前却很冷清。吴镇对弟子说,二三十年后,盛氏门前风光不再,而梅花道人之名则会流传。

论画,董其昌评价:"盛懋画风略工,有行家之气,吴镇则以高逸著称。"

在高居翰先生所著《隔江山色》中,也曾将盛懋的《秋舸清啸图》与梅道人的《渔父图》作对比,结论是"吴镇的地位不言而喻"。

这种体验我也有。当我在北京琉璃厂的书店无意中翻看到明代

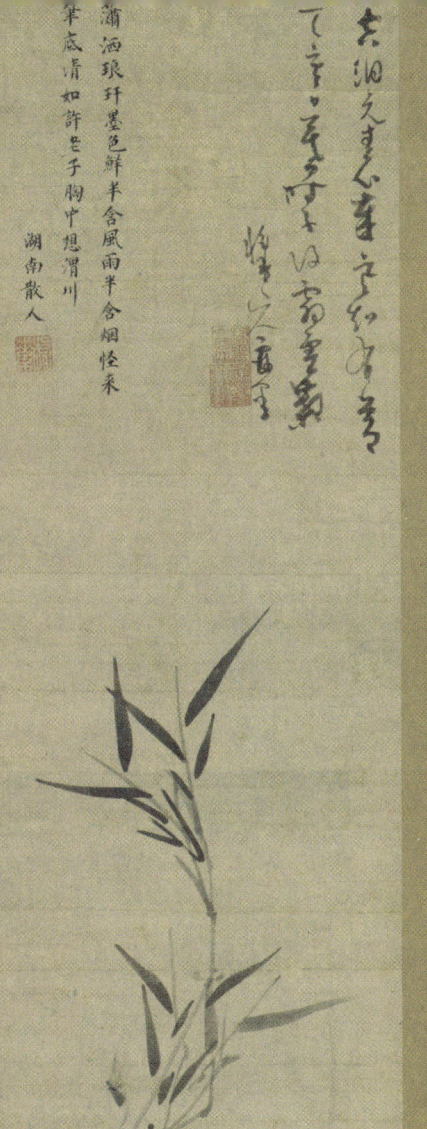

元　吴镇　《竹枝图》

吴伟画的《江山渔乐图》之后，更加确定梅道人是我的知音。我说出"知音"两个字，虽然有些大言不惭，但只想表达一种息息相通的心情。当我领会到一点点《渔父图》那种难以言说的意境的时候，对于梅花道人吴镇，是有着想要顶礼膜拜的冲动。

吴伟的《江山渔乐图》画的也是一群捕鱼的人，但与《渔父图》截然不同。《江山渔乐图》画中远山层峦叠嶂，近处的桃花旁逸斜出，一群打鱼的人被放逐于近似于桃花源的妙境安然劳作。远处的船，近处的船，都在享受着美妙的景色而怡然自得。可以想见，画面之外，渔人们应该是过着如此这般的生活：清晨，他们披着清爽的晨露撒网捕鱼，傍晚，吟唱着渔歌满载而归。团圆情话，儿童绕膝，其乐融融。如同很多摄影大展中的经典作品《渔舟唱晚》一样，丰收的渔民们踏歌归来，渔火点点都是人间的喜庆。和谐，美，甜俗。

梅道人的《渔父图》没有弥漫着"渔之乐"的人间烟火气。如果渔父也像渔民一样喜笑颜开，那便是为物所役，不能成为启迪众人之"父"。捕鱼或者垂钓，充其量只是一种形式，一种获取真理或者启迪观者的手段而已。

梅道人画过很多《渔父图》。比如《芦花寒雁图》，芦苇丛萧瑟清寂，寒雁在上空鸣叫。它们在仰着脖子向着苍穹发出什么样的叩问？是否在表达自己归乡的愿望？然而水天一色极尽苍茫，何处又是自己的故乡呢？倾听着寒雁悲凉的感叹，渔父神情安然，他泰然自得地坐在船头，向万物阐述着自己的观点——天地穹庐，无处即为归处，心安处便是故乡。

有一幅《渔父图》，画的不知是哪里的风景，高山深涧，岸边满是奇花异草，在溪流隐蔽处，渔父划桨而行。这种风景令我对渔父产生了深深的嫉妒——这种美到极致的景色，还有水上氤氲的天地大荒倾吐的灵气，凭什么只归他一人所有？

梅道人的《渔父图》长卷蔚为大观，渔父众多，各有情态，长啸、悠游、闲话、行吟、沉醉、登台、高卧……他们之间没有交流，而仿佛又在以形式之美进行着神秘对话。没有岸，没有水，却能感受到船在漂。是在滔滔的江水里漂，还是在虚拟的江湖里漂？抑或在天地虚空里漂？梅道人没有给出答案。他巧妙地把渔父穿插在诗词的字里行间，形象是清淡的，写意的，但给人的印象却是深刻的，是独与天地往来的散淡和红尘之外的超然。

能成为渔父的人，都是上了年纪的人。《渔父图》中，在江里垂钓的人，在苇塘边的小舟里醉眠的人，在青山里望月抒怀的人，统统都是上了年纪的人。中国画的笔墨，只写出了渔父的轮廓，基本看不清面貌，但依旧能感觉到渔父的年龄。写意，就是写出那个意思。一片云，一抹水痕，一叶轻舟，一个悬挂在腰间的酒葫芦，都能间接地构筑起渔父的形象和内心。明月高悬，芦花瑟瑟，看起来与主体不相关，却彼此呼应着气息。读懂这一切息息相关的时候，便能感觉到一幅画正跳出平面，进行着穿越千古的轻盈呼吸。

除了画作，梅道人的足迹依然在。他晚年在浙江嘉兴的嘉善县隐居，吟诗作画，临终前自垒坟墓，自书墓碑，后葬在小院旁。如今的梅花庵，正是吴镇墓地所在地。"梅花庵"匾额，是董其昌所题。院中有座四角方亭，亭内立有一通石碑，碑额刻着《修梅花道人墓记》篆字，落款是"华亭陈继儒"。据说，当年陈继儒驾一叶扁舟来寻访梅道人之墓，徘徊良久，舀池中泉水种梅花数枝，招其魂而归，回去后即撰写《修梅花道人墓记》。后世造访者络绎不绝，所为的，不外乎一个"道"字。

后世临摹者倘若心中无"道"，笔下的那条船，会是很轻浮的。

## 铜镜照夜白

人物名片：赵孟頫（1254—1322年），字子昂，号松雪道人，吴兴（今浙江省湖州市）人，南宋晚期至元代初期书法家、画家、诗人。

本文的主角，是赵孟頫。故事，却要从王维讲起。

唐开元年间某日，长安城，某府第门口，一个衣衫褴褛的少年蹲在地上，神情专注。他手持一根捡来的枯树枝，沙沙沙，在松软的沙土上涂抹。一行人的车马声由远及近。等到少年一抬头，却见时任太乐丞的王维已经站在了他身后，用惊异的眼神看着地上的画——这是一匹奔腾的骏马。王维的表情，近乎愕然。少年赶忙汇报起自己的正事儿。他此行的目的，是来讨酒钱。不久前，王维与几位文友在酒馆聚会，一行人全喝高了，散场了却没人结账。店掌柜怕伤了几位客官的面子，便没当场戳穿，过了几日，便支使这小酒保上门讨账。话毕，王维没接茬，他的眼神，仍盯着地上那匹马。许久，郑重地吐出一句话："乃岁与钱二万，令学画十余年！"

眼前的小酒保，即是家境贫寒的少年韩幹。大诗人王维是性情中人，且目光相当犀利，一眼看到了韩幹画马的潜力，并一言九鼎，资助其学画。十几年，韩幹师从著名的御用画家曹霸，顺理成章当上了宫廷画家，成了画马的一代宗师，代表作有《照夜白图》。

时空从大唐穿越到宋末元初，韩幹是赵孟頫未曾谋面的老师。赵孟頫题画说："吾自少年便爱画马，迩来得见韩幹真迹三卷，乃始得其意。"赵坦言，自己积累多年的画马功力，终于在韩幹真迹的启发下，盘活了。

青年赵孟頫，诗书画皆精。

天赋异禀的赵孟頫，成长在新旧王朝更替的夹缝里。这是一个令无数士人痛苦不堪的时代。宋王朝崩溃的末世，连接着元王朝百废待兴的新世。作为宋王室后裔，赵孟頫的处境更为尴尬。没落家族的光环未能使他显贵，反而更易造成他心理上的失衡。他寒窗苦读多年，才华满腹，却不知向哪里发力。

恰是这无功利的彷徨期，成了滋养艺术的沃土。湖州吴兴，赵孟頫的家乡，山河秀美，风清水澈。他整天跟和他同为吴中八俊的画家钱选、词人周密等好友，诗酒唱和，琴书相悦。是迷茫，也是沉醉的微醺。无意间得了不少佳作，忘记世外扰攘。

赵孟頫尤擅画马。他因此十分自得。他认为，画马的本事，是其他持"性灵说"的文人画家力所不能及的。早在春秋时期，韩非子就发出了"画犬马比画鬼更难"的感慨："夫犬马人所知也，且

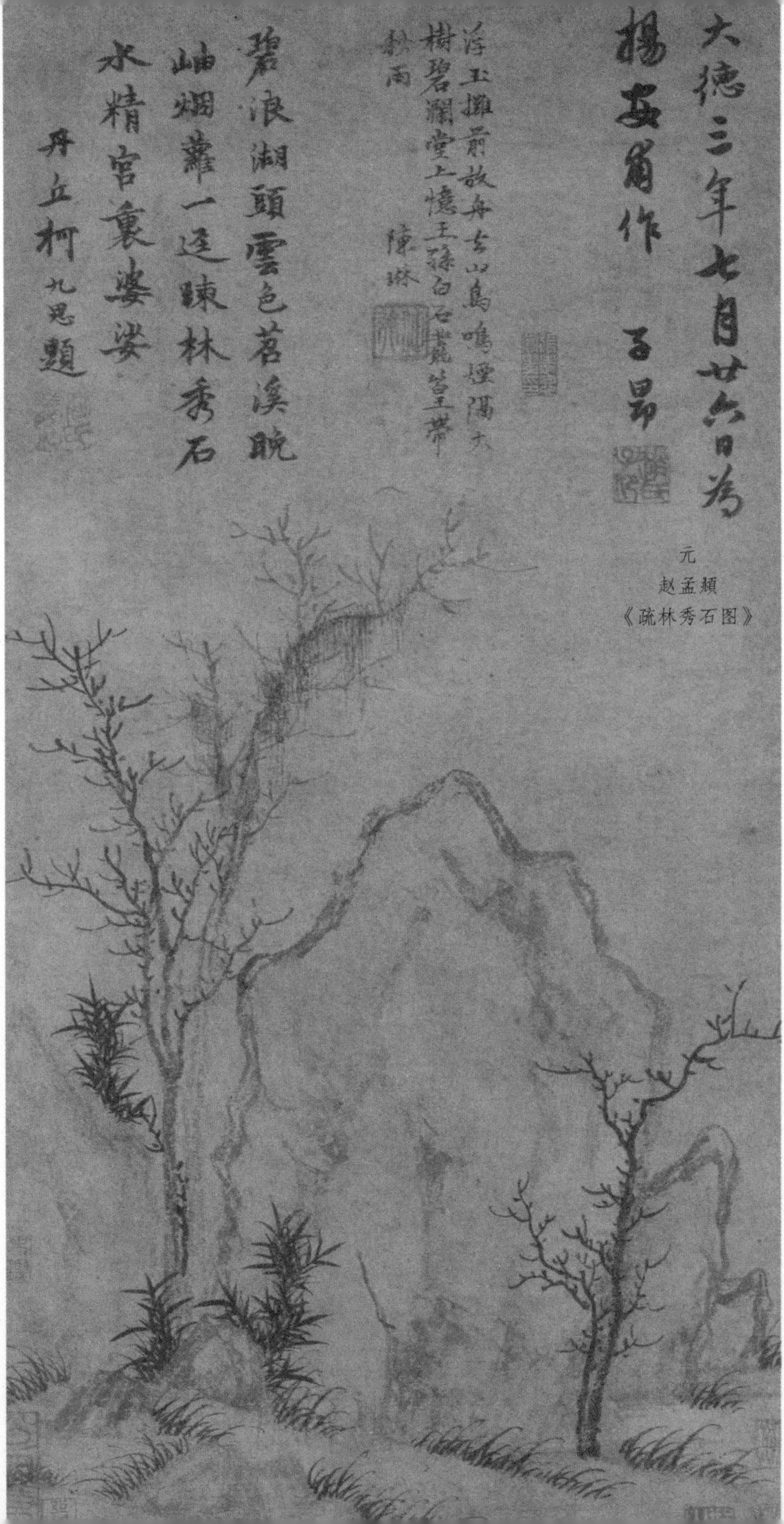

大德三年七月廿六日為
楊安甫作 子昂

浮玉撇前故每古山鳥鳴煙闊大
樹碧瀾堂上憶王孫白石藏莒帶
秋雨
陳琳

碧浪湖頭雲色蒼溪曉
岫嵐薜一逕踈林秀石
水精宮裏婆娑
丹丘柯九思題

元
赵孟頫
《疏林秀石图》

暮馨于前,不可类也。"由此可见,赵孟頫画,专业水平极高。

二十六岁那年,赵孟頫完成传世名作《调良图》。

有冷风从西边来,气氛萧瑟,掠过一匹身姿极其优美的马。恶劣的天气,骏马迟疑着步子,不肯向前。眼神抗拒,低头喘息。前方,调马的奚官无奈,回首望马。他举起衣袖,挡住凛冽的风。手里的缰绳微微松弛。

赵孟頫妙笔生花。齐整的马鬃,毫末可见,笔笔分明,在风里形成温柔的"一"字,与飘逸的马尾呼应,极美。人物用白描,清秀、纤弱,无奈感,飘零感,溢出平面。

《调良图》不单是成功炫技,也传递了某种情绪。

这匹俊朗的马,站在风里,迟疑。缰绳之下,顺从乎?挣脱乎?赵孟頫没有给出答案。彼时,他自己也兀立在西风里,举步不前。或者说,他大半生的时间,保持与之类似的暧昧姿态。

元世祖忽必烈派江南文人程矩夫到南方寻访文化人才那年,赵孟頫三十三岁。虽然已过而立之年,但赵孟頫对前途仍是惶惑的。他清楚,题诗作画,终归不是正途。"功名"统摄下的济世理想无处安放,是文人最深的伤口。程矩夫前来征贤,似乎是个重要机遇,但赵孟頫并没有伸手去抓这根稻草。原因?一方面,他抱持一个"忠"字,忠于前朝,忠于自己的血统;另一方面,身边的朋友圈给他压力不小。他的启蒙老师钱选,态度十分决绝,对招贤政策排斥,幽居在砚池里,放话曰:"不管六朝兴废事,一樽且向画图开。"他的另一至交周密,也是坚决不仕,干脆隐居起来。赵孟頫不想成为另类，茫然四顾之后，选择按兵不动。

新王朝的统战力度持续加大。两年后，程矩夫带来皇帝口谕，点了赵孟頫的名，并转达了天子对赵孟頫的赏识。本来，赵孟頫抵抗的胆气不足，谦恭、和顺，是他骨子里的气质。皇威赫赫之下，赵孟頫只往前迈了一小步，就顺理成章进入了仕途。或者说，对于该进还是退，他本身就是摇摆不定的，只等一个随缘的借口。

想起《调良图》中，那匹情绪游疑的马。西风并未使他狼狈，游疑中，亦是保持着矜持的优雅。一旦冲突，一旦挣扎，便会失掉这种优雅。赵孟頫始终保持着这种优雅。

四十三岁，赵孟頫作《人骑图》。画面简洁，中间一官人，身穿喜庆的唐装红袍，执鞭骑马，仪态雍容。胯下骏马，圆润丰满，抬脚踱着方步，笃定前行。一人一马。人，是锦衣纱帽官人，马，是骏骨丰身马。华丽、平静中内藏着热烈，唱一首盛世欢歌。

赵孟頫对这幅画相当满意，题曰："画固难，识画尤难。吾好画马，盖得之于天，故颇能尽其能事，若此图，自谓不愧唐人。"他自我评价，画马的技艺，已经不输唐人了。又顺便吹嘘了一下，他画马，实在是相当有天赋的。

赵孟頫不算自负。他画马，堪称神品。蒲松龄在《聊斋志异》写有《画马》篇，里面有个马妖。讲的就是一匹骏马，从赵孟頫的画里跃出，完成了劫富济贫的使命，最终又回到了画里。神乎其神。

彼时的赵孟𫖯，志得意满。那一年，他从济南卸任，回到吴兴故里。他已经解决了几个重大的人生棘手问题，比如，一家人的生计问题、社会地位问题等。靠着正直的人格和皇帝的信任，他谏言实施了一系列高明的举措，小有政绩。此外，借职务之便，他还提携了不少文友，赚了满钵人品。官场进退，在他股掌之中。以权利民，让他感到精神充实。

闲暇，赵孟𫖯经常回想自己的高光时刻。

出于对中原文化的敬畏，忽必烈这位皇帝，将礼贤下士的文章做得十足。赵孟𫖯首次在元代的朝堂上露面，忽必烈给足了他面子，竟让他坐在右丞叶李之上。甚至，将他当作神仙中人，拿他和前辈才子李白苏东坡相提并论。

此刻，镜头切换，眼前浮现画面——天宝元年（742年），一纸诏书将李白召进皇宫。大诗人贺知章惊呼李白为"谪仙人"，解下腰间金龟换酒。唐玄宗亦做出了超级礼遇。临行前，性格外露的大诗人李太白按捺不住狂喜，扯着嗓子喊出千古名句："仰天大笑出门去，我辈岂是蓬蒿人。"

同样受宠的赵孟𫖯当然没有李白的豪气，他性格内敛。也可以说，在政治上，他比李白表现得更为成熟。这位谦谦君子，只在夜深人静的时候，独自作诗吐露喜悦心境："海上春深柳色浓，蓬莱宫阙五云中。半生落魄江湖上，今日钧天一梦同。"政治抱负得以施展，积郁多年的这口气终于畅快地吐出来了，怎能不令人兴奋。做官的感觉，如登蓬莱宫阙，飘飘欲仙啊！

元　赵孟頫　《幽篁戴胜图》

愉快的心境，遂有了《人骑图》。或许，我们可以试着想象，在创作这幅画的当下，赵孟頫还联想起自己往昔，一个与马有关的故事。

那是赵孟頫刚刚上任，骑马上朝，对路途还很不熟悉。出门时，伸手不见五指。由于宫墙外的道路狭窄，马竟一不小心来了个侧翻，把赵孟頫跌倒宫河里去了。虽说伤势不重，但好生狼狈啊。本来是个丢面子的事，没承想，却换来圣宠。忽必烈听说了这件事，十分心疼。一声令下，将宫墙向内收缩了两丈。这件事传为美谈。

往事历历。赵孟頫胸中涌动起暖流，笔下，亦隐藏不住幸福。他将官人身上的红衣，渲染得格外鲜艳。登上人生巅峰的快意，赵孟頫喊不出来，只能含蓄至此。

旁观者清。《人骑图》中规中矩，在艺术史上，地位轻淡、飘渺。这匹马，沦为技巧之马、工具之马，而非灵性之马。

深秋的旷野上，萧条古木，气氛悠然。一匹饱经沧桑的马与观者正面对视。这匹从岁月里穿梭而来的马，不再对外物感到好奇，他神情倦怠。身旁伙伴，侧身俯首吃草，气息轻盈。赵孟頫对自己的伤口轻描淡写。

《古木散马图》中的两匹马从远古而来，身披禅意的薄纱。

"古意"是赵孟頫一生孜孜以求的艺术风格。出身高贵的赵孟頫对"低俗"二字深恶痛绝。远古世界，山林寂静，了无人踪。古

元　赵孟頫　《饮马图》

意，可以绝俗。

他累了。即将步入晚年的赵孟頫，饱尝功名滋味。从政以来，如履薄冰。现实种种，常迫使他思考很多深刻的人生话题。笔墨，沿"古意"走向深邃。

那匹马的眼神异常柔软——无奈、惶惑、倦怠、淡然、寂寞。融化自我，与天地相合，亦是对命运俯首帖耳……

赵孟頫的仕途，表面上一帆风顺，实际上暗流涌动。由于受宠，时常引起一些蒙古族官员诟病："赵某乃故宋宗室子，不宜荐之，使近之左右。"宋皇室后裔的身份，让人不得不提防。

作为湖州人的赵孟頫，时常想起苏轼。

北宋元丰二年（1079年）五月，苏轼到湖州主政。彼时，江山一派春色，一到任，大文豪便吐出了得意诗句："风俗阜安，在东南号为无事；山水清远，本朝廷所以优贤。"湖州南郊碧浪湖一带莲叶田田，苏轼屡次泛舟其上，文曰："环城三十里，处处皆佳绝，蒲莲浩如海，时见舟一叶……"好景不长。这位深得百姓拥戴的长官赤子，在湖州知州任上仅三个月，便被朝廷当成罪犯抓走。"乌台诗案"爆发，苏轼被囚车押往京城。

政治命运无常，像一把悬在头上的利剑，给赵孟頫警示。他深知，跟前辈苏轼没有本质的区别，自己的处境并不安全。为官一天，随时有可能被政敌借皇权的匕首抵住咽喉。

赵孟頫总感觉背后有一双眼睛看着自己。时而是蒙古族官员排异的眼神，时而是宋代遗民对其人格的鄙夷和讥讽的眼神。

元　赵孟頫　《调良图》

赵孟頫的担心并不多余,并且具有前瞻性。明末书法家傅山曰:"予极不喜赵子昂,薄其人逐恶其书,痛恶其书浅俗如无骨。"因其"贰臣"身份,否定其艺术成就,这种论调不在少数。

对此,赵孟頫即使早有预料,却没有足够的智慧超脱。无奈之下,他选择逃。一方面,逃到宽广的笔墨境界里放逐自己;另一方面,他多次请辞,先是主动申请外放,做了同知济南总管府事,而后又辞官回到吴兴家乡。

赵孟頫向往的自由生活,在林泉中。登山临水,竟日忘归。然而,消散冲淡的隐逸,这颗埋在赵孟頫心底的种子,伴随着他在"穷""达"之间长久徘徊,终究没有成长为参天大树。这种理想,只在画里得到尽情地舒放和伸展。

他向往陶渊明,却没有勇气做陶渊明。陶子是他上空的一颗启明星,指引着某种方向,却是伸手不可触及,只能仰望。他多次画《归去来图》,题曰:"弃官亦易耳,忍穷北窗眠。抚卷三叹息,世久无此贤。"他认为,像陶渊明这种贤人,只能用来发发感慨,这世间,有几人能做到呢!

赵孟頫没有做圣贤的志向。陶子那种"忍穷北窗眠"的清苦生活,便失去了被实践的必要和可能。

出于生计,确实也是赵孟頫出仕的重要理由。他即使入朝为官,生活也不算阔绰。有个笑谈,描述赵孟頫的窘境:

一天,有两个白莲道者上门求字。门童报告说,两个居士在门前求见相公。赵孟頫怒了:"什么居士?是香山居士,还是东坡居士？居士是随便什么人都能叫的吗？"管夫人听到，连忙从里屋出来劝说，相公勿要焦躁。一会儿，两位道人进门来，从袖子里掏出十锭银子说："这是送给相公的润笔费。"赵孟頫大声喊："赶快端茶来给居士们吃！"

四十七岁，赵孟頫自写小像。青绿坡石，急湍清流，幽篁蔽天，完全将尘世的喧嚣隔离在外。这是赵孟頫的理想国。而他自己，则是拄杖行吟的高士。

《古木散马图》中，静穆的沧桑。静穆得令人哀婉，沧桑得叫人心疼。逝者如斯夫，荣辱进退，已成过眼云烟。从那匹马的眼神中，似乎可以回溯一个极富才华的文人在宦海中进退挣扎的往昔。

行文至此，我们再回到韩幹。他的代表作《照夜白图》，是一首献给沉默者的诗。

一匹健硕的白马，灵魂里滚烫着自由的血液，性情奔放。被命运的缰绳定在拴马桩，他心有不甘。他个性通透，思想里没有低迷的因子。他从不去谋虑逃跑的计划，选择直接挣脱。傲气从粗大的鼻孔里喷薄而出。不顾一切，他带着缰绳向前冲，倔强得连瞳孔都放大了几倍，全然不计较结局。成功与失败的纠结，那真是煞风景的情绪。浑身升腾着荷尔蒙的气息，他奋力一搏……

他是玄宗皇帝的爱驹，曾在安史之乱中，深深抚慰了玄宗的心。照夜白，不仅照亮了盛唐暗夜，光束，也打到了赵孟頫身上。

当赵孟頫与《照夜白图》对视，搏动跳跃的激情被瞬间启发。

这个高喊着自由口号的起义者,闪着光亮,像一面铜镜。恍一瞬间,于其中,赵孟頫照见了自己的软。之后,有很多个片段,照夜白的形象在他脑海里闪回。他艳羡着这匹白马,活得畅快淋漓。

然而,深谙画道的赵孟頫怎么会不明白,《照夜白图》只属于韩幹和他的时代。而他自己,只能行走在既定的轨道上,顺便,设计着自己的马匹。

# 独坐水边

　　人物名片：沈周（1427—1509 年），字启南，号石田，晚号白石翁，长洲（今江苏苏州）人。明代画家，书法家，明中吴门画派的创始人，明四家之一。

　　今日闲散。读汪曾祺小品文，写的是岳阳楼。说范仲淹作《岳阳楼记》，实际并没去过当地，而是凭借着想象罢了。联想起"明四家"的沈周，他画《庐山高图》，也并未踏足过庐山呢。

　　一四六七年，即成化丁亥年，沈周的老师陈宽迎来七十岁生日。为表达对老师的崇敬之心，沈周创作了这幅近两米高的大画。他用庐山的崇高，比喻老师的学问、道德。又因为，庐山上有著名的五老峰，寓意万古长青，十分的吉祥，用来祝寿很是应景。

　　清风明月本无价，近水远山皆有情。《庐山高图》用情至深。画里崇山峻岭，层层高叠，山泉长松古木，极尽繁茂之所能，像要倾尽林间的秀美。沈周是捧着一颗热烈的真心献给老师。他模仿着王蒙的笔法，却比之少了阴郁，多了明快。细节之精微，源于用情之切切。看得出来，沈周绝非拿着这幅画，到寿宴上应酬一下。他对老师的崇敬，已经炽烈得接近虔诚了。题诗的最后一句说，"浩荡在物表，黄鹄高举凌天风"，把老师捧上了天。想来陈老师收到这样的寿礼，必定十分欣喜。

任思绪飘一会儿。

想来，沈周真是个令人心窝暖的画家。这样的人，绘画史上并不多。眼前还有一个，齐白石。白老对家乡、亲人、老师，也是忆之情笃。他背井离乡多年，每有老家的亲友离世，他总是作文作画，一哭再哭，惹得旁人也跟着垂泪。这一类人，念旧，人情味儿浓。

沈周的暖，源于其性格平和。画画的人大多有一颗躁动的心。那是艺术家特有的基因。张扬的，如梁楷，如徐渭，如石涛，一激动，用诗文喊上了九霄，笔杆子戳破了宣纸。含蓄内敛一点的，如牧溪，如八大山人，如金农，表面波澜不惊，实则暗流涌动。朋友怀一钟爱金农，他评价金农画梅，把梅花画得死去活来。也就是说，金农用了全部的心力和极端笔法，对梅花的揣摩深入到了骨子里，画到了极致。这些画家，骨子里都倔强。如疾风劲草。他们都是心里不平有话要说，一落笔，即是风雨。

而沈周不然。他年少饱读诗书，很早就确立了人生方向。都说中国文人在仕途之外，再无生存空间。人人对功名趋之若鹜的时代，年轻的沈周为自己占了一卦，得到一个"遁"，即隐。此后便隐居起来，一点纠结都没有。守着一片竹林，一生恬淡，读书作画。

明 沈周 《垂钓》

平淡不等于平庸。平淡也不同于寡淡。

沈周把平淡的日子过得饶有趣味。他人缘好,朋友多。有个朋友叫赵明玉,此人没胡子,为此很是苦恼。一天,沈周在苏州近郊的家里和朋友们饮酒,高谈阔论,又有人拿这位老先生没胡子寻开心,沈周和朋友们打趣之余决定,帮他募集胡须。酒后,沈周提笔给当时的美髯公周宗道写了一封信,请他捐献自己的十根胡须。这封信,就是流传至今的书法名作《化须疏》。

他在《化须疏》里说:"不是我一时兴起,故意冒犯您,而是赵先生因为没有胡须实在是太伤心了,所以才有求于您。您是个美髯公,分给需要之人十根胡须还是可以的嘛。"而且还不忘夸夸这位朋友,说宗道您乐善好施,就是邻居来借,也会分享几根,绝不会吝啬……好玩得很。

再有。某太守求画,沈周为其画了幅《五马行春图》。因为古时太守出行,以五马驾车,所以"五马"又为太守的代称,算是尊敬和褒扬。可眼前这位太守没什么文化,孤陋寡闻,并不知道其中典故,他见图中除了他只有驾车的五匹马,就有点不高兴了:"我岂无一人相随耶?"沈周得知,又另外画了六个随从,并开玩笑说:"无奈绢短,只画仪仗前导三对。"言外之意是,如果绢再长一些,就能再为您画上更多的随从。那位太守大喜过望地说:"今亦足矣!"

沈周式幽默,是智慧,是文雅,是温情。他有恃才傲物的资本,却怀着对世界的友好态度,不排斥,不贬低,也不正襟危坐地

明　沈周　《桃花书屋》

教化。小困境，不伤大雅。小尴尬，莞尔一笑。

　　沈周把平淡的日子过得很深邃。沈周喜欢独坐，深思。《落花图》里，主角正是他本人。远方云山袅袅，此岸，他一人独坐江边，目光幽幽，看落花。茂密的树林，正是生命鼎盛时期，却逃不脱盛极而衰的规律。不远处，书童正抱一把琴，奔赴而来。琴未张，而主人随着落花的音律，心弦已经拨动回旋在江水上了……画里，弥漫着淡淡忧伤。

　　一颗敏感的心，触景伤怀，柔软得随时可以破碎。

　　沈周喜欢夜坐，曾多次画《夜坐图》。我在散文《沈周三夜》里，写了沈周的三次夜坐。雨夜、雪夜，心境各不相同。深夜，万籁俱寂，心绪停止飘浮。渣滓沉淀，心湖清澈不已，其中鱼虾尽现。在夜的隐秘处，沈周经常侧耳倾听。听到的声音，皆来自内心深处，来自生命的潜伏地带。他感慨说："夜坐之力宏矣哉！嗣当齐心孤坐，于更长明烛之下，因以求事物之理，心体之妙，以为修己应物之地，将必有所得也。"生活履历称得上一帆风顺的沈周，靠着深夜静坐，体悟事物之理、心体之妙。绝不是个肤浅的人。

　　沈周多感怀，并且，他的感慨无关个人得失。功名、福祸，这些俗事俗情，从没困扰过沈周。他不是自怜自艾，无病呻吟。如同苏东坡，借长江明月以澄怀观道。沈周是在落花的瞬间沉吟，在深夜的寂静处，思考着宇宙生命的永恒与瞬间的课题。似乎，他始终在索要生命的终极答案。

　　沈周敏感。面对司空见惯的生命流逝，他长时间盘旋不已。四

明　沈周　《京江送别图》

十五岁那年,他写诗:"行年四十五,两鬓半苍苍……老态一何逼,流光一何长。"五十岁,他写:"不才犹昨日,忽半百年期。万事茫然过,一非无所知。"五十五岁,他写:"百岁今过五十五,余生望满亦茫然。已多去日少来日,却误添年是减年。"六十岁,他说:"长生只在唇舌上,六十瞥眼风中花。"七十岁,感慨:"日既去,日复来。来如赴,去如颓。来是谁约,去是谁推?一来一去,彼此自禅续……"

生命的来来去去,究竟为何呢?是谁在邀约,又是谁在推动?一来一去,循环往复,万物究竟是谁在做主呢?

沈周思索后的答案是什么?我猜,落到实处,是虚怀若谷的敬畏,是平常心的善良。

据说,面对众多的索画者,沈周必定不辜负任何一个。面对有眼不识泰山的小官吏,他彬彬有礼,吃了亏也毫不见怪,更不会打击报复。沈周爱极了黄公望的《富春山居图》,花重金购买,却被朋友以借画的名义骗走。待到市场上此画又重新流通,他本来可以告官,却不想把事情做绝,仍给不仁不义的朋友留了一条后路。结局是,心爱的画作流落他人之手。他靠着超强记忆,背临了《富春山居图》。

去年夏天,我到黄公望隐居地,浙江富阳的庙山坞。在黄公望纪念馆,展出的正是沈周的《仿黄公望富春山居图》复制品。我花了一个多小时,驻足、品味,感悟到:黄公望的人生多苦涩,所以擅用枯笔;而沈周,生活是优裕的、温情的,所以,笔下多润秀。

平淡中有真意。独善其身者，应学沈周。

由《庐山高图》写到这里，心里愈加暖。此刻觉得，沈周像一位老父亲。我很想在某个深夜，约老先生对谈。谈些什么呢？谈谈树木，谈谈花，谈谈稻米。聊一次郊游，一场茶会，或者一个舒适的睡眠。都是些散淡的话题。无关政治，无关时代。越聊越觉得心里松弛。感觉不到，我们之间隔着多少年。

# 一粒风雅的种子

人物名片：文徵明（1470—1559年），因先世为衡山人，故号衡山居士，世称"文衡山"。明代画家、书法家。诗、文、书、画无一不精，人称"四绝"。

## 一　归去

当历史的翅膀震动，无数尘埃随之而起，震动、飘浮、飞舞，而后，顺势缓缓落下，再也不会回到原点。

文徵明便是左顺门案的一粒尘埃。

明武宗由于沉溺酒色，过早地丢了性命，没有留下子嗣。正德十六年（1521年），明武宗的堂弟朱厚熜即位，时年十五岁，年号嘉靖。朱厚熜继承皇位是有条件的，按规矩，他必须先过继给明孝宗为子，以保持传承的正统。而此时，朱厚熜的亲生父亲已死，知道自己要过继给伯父当儿子，内心十分不悦。他要尊自己的亲生父母为先皇帝皇后。

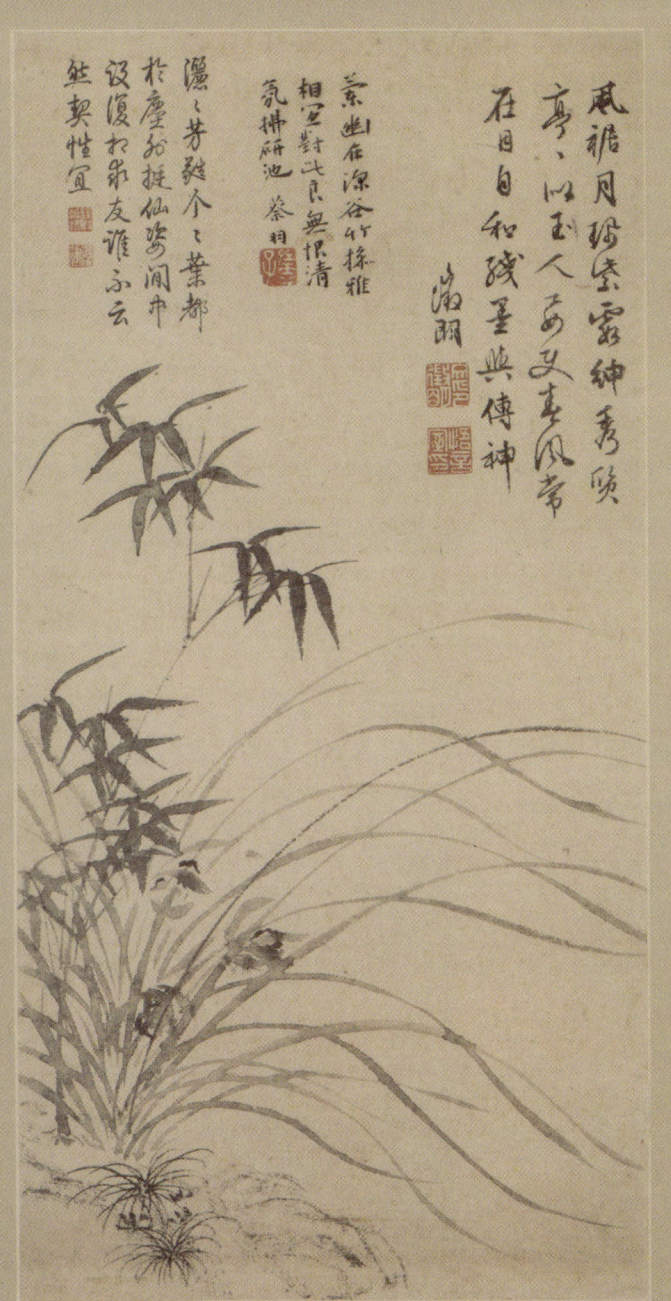

明　文徵明　《兰竹图》

此举遭到群臣强烈反对,并演变为激烈的政治斗争。以大学士杨廷和为首的朝臣们团结起来,二百多人围聚在左顺门外跪伏哭谏,甚至把孝宗皇帝的名号抬出来示威。小皇帝震怒,"下一百三十四人锦衣卫狱,杖于廷,死者十有六人",左顺门前血迹斑斑。而另一派,新进士张璁迎合朱厚熜的想法,大讲孝的重要性。小皇帝很高兴,召进京,提拔其为翰林学士,并竭力打压张璁的反对者。

"怎么称呼自己的伯伯和爸爸",本是皇帝的家务事,但这无关紧要的"礼仪之争",却在新君老臣之间,从口水仗直打到血肉横飞,拉拉杂杂持续三年。死者、遭流放者不计其数。

文徵明一直在场。这期间,他任翰林院待诏。这个职务对文徵明来说,实在是太珍贵了。因为此前,他已经应试了十次,均名落孙山。直到一五二三年,文徵明五十四岁了,熬白了头,才迎来了人生转折——工部尚书李充嗣将其举荐入朝。

在京任职的文徵明,心情并不舒畅。因为自己毕竟不是进士出身,非正规渠道入仕。官职又低,与他著名江南才子的身份并不相符。加上性情耿直,他得罪了不少人。"我衙中不是画院,乃容画匠处此焉?"官场里的冷言冷语,深深刺伤了他。

最致命一击,还是左顺门案发。眼看着与自己交好的朋友,要么被贬谪要么被流放,文徵明感到脊背发凉。深得圣宠的张璁,是他在第九次应试的时候结识的,几次拉拢文徵明,示意要提拔他。文徵明如临深渊。他目睹政治的残酷和荒唐,归去之心日甚。

终于,官居满三年,文徵明本该赴吏部,登上渴仰多年的政治舞台一展拳脚,但他却做出了相反的决定——上疏乞归。

获准归去的文徵明如释重负。如同笼中鸟归于山林,网罟之鱼回归江海,积郁的不悦情绪,一扫而光。

南下还家的路上,河水冰冻不能行船,文徵明一点也不恼怒,与同行的朋友"旦夕过从,相与唱和,殊甚欢洽",一路随缘赏玩,不亦乐乎。次年春,河水解冻,回到熟悉的吴中故乡。他在房舍东面筑室,名玉磬山房。又在庭院内手植两株梧桐,"月徘徊啸咏其中,人望之若神仙焉"。从此翰墨自娱,不问世事。

## 二 修心

官场失意,前半生孜孜以求的理想化为乌有。这并没在文徵明心里留下疮疤,这得益于他累年修心的功夫。

对外在发生的,他能做到了然不动心,专注按自己的道德准则行事,绝不含糊,像金刚般坚固。比如,他拒绝接受朝廷给他父亲的巨额抚恤金,因为父亲生前是清官。比如,他五十岁后断房欲,一生与妻子相濡以沫,别无他想。他性格谦和、少怒、宽厚。平民求画,几乎有求必应,而拒绝给这三类人画画:宗藩、中贵、外国。有人仿造他的画作,他便以真迹跟人调换,减少买画人的损失。

他认为,当以勤业俟命,不可困忧失志,每日坚持临《千字文》。

清泉以自潔采於山美可茹釣
於水鮮可食起居無時維適之
安與其譽於前孰若無毀於其
後與其樂於身孰若無憂於其
心車服不維刀鋸不加理亂不
知黜陟不聞大丈夫之不遇於
時者之所為也我則行之伺候
於公卿之門奔走於形勢之途
足將進而趦趄口將言而囁嚅
處汙穢而不羞觸刑辟而誅戮
徼倖於萬一老死而後止者其
於為人賢不肖何如也昌黎韓
愈聞其言而壯之與之酒而為
歌曰盤之中維子之宫盤之土
維子之稼盤之泉可濯可湘盤
之阻誰爭子所窈而深廓其有
容繚而曲如往而復嗟盤之樂
樂且無央虎豹遠跡兮蛟龍遁藏鬼神守護兮呵禁不
祥飲則食兮壽而康無不足兮奚所望膏吾車兮秣吾馬
從子于盤兮終吾生以徜徉
　徵明書時年八十有四

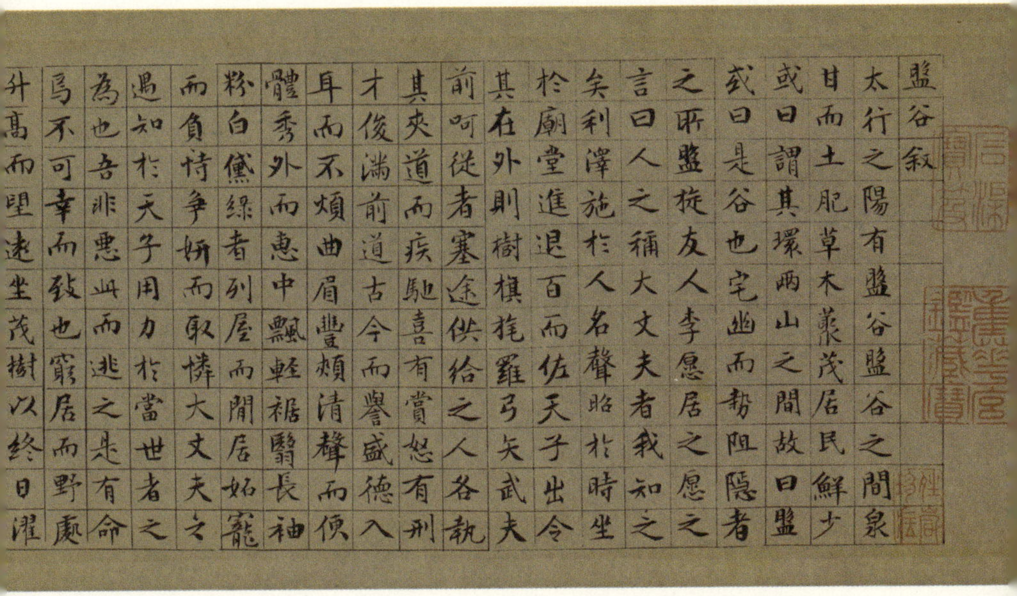

盤谷叙
太行之陽有盤谷盤谷之間泉
甘而土肥草木叢茂居民鮮少
或曰謂其環兩山之間故曰盤
或曰是谷也宅幽而勢阻隱者
之所盤撌友人李愿居之愿之
言曰人之稱大丈夫者我知之
矣利澤施於人名聲昭於時坐
於廟堂進退百官而佐天子出令
其在外則樹旗旄羅弓矢武夫
前呵從者塞途供給之人各執
其夾道而疾馳喜有賞怒有刑
才俊滿前道古今而譽盛德入
耳而不煩曲眉豐頰清聲而便
體秀外而惠中飄輕裾翳長袖
粉白黛綠者列屋而閒居妬寵
而負恃爭妍而取憐大丈夫之
過知於天子用力於當世者之
為也吾非惡此而逃之是有命
焉不可幸而致也窮居而野處
升高而望遠坐茂樹以終日濯

明　文徵明　《盤谷叙》

八十寿辰,凡远方来贺寿的朋友,每人一本小楷《千字文》作为酬谢。耄耋高龄,他把小楷写得铮铮有骨,古意芬芳。

文徵明的这种个性,近乎刻板了。他本该是个没有故事的人,却在唐寅、祝允明等风流才子的反衬下,有了许多故事。流传最广的,是他拒绝狎妓。

《六如居士外集》中记,由于文徵明从不肯狎妓,唐寅和朋友们便想试探捉弄他一番。那天,几位朋友乘船游石湖,行至湖中,突然把藏在船里的妓女招呼出来,上前与文徵明暧昧,文徵明左躲右闪。待酒过半酣,唐寅又命妓女上前敬酒,吓得文徵明差点跳了船,最后雇佣一只蚱蜢小舟,仓皇而去。

故事很有画面感。似乎当年唐寅和朋友们的放浪笑声,至今仍在石湖的水面上回荡。

还有一则,是《四友斋丛说》里载,前半段与上文相仿,男二号换成了钱同爱。在船上,文徵明为了逃避与歌妓应酬,直接将自己的臭袜子脱下来,扔在钱的脸上。钱同爱其人,洁癖程度堪比米芾倪云林,对这一举动最不能堪忍,赶紧命令停船,把文徵明放上了岸。

说到底,文徵明严于律己,却宽以待人。作为"吴中四才子",虽然与唐寅、徐祯卿、祝允明等人性格相迥,却很交好。行为方式不同,却有着相同的灵魂内核——艺术上惺惺相惜,空有一腔政治抱负,却不得志,选择不同的形式排遣罢了。这又是古来文人的共同命运。文徵明和唐寅同龄,订交早,感情深。谨慎持重的文徵明早熟，他眼看着天赋异禀的唐寅一路光环闪耀、如日中天，多次表示为他的前途担忧。果然，经历了科场舞弊案的唐寅，一蹶不振。他常在街头买醉，狂笑命运的无常，又耽于花街柳巷。文徵明作为修身典范，苦口婆心，像老父亲似的反复规劝。唠叨得有点厌烦，两人差点翻了脸。但唐寅终归有清醒的时候，他在写给文徵明的信中如是说——

自己常常以言辞忤逆权贵，又好喝酒，沉迷声色。而你却相反，"遇贵介也，饮酒也，声色也，花鸟也，泊乎其无心，虽万变于前而有不可动"。对这些俗事了不动心，实在是很牛。你这样的人，不用开口，即使共处一室，也可以达到"消镕其渣滓之心"的效果。可见，文徵明修心的功力之深。

"人有过，未尝面加质责，然见之者辄惶愧汗下。绝口不谈道学，而谨言洁行，未尝一置身于有过之地。"了解文徵明的人都认为，文徵明一点过失也没有，堪称完人。

回到画。文徵明最拿手的功夫，是在时光里酿酒。他一点也不急。不急着成功，不急着展示自己。据说，文徵明"生而少慧"，十一岁才开口说话，诗文天赋也远不及唐寅等人。起点低，却成就高。作为吴门画派创始人沈周的学生，他显得比老师还要精细缜密，极富耐力。这样的心性，是"才华"二字所不能及的。

## 三　雅韵

文徵明既修心，又随心。随心，即是不纠结，忠于内心深处的快乐。那种快乐，是怡养心性的，像春风拂于面颊，像秋风沁人心神。这种无功利的清赏，正是"风雅"的真容。

文徵明很喜欢参加雅集，类似于郊游。知己二三人，幽林深涧中，赏画、清谈、听琴、煮茶，那种场面气息，很浅淡，很优雅。融于山水，天人合一，仿佛人间再无忧虑。

雅集的美好场景，在文徵明脑海里挥之不去，越想越美，俨然画境。

明正德十三年（1518年）清明时节，无锡惠山脚下一片葳蕤。飞鸟衔着花蕾，悠然飞过。山泉水回环在山路中，依稀鸣响。文徵明和好友蔡羽、王守、王宠、汤珍等人，在二泉亭下聚会。他们"注泉于王氏鼎，三沸而三啜之"，品茶畅谈、吟诗唱和。

文徵明作《惠山茶会图》，描绘雅集情境。整个创作的过程很慢，五日一山，十日一水，却是拉长了幸福的过程。画中，三组人物散落于山林中。茶桌置于草地，桌上摆放着精致茶具。有人正备茶。有人拱手而立，招呼其他人过来饮茶。二泉亭下的井栏边，两位对坐的文士，一展卷玩赏，一凝神觅诗。亭下那口井，正是唐代"茶圣"陆羽口中的"天下第二泉"。右边山径上，赏景散步的两人正闻声回返，边走边谈……

画中意境，气息恬淡，清雅隽永。文徵明式的江南生活图景，随之流传下来，供后人模仿。惠山，成为雅集打卡地。此后的惠山茶会，文人谈论陆羽，也谈论文徵明，追忆他的雅韵情致，像一枚果实发出对种子的纪念。

《画溪亭客话图》《山堂访友图》《木泾幽居图》《空林觅句图》《绿荫草堂图》《松下观泉图》……文徵明画自己的慢生活，抑或是理想生活。他时而在山间冥想，时而在松林里坐听山泉，在草堂中喝茶对谈。俗世乎？仙界乎？他心静如水，沁出闲适的微甜。

他画得很松弛。前半生，对"功名"二字望眼欲穿，无非是在儒家思想中浸润多年，人云亦云罢了。而眼下，历经磨砺，放弃了济世为民的志向，"田园晚岁松菊存"的生活，让他感到幸福。

文徵明的小青绿山水，没有元人离群索居的隐逸之冷，也没有宋代山水的刻意工整。他是愉悦的，宁静的。有人质疑，他在卖弄贵族小资情调，但细推敲，画中人物，多是落第的秀才，并非达官显贵。雅韵之中有"清"气。致力于修心的文徵明始终朴素，高雅。高，是品行之高洁，而非身处高位。

## 四　手植

擅长静默的文徵明，在艺术史上发出巨响。一方面，他诗、文、书、画皆精，人称"四绝全才"，技艺伴随着他的高寿而日益精湛；另一方面，他子嗣、弟子众多，致力于传承文氏衣钵，使他的艺术全面开枝散叶。

文徵明的长子文彭"少承家学，尤工古隶"，在绘画上建树不高，却在治印方面开文人篆刻流派的先河。次子文嘉"其书不能如兄，而画得待诏一体"。文嘉鉴古临古的功夫承续家风，远近闻名。侄子文伯仁也是名家，他的细笔山水受叔父影响，并向更为繁复精密方向发展。

"石令人古，水令人远。一峰则太华千寻，一勺则江湖万里。"眼下，《长物志》仍是文人雅士的枕边书。作者文震亨，是文徵明曾孙。显然，他对"雅"的追求，是流淌在血液里的。又从文氏家族的画作里提炼了不少雅趣，融进文字，具体地指导后人如何过上风雅生活。

苏州拙政园，文徵明的气息一直在。眼下，游人趋之若鹜，欲与文徵明手植的紫藤亲密接触，沾沾"文"气。

时间回到一五三三年，文徵明六十四岁。这一年，至交王宠离世，年仅四十；前十年间，好友唐寅、祝允明也都相继去世——风流一时的"吴中四才子"，仅余文徵明一人。

好在，有王献臣。王献臣是拙政园最初的主人，后成为文徵明惺惺相惜的挚友。他与文徵明至交大半生。文特别为王献臣绘《拙政园三十一景册》，并写下《王氏拙政园记》。他写得很用心，在这篇千字小记里，将拙政园三十一景细细写来，又道出"拙政"的真意。

"拙政"一词，是王献臣从晋代潘岳的《闲居赋》里觅得的灵感："庶浮云之志，筑室种树，逍遥自得；池沼足以渔钓，春税足以代耕田；灌园鬻蔬，以供朝夕之膳；牧羊酤酪，以俟伏腊之费；孝乎惟孝，友于兄弟；此亦拙者之政也。"这正是政治失意的王献臣所向往的生活。"筑室种树""灌园鬻蔬"，就是他今后的"政事"。与文徵明心意相合。

那株紫藤，便是文徵明当年为王献臣亲手种下的，全称"文衡山先生手植藤"，人送雅号——"文藤"。

一棵树，在天地间存活，艺术生命长青。花开，如烟。五百年风雨，亦如烟。花落，老藤褪出古意，风云沧桑满怀。世人瞻仰，究其根由，是膜拜文徵明的品格和风雅。

去年中秋，我到苏州。居住的地方，正是拙政园南侧，叫作"园林里"的小区——园林里六号，园林里七号，名字娴静美好。家家户户，白墙上点缀秀丽的凌霄花，又有石榴树果实累累地红着脸颊，掩在灰瓦的墙头。漫步，似行于画中。

清晨，拙政园门口，遇见卖花，从老奶奶手里买来两串。细铁丝串了七朵茉莉花蕾，香喷喷的，白得无瑕。戴在浅绿色的旗袍盘扣上，奶奶给拴上，画面极温馨。又买一小包金桂，放在包包里，作香囊。卖花的奶奶喊我妹妹，这是苏州女人骨子里的甜软。两串茉莉，芬芳了大半天，我对于拙政园的记忆是深深的香。一路感慨，文徵明式的风雅，仍在，而且亲民。

又访石湖。最早，是南宋的范成大在石湖周围大量植梅，后来，又有沈周、文徵明、唐寅等文人才子，在石湖泛舟，很有野趣。曾见过文徵明的《石湖泛月图》仿品，气息很迷人。也是中秋，渔夫酒醉酣睡，将船停泊在石湖浅水的苇丛，月亮清朗地照着。我附庸风雅，也想模仿着租一条船，来个石湖夜寐。等到了夜幕降临，发现，这一带热闹得如同白昼，彩灯闪烁，重金属的音乐喧闹不已。风雅，竟像是遥远的梦。

近来，又得知一个信息，让人乐观。据说，每年紫藤种子成熟时节，苏州博物馆的工作人员都会到拙政园里采集"文藤"种荚，剥出晒干。再挑选大约三千粒优质种，精致包装。这成为苏州博物馆最受欢迎的文创之一——三粒一盒，每年流通一千盒。

这些种子的消息，一下子牵住了我的想象。我想知道，在这世上，究竟行走着多少手握种子的人。手握一粒"文藤"种子，便有资格沿着"文"脉，行走在文徵明的画里，做一个风雅的人。某日，梦里出席青绿色的雅集，洗涤俗世的烦忧。某日，天朗气清，随手撒下一粒种子。雨一来，萌芽的，是整个诗意江南。

# 桃花坞旧事

> 人物名片：唐寅（1470—1524年），字伯虎，小字子畏，号六如居士，明代画家、书法家、诗人。"吴门四家"之一，又是"吴中四才子"之一。

## 一

弘治十五年（1502年）八月，吴门画派代表人物沈周家里发生了一件十分不幸的事。他的长子沈云鸿去世，享年五十三岁。当时，沈周已七十六岁高龄。白发人送黑发人，心情十分悲切。由于沈云鸿擅长书画，再加上沈周在当地的文化地位显赫，来吊唁的竟有上千人之多。

依明制，为长子服丧，要二十七个月。期满后，沈云鸿归葬，文徵明为其作墓志。沈周怀念爱子，画《落花图》一幅，并作《落花诗》十首。这些作品，被文徵明拿去给徐祯卿等人看，越传越广。为了安慰沈周，众人各作十首和韵诗相赠，而沈周又反过来和诗答谢。一时间，吴中文人掀起了一场声势浩大的"落花诗潮"，众人互相应来和去。姑苏城上空飘荡着凄楚的气息。

这其中，最为投入的，是被称为"江南第一才子"的唐寅，也就是被今人戏说成在影视剧里"点秋香"的风流画家唐伯虎。他一口气和了三十首《落花诗》，加上其他散作的落花诗歌，共有四十首之多，集成《落花诗册》。原本是为抚慰沈周而作，没承想，一根线头牵扯出无尽的幽悲往事。唐寅入戏太深，像是将自身化为花瓣，随着晚春的风雨扑向泥潭。种种哀婉，种种幽怨，断断续续缠缠绵绵，怎么也表达不尽了。直到一五二二年，唐寅临终的前一年，他还在创作《落花诗》。"落花"这一意象，由沈周开始，却跟随唐寅终生。

五百多年后的己亥年秋，天高气爽的国庆假期。清亮的夜晚十分舒适，不忍睡眠。我在灯下临摹唐寅的《落花诗帖》——刹那断送十分春，富贵园林一洗贫……夕阳暗暗笛悠悠，一霎春风又转头……桃花净尽杏花空，开落年年约略同……杏瓣桃须扫作堆，青春白发感衰颓……

无论哪一首，每每开端，悲伤倾泻而来，完全不留回旋的余地。揣摩唐寅的心境，不知道他将悲伤苦楚的情绪在心里积蓄了多久，在吐露的时候，竟完全舍去含蓄之美，直接一把利剑劈将下来，开门见山地写——花落了，枝头空了。

眼下，国庆气氛正在浓时，满世界的蓬勃和欢腾。落花的气息，实在与之格格不入。我守着纸和墨，百无聊赖，只好在静夜里

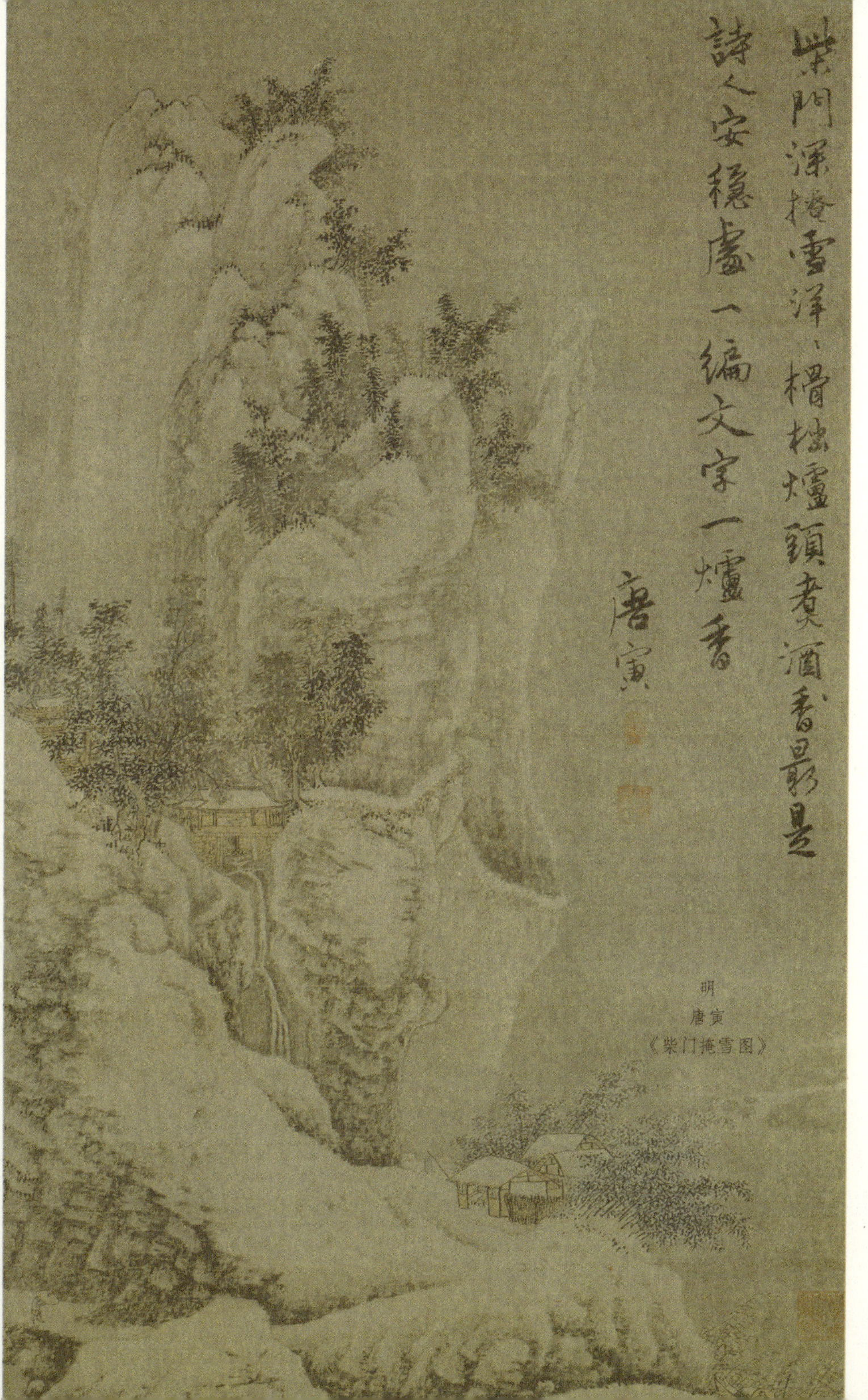

柴門深掩雪洋洋，榾柮爐頭煮酒香。最是詩人安穩處，一編文字一爐香。 唐寅

明
唐寅
《柴门掩雪图》

写下去，倾听笔在宣纸上轻微的摩擦。夜越深，越能贴近一个落寞才子的心。《落花诗帖》的临摹，竟感觉到别样的真实、充盈。俗语说，在低谷中品味人生，唐寅的不尽人意或许是多数人的生命底色。只不过，文人的内心多了几重敏感，又能于表达，所以显得格外深刻。

唐寅的行书很美，美到极致，美到无瑕。字字珠玑，类似吸饱了雨的花瓣，水灵灵地绽放。但也由于太注重形象的美，布局和姿态显得拘谨，近似楷书，中规中矩，开合很小。下笔也软，少有筋骨，像小家碧玉腾腾挪步，不乏忸怩的媚态。字如其人。唐寅这一生，始终恪守着某种法度。偶有醉酒的狂放，但整体风格是偏于保守的。试想，在唐寅生活的苏州，每天感受着江南的芳草萋萋，骨子里是很柔的。加上科举舞弊案的重创，唐寅一度萎靡不振。对于现实的反抗，除了诗和酒，也并无他途。纤弱的阴柔，逐渐占了上风。

睡前，一声轻叹，算是对唐寅之感伤的浅淡共鸣。

## 二

落花，是唐寅命运的影射。

唐寅，字伯虎，又字子畏，号六如居士，桃花庵主。出生于商贾人家，年幼时候即聪颖过人。他十六岁夺得苏州头名秀才，轰动了整个苏州城。二十九岁考中第一名解元，于是声名鹊起，人称"唐

黄金布地梵王家
白玉成林䑛液花
對酒不妨閒尋墨
一枝清影寫横斜

明 唐寅《墨梅图》

解元"。大有"手可摘星辰"的优越感,性格也越发豪放和轻狂。

在禁欲主义者文徵明看来,唐寅的某些行径,简直是阮籍再世。文徵明是个自律能力超强,有些刻板的人。这一点,从他传世的小楷中即能看得出来。

当年,文徵明有两首诗形容唐寅的生活状态,其中一首《简子畏》说:"落魄迂疏不事家,郎君性气属豪华。高楼大叫秋觞月,深幄微酣夜拥花……"

高楼买醉,夜宿秦楼,唐寅过着相当奢靡的生活。究其原因,天性是一方面,主要还是底气足。恣肆狂放来自对前途的笃定。他自认为京城会试中考取进士,是有十足把握的,飞黄腾达指日可待。没承想,人有旦夕祸福,居然被牵连进科场舞弊案,落了个"天子震赫,召捕治狱"的下场。唐寅虽然没有身陷囹圄,但也铸成千古大错。往日明星般的人物,转眼成了"墙倒众人推,破鼓万人捶"的对象。精神打击之大,像是从扶摇直上的云端一下子栽进了烂泥塘里。正如落花一夜间荡尽,剩下败柳残枝几根,叫人扼腕叹息。当然,将这种叹息持续得最久的,是唐寅本人。终其一生,他都没能真正振作起来。晚年的唐寅,在他为自己打造的避世天堂桃花坞里,饮酒买醉,以度残生。

今年初秋,我到苏州闲逛,居住的地方,正是桃花坞。

桃花坞,不同于陶渊明的桃花源,无论在物质层面还是精神层面,都更像是普通人的居住地。它的位置,在离苏州阊门不远的地方,与市井连接,便于唐寅与好友们往来喝酒。这一点,让唐寅看起来更接近平常百姓。作为"明四家"之一,他还称不上是高士。他既没有沈周平和简淡的人生哲学,也不具备文徵明的稳重儒雅、谦和坚韧。支撑起他的声名的,始终是才华。而这种才华,多倚仗天赋。后天的学养,早在他三十岁之前辉煌的"南京解元"时期,就已达到人生巅峰。此后再无长足进步。再说唐寅后半生的避世,也是被动的,无奈的,缺乏变通的智慧,常常停留在"怨"的层面,缺乏思想上的升华,更无力为他带来"隐士"的身份。

科场舞弊案后,唐寅驶离了传统士大夫阶层的生命轨迹,靠着写诗画画,成了自给自足的民间艺术家。本想在体制内谋个一官半职,却成了体制外的自由职业者。这是历史的隐秘安排,又或许是不羁文人的宿命所在。

唐寅生活的年代,正处于大明王朝中期,是江南重要的发展期,市民阶层壮大,价值取向多元。作为江南名城的苏州,不仅是全国经济中心,更是引领风尚的文化中心。商品经济发达,书画市场繁荣。有人风雅,有人附庸风雅。作为著名画家,唐寅养家糊口应该不算太难。据说,当年"明四家"之一的仇英,画一幅画,可得千两金。

这样分析起来,科场失意,并非完全是件坏事,体制外也有很多乐子可寻。但当年的唐寅,始终没能摆脱传统士夫文人对于"功名"一词的重度迷恋,他拧巴着,觉得满盘皆输,痛苦感伤不已。

其实,在四十五岁那年,唐寅还赢得了一次翻盘的机会。明正德九年,也就是一五一四年,应宁王的邀请,唐寅赴南昌半年,做幕僚。后来发现，宁王居然有谋反的企图，唐寅周旋在其中，痛苦纠结不已，最后靠着装疯卖傻才得以脱身回到苏州故里。这一次回归后，唐寅彻底放弃了奋斗与挣扎，他笃信了佛教，从某种程度上走向了宿命论。借《金刚经》里的意思，自号"六如居士"。

感谢历史，为我们留下一个真性情的唐寅，和他活色生香的美人图，还有那首著名的写桃花坞的诗。不久前，郭德纲在相声段子里，还有这首诗的唱段，可见流传有多广。配器像是用的苏州评弹一类的，竟把那种哀怨，用戏谑的曲调，唱得十分动人。

《桃花庵歌》里，唐寅屡屡抛出桃花意象，想要伸手触摸一个"仙"字，以此歌颂自己的美好生活："桃花坞里桃花庵，桃花庵下桃花仙。桃花仙人种桃树，又摘桃花换酒钱。酒醒只在花前坐，酒醉还来花下眠。半醉半醒日复日，花落花开年复年……世人笑我太疯癫，我笑他人看不穿。不见五陵豪杰墓，无花无酒锄作田。"科场失意的唐寅，靠卖画赚钱，为自己圈了一块地，种桃树，美其名曰桃花坞。酒罢，他卧在桃花树下高调地唱这首直白的歌。他口出狂言，说自己超越了俗境，过上了桃花仙的生活。他果真看透了吗？酒醒花前坐，酒醉花下眠。明眼人都看得出来，这是一种疯癫的表达，更接近酒后戏言，是理想主义软绵绵的憧憬，顺便也是脆弱心态的活色生香的掩饰。

作为旁观者的我，半是欣赏，半是酸涩。

抛开唐寅的口是心非，我希望《桃花庵歌》里所唱，是真实的桃花坞生活图景。那里，完全有资格居住一个潇洒放荡、恃才傲物的唐寅。他藐视权贵，将满腔的愤懑，都喷薄在纸上。他将仕途权位，像甩包袱似的甩开了，留给自己一声笑。他坦荡无忧，过着快意人生。闲时，画着冷逸的画。学学倪云林、学学梅道人，留下一些惊世骇俗的故事。然而，这仅是我的想象。

如今，因了唐寅，桃花坞还在。唐寅故居，即是文昌阁。清朝顺治年间，名医沈明生买下了这个宅子，迁居进来。当时莫俨高曾写有《送明生先生迁六如别业》一诗："六如泼墨狂歌处，桃树无多潭水秋。之子移家当胜地，一楼八咏继风流。"对唐寅的气息相当迷恋。遗憾的是，如今的唐寅故居，"锁将军"驻守着，正在进行漫长的修缮。

在我居住地不远的平江路，有河。对岸，是唐伯府菜馆，我猜，该与唐寅有着千丝万缕的联系。我想进去瞧瞧，却不知道如何到彼岸。不去也罢，可以纵情想象着唐寅，当年曾在这里喝过闷酒，间或与朋友们闲谈。

酒店楼下，一个身材微胖的大叔，身旁支着一辆平板车，摆着几种光鲜的水果卖，很惹眼。苏州的水果摊都精致，红红绿绿搭配得好，又新鲜。尤其乌梅，颜色红得发黑，透亮的，像儿童清澈单纯的眸子，让人喜悦。每每路过，总买一点回去尝。来回两次，跟大叔有些熟稔了，得知他就住旁边的小平房，如若见不到他的平板车，想买水果可以随时敲门喊他。但每逢晚间散步回来，找他的摊子找不见，去敲门，上了锁。门口有邻居说，喝酒去了，天天如此呢。我笑了，眼前清晰浮现了大叔快活喝酒的样子，身旁还围了大帮的朋友。

　　酒店旁，一家书店称得上隐秘。玻璃窗透亮，围栏上爬满了明艳的凌霄花。待到华灯初上，往书店里望进去，发现店内装饰十分雅致。一个帅气的小伙子，正埋头专注读书。他是老板无疑了。因为并没有其他客人。书桌上花瓶里，大捧的粉色玫瑰花旺盛，不知有多么芬芳。脚边，一只慵懒的猫，肚皮贴地，安静地陪伴。

　　我对同行的 DD 说，真想过这样的日子，闲适地读书，有自己的空间，可约三两知己闲坐。DD 却说，这家书店的生意看上去并不好，可能面临经济窘迫。店主应该是个理想主义者。

　　桃花坞盛产理想主义者，也盛产纵酒的人——这结论让我陷入沉思。这是不是唐寅的气息？

## 三

　　饭后闲暇，在街上走走，窄窄的河，漂来木船。身穿兰花布衣衫的女子，正用力划着船桨，身姿袅娜。站在古朴的石桥上居高临下远望，船身与河两畔的夹竹桃相映，构成典型的江南风景，让人有微醺的醉。又想到，当年的唐寅，正是在这样的风景里，流泪。或者，他整日闻着幽幽的桂花香，性格和心情，都渐渐绵软了。最终，他没能走向愤懑，走向奇崛，而是通往幽怨了。

　　有一种诗，叫作宫怨诗；有一种画，叫作宫怨图。

　　唐寅的幽怨，竟和宫怨吻合。据考，现存最早的宫怨诗，是汉

明 唐寅 《仕女》

代班婕妤的《怨歌行》。这是一个著名的典故。当年的汉成帝，喜新厌旧，深受宠爱的班婕妤受到冷遇后，由于看尽宫中的人情冷暖世态炎凉，伤心地写下了一首诗——《怨歌行》，又名《团扇歌》："新裂齐纨素，鲜洁如霜雪，裁为合欢扇，团团似明月。出入君怀袖，动摇微风发。常恐秋节至，凉飚夺炎热，弃捐箧笥中，恩情中道绝。"一个漂亮的女人，将自己比作扇子。天凉了，备受冷落，发出幽幽的哀怨。这首宫怨诗，不知引来多少同情的目光。读到这样的诗，恐怕再绝情的男子，也要为自己的薄情惭愧了。

唐寅的画，代表作有《秋风纨扇图》。图中一个美艳的女人，应该就是班婕妤。眉宇间有愁绪，神色惆怅枉然。画左方，是题诗："秋来纨扇合收藏，何事佳人重感伤。请把世情详细看，大都谁不逐炎凉？"

唐寅借典故，表达自己的怀才不遇。唐寅和班婕妤，同样是被君王所遗忘、遗弃的人。

唐寅画过多幅美人图，有人借此说风流。但他想表达的，可能关乎儿女情长，毕竟女人的温柔乡给他的落魄带来不少情感慰藉。但重点，也许并不是风流韵事。他想表达的，多是与风尘女子同命相连的感慨。一个"柔"字深埋其中。是无奈的善良，善良的无奈。

《王蜀宫妓图》是唐寅的工笔重彩画，以"三白法"染仕女面部，突出宫女的浓妆艳抹，衣服花纹用细劲流畅的铁线描，服饰浓艳，绮罗绚烂，把宫妓们竞相装扮、斗绿争绯的情态刻画得生动极了。唐寅意不在赞美，而是讽刺蜀后主的荒淫无度。对着落花流泪的唐寅，有一颗女儿心。他常对着人面桃花的女子发出叹息，所谓"花柳不知人已去，年年斗绿与争绯"。在他看来，美丽的女子啊，多么像花，纵然颜色好，却有着在春风中陨落的坎坷命运。而他自己，又何尝不是如此呢……

传说，唐寅曾画过多幅春宫图。我想，美人也好，春宫图也罢，难免是商业手段。生活所迫，赚点酒钱。

说到美人图，又想到画家陈老莲。晚明的老莲也常画美人，据说在西湖湖畔，关于他的风流事，几条船也载不完。对比唐寅，老莲的个性鲜明，思想深邃，更有文人的决绝。据说当年，有达官显贵请老莲画画，他死也不从。而有妓女向他索画，每次都能遂心，以至当时社会上一时流传"人欲得其画者，争向妓家求之"的说法。这种旷放野逸，在唐寅身上，似乎很难寻到。唐寅的整个生命基调，大抵是落花形态，哀婉，柔媚。

唐寅也画《雪山会琴图》《山静日长图》，但声名却远远被他的美人图所掩盖。一则他的人物画，确是技法高超，别具一格。另外，他的山水画系列，缺乏显著的特色。终究，他表情达意和情感抒发的窗口，经由美人图，输出得更为准确贴切。他的人物画，尤其仕女，深受市场欢迎，在灯阑酒肆的民间流传广泛。所以，唐寅比沈周、文徵明等文人画家，更多了几许民间色彩，也更接近普通百姓。

晚年唐寅，虽然成为佛教居士，但心思没能彻底寂静下来。他对自己的一生是不满意的。临终前,他有绝命诗:"生在阳间有散场,死归地府也何妨?阳间地府俱相似,只当漂流在异乡。"是深深的凄楚。但后人为他撰写的堂联,却相当耀眼:"沧浪亭中,吴郡名贤占一席;桃花坞里,金闾遗迹足千秋。"

　　写了这么多,对于唐寅,我是没有倾慕的。我向来不喜男子柔弱,更不愿看到有才华的人由于轻浮,跌进命运的深坑。但觉得唯一值得庆慰的是,唐寅这一生,不是努力地成为谁。他只做了他自己。

## 狂躁的舞台

人物名片：徐渭（1521—1593年），初字文清，后改字文长，号青藤老人、青藤道士。明代中期文学家、书画家、戏曲家、军事家。

他是一位高明的看戏人，却是一位困顿的演出者。

——朱良志

才子徐渭，浑身都是戏。他笔下有对联："随缘设法自有大地众生，作戏逢场原属人生本色。"他这一生，冲突不断。看客换了一代又一代，唏嘘声不绝。只苦了他一人，始终全身心入戏。

我们且抽取他人生的三幕情境，以此洞见其命运全景。

### 第一幕：刺耳

这里所谓的刺耳，并不是形容某种难听的声音。而是徐渭其人,在他本应该体魄旺健、灵魂清醒的四十五岁中年,从墙上拔下一颗三寸长的铁钉,刺入自己的耳朵,血流如注。

疯了!这种疯狂的行为,并未致命。于是,他接着,用铁器击打自己的肾囊,换了另一种自残的方式。那一刻,他什么也不怕了,他要将这个身躯,这个再也不会有任何前途希望的黑压压的命运,就此终结。在做这一切之前,他早已写好了《自为墓志铭》。人人都说,徐渭中了魔。

所谓的魔,大多是心魔。存活在一个使人格扭曲的社会里,作为有良知的智者,看穿了统治阶层的虚伪把戏,却不懂得装傻,一味坚持自我,不屈服,不低头左右逢源,注定痛苦。痛苦到了极点,便中了魔。

徐渭的痛苦,最直接的原因,是胡宗宪的狱中自杀。

嘉靖三十四年(1555年),三十五岁的徐渭第六次落榜。落寞,伤心,绝望,他只能借酒浇愁。倚着破败的墙壁,一手拿着酒壶,时不时往嘴里灌酒。半醉半醒间,往事朦胧浮现脑海——回想幼年,继母苗夫人十分重视徐渭的教育,"散数百金",在徐家的榴花书屋,为徐渭办私塾,聘请名师讲解唐诗。徐渭聪慧过人,过目成诵。八岁即能理解儒家经典的微言大义,极具文才。十二三岁,又学琴艺,老师只教他一首《颜回》的曲子,他便能心领神会,自己创作二十多首新曲子。十五六岁,又学习剑术,精通兵法。才华全面而出众,在绍兴府人尽皆知。当地著名的"越中十子"文人圈,徐渭亦是灵魂人物,众星捧月,何等风光!

以書法作畫古人中多見之此幅雖無款識為徐文長先生筆靡疑敢遂張孝思鑒

明
徐渭
《驢背吟詩圖》

就是这样卓越的人，却屡试不第。科举的大路朝天，而对于才高八斗的徐文长来说，却是逼仄狭窄得伸不进一只脚去。好不容易考中了秀才，却怎么也过不了乡试这一关。原因？考官觉得他的文风不合时宜。满腹经纶，志在仕途，却不能如愿，整个青年时期，他都在为自己的前途焦虑。

插播一条画外音：纵观画坛，从不缺科场失意的人。比徐渭晚三十年出生的董其昌，在三次落选乡试之后，苦心钻研悟得八股文写作宗旨，主动适应八股文写作规则，顺利通过了科举，官至礼部尚书，典型的成功人士。他总结的"九字诀"，还成为科考生的理论依据。

相形之下，徐渭太"死心眼"。但命运还不急着把他逼上绝路，向他敞开一扇侧门。嘉靖时期，倭患严重。浙江巡抚胡宗宪总督东南沿海的抗倭军务，他十分爱才，听说了徐渭的大名，便来邀请他加入自己的智囊团。走投无路的徐渭正需要一个施展抱负的机会，此时，他却犹豫了。

原因？胡宗宪与奸臣严嵩属同一派系。疾恶如仇的徐渭，不能容忍。投靠胡宗宪，违背他做人的原则。胡宗宪作为政治家，对于这一类清高文人，是十分有办法的。他礼贤下士，对徐渭百般恭敬，处处捧着，句句抬着，并答应徐渭，在自己府上，他可以不受礼法拘束，来去自由。这一招，等于给徐渭递了一个台阶，还铺上了红毯。自尊心极强的徐渭，对此十分受用，不好再推辞了。毕竟，当时的徐渭，连生存都已经成问题了。

果然，徐渭刚进驻胡府，就大放异彩。当年，胡宗宪军队在舟山追剿倭寇途中，捕获一头白鹿。民间传说，白鹿是吉祥盛世的征兆。当时，嘉靖皇帝正热衷于修道成仙。于是，胡宗宪投其所好，将白鹿进献给皇帝。与白鹿一同进贡的，还有美文一篇——《进白鹿表》，无非是升华立意，表达忠心。这篇美文的作者，正是徐渭。洋洋洒洒，才情四溢，龙颜大悦。继而，徐渭在胡府越发春风得意，又帮助胡宗宪运筹帷幄，战功赫赫。

此时，大艺术家徐渭初尝建功立业的甜头，无暇涉足艺术圈。

政治这条船，注定无法长时间安稳航行。一五六二年，严嵩被罢免，连带反应，胡宗宪的官位岌岌可危。一五六五年，严嵩之子严世蕃被处死，罪名是私通倭寇。而胡宗宪与其来往的书信中，正是涉及抗倭的事，自然被牵连入狱。不久，胡自杀狱中。

这下，徐渭的好日子结束了，他又一次跌回命运低谷。这是做幕僚的代价。

他一下子抑郁了。一方面，为胡宗宪之死感到痛惜。毕竟，胡是抗倭的大功臣，又是他的恩人和知己，这几年能从潦倒的深坑里爬出来，娶妻生子、置办房产，都是靠着胡宗宪的帮扶。另一方面，他战战兢兢，夜不能寐。他很怕严嵩的政敌找上门来，想弄个罪名置他于死地，那是轻而易举的。

他忧虑，担心随时有衙役上门来将其捆绑押走；他惶惑，明明在为朝廷效力，为何又一步步沦落到今天；他困顿，自己没有学历，不可能再有东山再起的机遇了，一家人的生计该如何支撑……

他想到了死。性格外向的徐渭,不可能以一种沉默的方式郁郁而终,他不甘于以弱者的身份向命运屈服,即使死,也要折腾出天大的动静。他哭号,他自残,他在夜深人静的时候说着疯话。清醒了,他以狂狷的书法,写一些尖刻的诗文。病情最严重的时候,他怀疑自己的妻子不忠,失手将其杀死。

终于闹出了人命!徐渭以杀妻之罪入狱了。他不再哭喊,面对铁索铁窗,长久地沉默。

## 第二幕:骂曹

时间再往回倒几年。大画家徐渭在作画之前,是个编剧。

徐渭扯着嗓子骂严嵩,他不敢。或者说,他认为这种方式不够高明。凭他的才智和学养,可以有成百上千种方式来骂严嵩,骂得解气,骂得痛快淋漓,骂得人尽皆知却不被定罪。

他向历史借来一个人,这个人便是祢衡。以祢衡的口吻来骂,骂的,也不是严嵩,而是曹操。要知道,祢衡是最有资格骂曹操的人之一。当年,曹操借刀杀人,杀的便是祢衡。

汉末才子祢衡,生逢乱世而怀才不遇。孔融写了一篇《荐祢衡表》向曹操推荐祢衡,但是祢衡清高,称病不肯去。曹操伪善地封他为鼓手,大宴宾客,想要借机羞辱祢衡。结果祢衡面不改色,反而一边击鼓,一边把曹操给羞辱了一顿。精于权术的曹操怀恨在心却不直接杀祢衡,而是把他遣送给了刘表。祢衡对刘表也很轻慢,

明　徐渭　《榴实图》

刘表又把他送去给江夏太守黄祖，祢衡又和黄祖起了言语冲突，最终被杀，年仅二十六岁。

以此为背景，剧作家徐渭开始编故事了——

死后的祢衡，来到了阴间。判官，也就是阎王爷，请他重演当日击鼓骂曹操的事。于是祢衡清清嗓子，开始再现当年场景。他历数曹操逼献帝迁都，杀伏后、董贵人，迫害杨修、孔融及自己等罪恶，越骂越投入，代入感极强，几乎令阴曹地府的小鬼们拍案而起。

这出名为《狂鼓史渔阳三弄》的短剧在当时很有名，情节并不曲折，主要看点是骂人的过程，文辞尖酸露骨，且看台词——"铜雀台直把那云烟架，僭车旗直按倒朝廷胯。在当时险夺了玉皇尊，到如今还使得阎罗怕。"这是在揭露曹操的恶行。他又讽刺曹操的某些伪善举动，只不过是"大缸中去几粒芝麻罢，馋猫哭一会慈悲诈，饥鹰饶半截肝肠挂，凶屠放片刻猪羊假"。同时代的李廷谟称该剧："以惊魂断魄之声，呼起睡乡酒国之汉，和云四叫，痛裂五中，真可令渴鹿罢驰，痴猿息弄……"

骂人骂得登峰造极，骂得流传千古，不得不说，这是徐渭的特长。从始至终，徐渭的理想，不是做"完人"，而是做"真人"，一个毫无伪饰的人，一个敢于跟礼法教条叫板的人，一个准确表达自己思想和心迹的人，一个能彻底把自己伸直不受憋屈的人。

再插播一条画外音。徐渭的写作也是发泄式的，他对小清新文风丝毫不感兴趣。比如，他描写雪景——"万事岂俱埋得尽，有时终露骷髅怨",完全不唯美。再比如有一次,在一个明月朗照的夜晚,他夜宿一个叫作丘园的地方。周围古木参天,幽静深邃,有一道士飘然而至,与人月下闲谈……想来,浪漫富有诗意。且看徐渭笔下诗文:"老树拿空云,长藤网溪翠。碧火冷枯根,前山友精祟。或为道士服,月明对人语。幸勿相猜嫌,夜来谈客旅。"翻译过来便是:"鬼魅的老树,高高耸向天空,蔓生的长树藤,在山溪的上方密密地织成了网。碧幽幽的磷火在形状怪异的枯树根周围浮动着,好像有一群精灵在山前相聚。忽然,从前山走来一个身穿道士服的人,站在白晃晃的月光下跟我说话——大家都是旅途中人,特来闲聊几句,你可不要乱猜疑啊……"一篇抒情美文,生生被徐渭写成了鬼故事。徐渭一下笔,便要惊风雨。

回到上文。他对严嵩的仇恨,也是到了深处,像是箭在弦上不得不发,所以开骂。一方面,出于知识分子的正义和良知;另一方面,是基于好友沈炼被杀。

徐渭所处的时代,社会矛盾激化,又有倭寇侵扰民不聊生。当时朝中严嵩垄断朝政,贪贿奢侈,独断专行。很多人因为与严嵩政见不合惨遭杀害。在被杀的人中,就有徐渭的知己好友沈炼。徐渭原本就对社会黑暗、权奸当道不满,沈炼的被杀,更激起他的痛恨。

骂人的过程中,徐渭自己也很入戏。他以祢衡自喻,发泄自己怀才不遇、英雄失路、托足无门的悲愤。这个社会良莠不分,真是荒唐可悲啊!徐渭捶胸顿足。

话说，作为剧作家的徐渭，依然卓越，曾得到汤显祖的赞赏。两人虽未谋面，但徐渭离世后，汤显祖写信给山阴知县余懋孳，希望他能够关照徐氏后人，完全是出于对徐渭编剧才华的倾慕。徐渭的戏剧代表作叫《四声猿》，四声猿猴的啼叫。

北魏郦道元的《水经注》写："自三峡七百里中，两岸连山，略无阙处，重岩叠嶂，隐天蔽日……常有高猿长啸，属引凄异，空谷传响，哀转久绝。"

东晋《宜都山川记》中，也提到"巴东三峡，猿鸣甚悲"。

猿猴啼叫，类似呼啸。古代文人游子出门远游或赶考，多乘船走水路，两岸幽深的山涧丛林，时而传来清朗的猿声，伴随着羁旅愁苦，借几盏闷酒，流入诗册，化为意象。

如此看来，徐渭创作的杂剧《四声猿》该是四幕悲剧。《狂鼓史渔阳三弄》是其中之一。猿猴啼叫的意象，也像徐渭本人。呼啸、哀叫，抑或理直气壮地谩骂，是理想主义者对命运的叩问和嘶鸣，长久回环于长空，令人悲戚不已。

## 第三幕：泼墨

终于，徐渭要画画了。

作画之前，他不是做一个深呼吸，让自己处于波澜不惊的状态，想想布局，思忖一下用笔之类。他要喝酒，他要让自己心潮澎湃起来，他要振奋，他要激昂。他要用金箍棒搅起东海龙宫，来个天翻地覆。他要在海水最激荡的时候，甩一抹墨色出来，瞬间而就。那个瞬间，是他精神最为通灵的瞬间，笔墨之神紧紧握住他的手。

"小白连浮三十杯，指尖浩气响成雷，惊花蛰草开愁晚，何用三郎羯鼓催。"为了捕捉这一瞬间，他连喝了三十杯小酒，将所有的气息，都逼到了指尖。笔下的墨花墨草，猛然间，疾风骤雨般落在了宣纸上。

徐渭作画，那是"狂挥墨欲流"。他用泼墨法，一笔两笔三笔，画牡丹叶、荷叶、芭蕉叶等宽叶植物，又一笔，画大块山石。一层浓墨，是浓重的神采，趁墨迹未干，又用淡墨渲染，形成流动迷离的烟云。

据考证，徐渭最早的画作，是四十七岁画的。四十七岁，历尽艰危的徐渭，终于不再对仕途有企望，不再有向世人展示自己的欲望，开始专注于自我表达。徐渭选择了水墨，水墨亦选择了徐渭。二者天作之合。

王阳明说："汝未看此花时，此花与汝同归于寂。汝来看此花时，此花颜色一时明白过来。"

当徐渭还没专注凝视那些花草植物的时候，他们各自寂寞。以那株牡丹为例，自从被徐渭看过一眼，"颜色一时明白起来"，便转身成为徐渭的墨牡丹。

徐渭又到菜园走了一圈，眼睛一瞥，那些南瓜、茄子、豆角等植物，全都被同化为徐渭气质，不安分守己了。豆荚像是要爆开，

明　徐渭　《蟹鱼图》

南瓜歪着头嬉笑，莲蓬长出了毛糙糙的刺。纸上的《蔬果卷》，热闹的铁匠铺，演奏叮叮咚咚的交响。

他抛弃了五彩，只用纯粹的水墨。纸上，那一株水墨芭蕉替徐渭狂喊："种芭元爱绿涟漪，谁解将蕉染墨池。我却胸中无五色，肯令心手便相欺。"徐渭的世界是黑白的，他只能如实表达。如果画成彩色，那便是最大的欺骗。徐渭一生，从没有欺骗。他的黑白，是从苦难磨砺中蝉蜕的黑白，是从绵软香氛中出走春天逃向严冬的黑白，是在五彩纷繁世界中，加了冷峻滤镜所显现的黑白。

徐渭画画，是捧着自己的一颗心来了。万事万物，都是"我"的化身——

他是葡萄。"半生落魄已成翁，独立书斋啸晚风。笔底明珠无处卖，闲抛闲掷野藤中。"一串墨葡萄，既是耀眼明珠，又是野藤中的杂草。一串墨葡萄，颗颗闪耀璀璨的才华，又滴滴是徐文长不屈的眼泪。

他是牡丹。"五十八年贫贱身，何曾妄念洛阳春；不然岂少胭脂在，富贵花将墨写神。"像我这样地位贫贱的文人，哪里有资格去妄想洛阳富贵的春天！"腻粉轻黄不用匀，淡烟笼墨弄青春。从来国色无妆点，空染胭脂媚俗人。"我原本就是一等的国色，根本用不着那些娇艳的色彩来媚俗！

他是梅花。"从来不见梅花谱，信手拈来自有神。"

他是芙蓉。"玉簪白白芙蓉绯，若个梳妆不学伊。青藤道人不解事，一齐涂抹付烟煤。"

他是石榴。"砚田禾黍苦阑珊,何物朝昏给范丹;虽有明珠生笔底,谁知一颗不堪餐。"

他是鲤鱼。"满纸寒腥吹鬣风,素鳞飞出墨池空。生憎浮世多肉眼,谁揭凡汝是白龙。"

于不经意间,徐渭开创花鸟大写意画法。

他的大写意,完全是自我的游戏。虽然他自我评价,"吾书第一,诗二,文三,画四",但水墨的舞台,仍是公认的徐渭艺术的核心舞台。在宣纸上,他的坎坷经历,他的奇崛性情,他的真我思想,找到了最佳的落脚点。似乎,他前半生的苦难情绪,都是为了成就一番墨戏。

大写意,重在一个"大"字。水墨是一条桀骜不驯的游龙,云里雾里翻转。徐渭将那个一生碰壁、被现实磨砺的强大自我,放纵出来,杀气腾腾,带着骨子里的豪情,冒着热腾腾的气息。他纵身骑上龙头,迅速驾驭局势。随着自我不断壮大、强大,笔墨不得不为之驯服。他狂笑一声,调兵遣将,几个回合,将战果摆上了纸面。

大写意,须有大气魄。大写意,仰仗徐渭的臭脾气。

在这个舞台上,他的表演太过精彩,以至于后世文人从未停止对其顶礼膜拜。只消一眼,便甘拜下风。那些画家,模仿徐渭的学养,却模仿不来他的才情,更模仿不来他的狂躁秉性。郑板桥刻章"青藤门下走狗",齐白石表示"恨不生三百年前,为青藤磨墨理纸"。都在心里感慨着——大师啊,大师!

可惜,徐渭并未预见自己的成功。晚年,他将自己定位为一个彻头彻尾的失败者，贫困潦倒，只拿画作换几斗米，换几杯酒。遇到达官贵人上门，便喊着"徐渭不在——"闭门谢客，骨气仍在。

　　背靠孤寂的夜，怀着几分醉意，徐渭沉浸在墨色的游戏里，挥毫挥出了一身汗，畅快淋漓。画毕，并不过瘾，接着题诗："胡为乎，区区枝剪而叶裁？君莫猜，墨色淋漓两拨开。""涂时有神蹲在手，墨色腾烟逸从酒。无肠公子浑欲走，沙外渔翁拗杨柳。"前者是题泼墨牡丹，后者是题蟹。表达结束，笔一扔，抱头睡去。

　　使人如冷水浇背，陡然一惊。惊诧于其对自我心相的准确观察，惊异于其大胆飞扬的诗意表达。多少年，花鸟画的面貌是绵软的、纤细的、轻柔的、窃窃私语式的。而徐渭泼墨，一落笔，便是惊了风雨，引来雷电，震动画坛几百年。

　　他在写给友人的信中，谈及自己的绘画理论："奇峰绝壁，大水悬流，怪石苍松，幽人羽客，大抵以墨汁淋漓，烟岚满纸，旷如无天，密如无地为上。"

　　这是典型的徐渭气象。徐渭气象，是文人的纵横气、性格的狂傲气、被命运挤压的冷峻气、欲俯视众生的狂狷气、无所掩饰的真气。如此复杂的构成，无非是想宣告世人——这个世界，徐渭来过。

# 宇宙在乎手

人物名片：董其昌（1555—1636年），字玄宰，号思白、香光居士，松江华亭（今上海市）人。明代后期大臣、书画家、书画理论家，倡"南北宗"论。

## 一　多寿与损寿

万历四十年（1612年），董玄宰五十八岁。三月修禊日，气候温良，初春的阳光柔和地洒在画案上，空气里没有一缕尘埃。宇宙归于宁静。董玄宰心思澄明，端坐许久。他想起了一些人。想起与之交好的李贽、王锡爵、公安三袁……昔日的同好、禅悦故交，此时，都已经故去了。袁宗道放弃内丹修炼转而禅悦"乐"生，却在四十岁就离世了。他的弟弟袁宏道虽然有才华，但也是沉迷于酒色，只活了四十二岁。这些身边人身边事，无疑是一种警惕。再看看自己，多年来，在党朋之争激烈的扭曲时代里如履薄冰，不轻易得罪同僚，为的还不是"永葆性命之期"！人，只有健康地活着，才

明 董其昌 《林和靖诗意图》

能享受到眼前这一切：阳光、暖风、春和景明，还有官位财富。想到这里，董其昌提笔展纸，以谦谨的行楷，写《养生论卷》。每一笔，都是对长寿的祈祷。

董其昌是个内心无比强大的人，这世间的事，似乎没有他不能摆平的。他的祖上虽然是官僚出身，但到了父辈时期，家道已经败落。董其昌自十七岁开始参加科举考试，三次乡试落选，自负的"狂生"心情很是郁结。但他没有一蹶不振，而是专注于修习禅学，重新振奋精神，三十二岁由禅宗语录悟得文章宗趣，从此考试接连告捷。他总结的八股文写作"九字诀"，成了科考的范本。

纵观他的从政生涯，生存环境极其险恶，以魏忠贤为首的阉党，与以顾宪成为首的东林党之间进行着你死我活的斗争，随时有可能被株连。但董其昌每次深陷危难，或托病回乡，或左右逢源，总能化险为夷。并且在七十一岁高龄，做到礼部尚书二品官位。

强者，就是能为自己命运掌舵的人。似乎，所有的境遇，他都能跃其上而成其主。而唯有面对死亡，他没有把握了。谈到死亡，他如临深渊。他只能尽量避开，让自己活得淡然，活得理性，生怕失了神志而不幸枉死。他想为自己争取更多的时间，来探讨"生"的奥妙。

董其昌对养生念兹在兹。作为书画家的董其昌，看到黄公望的画里跃动着明亮的生机。这种生机，不是将山水在平面上重新鲜活起来那么简单，而是一种生命的内力，透过笔墨呈现出来。这正是他最为痴迷的东西。黄公望活了八十二岁，其长寿堪称董其昌的偶像。董其昌对黄公望作品的临摹更加迫切而立体。

时光回到万历二十四年（1596年），四十二岁的董其昌得到《富春山居图》，当山水长卷在面前徐徐展开的时候，他惊呼："吾师乎，吾师乎！"每次展阅《富春山居图》，董玄宰心脾俱畅。一日观瞻，便是享一日清福。

他分析说，黄公望在富春江一带隐居，以烟云为供，吸收了天地真气，并能寄乐于画，所以才有这样的灵秀和隽永啊。继而又总结出："画之道，所谓宇宙在乎手者。眼前无非生机，故其人往往多寿。至如刻画细谨，为造物役者，乃能损寿，盖无生机也。"画里有生机，作者因而长寿。反之，像仇英那样，谨慎刻画，太过劳心，所以损了寿命。

由此，赵孟頫也尝遭董其昌诟病，原因很简单，他虽然画得好，但才活了六十多岁，可见是"为造物役"的弱者。继而，在董氏总结的"南北宗"理论中，作为"元人冠冕"的赵孟頫，未能跻身"元四家"行列。

虽然如此，但赵孟頫还是常常被董其昌拿来当镜子照——现如今，我的水平超过了赵孟頫吗？当然，他对比的是两方面，一是官职，二是画艺。他在笔记里说："《图画谱》载尚书能画者，宋时有燕肃，元有高克恭，在本朝余与鼎足。若宋迪、赵孟頫，则宰相中煊赫有名者。"他的野心，古人今人，统统要超越。其实，他心里很清楚，能够跟他相提并论的，历史上只有赵孟頫一人而已。

宇宙在乎手。董其昌笔下的"宇宙"似乎包含一切物质，天、地、山、水、树、石、竹、苇，他将万物运行的气韵、规律握在手中，用以滋养生命。这是谈绘画，又是论养生，且还是生存之道。按照他的理论，一切的前提都是，活着，高质量地活着，并凌驾于万物之上。

## 二 浊与清

董其昌对养生有执念。从这一点说，他更像是个俗人。而其知己陈继儒对董其昌的评价却是"视一切功名文字，直黄鹄之笑壤虫而已"，说董其实是相当淡泊的一个人。联想到"民抄董宦"事件，顿觉矛盾重重。

暂把"民抄董宦"搁在一边，说陈继儒。

"余尝净一室，置一几，陈几种快意书，放一本旧法帖；古鼎焚香，素麈挥尘，意思小倦，暂休竹榻。饷时而起，则啜苦茗，信手写汉书几行，随意观古画数幅。心目间，觉洒洒灵空，面上俗尘，当亦扑去三寸。"《小窗幽记》里，陈继儒为后世文人打造了经典生活的范本。后人遥想陈继儒，心生景仰，觉得他太清净了，清净得与世隔绝，超凡脱俗。陈继儒二十九岁，当街焚烧了儒生衣冠，绝意科举仕进，做一介逍遥布衣隐居于昆山之南。《明史》描述"继儒通明高迈，年甫二十九，取儒衣冠焚弃之，隐居昆山之阳，构庙祀二陆，草堂数椽，焚香晏坐，意豁如也"。

然而，陈继儒这个人物却是有争议的。他得了隐士之名，却又

明 董其昌《山水》

经常周旋于官绅间,遂为人所诟病。清乾隆间,蒋士铨作传奇《临川梦·隐奸》的出场诗,不少人认为是讽刺陈继儒。全诗是:"妆点山林大架子,附庸风雅小名家。终南捷径无心走,处士虚声尽力夸。獭祭诗书充著作,蝇营钟鼎润烟霞。翩然一只云间鹤,飞去飞来宰相衙。"

陈继儒是最了解董其昌的人,董连其后事,都委托给陈继儒全权办理,可见交情之深。为了邀请陈继儒来赏画论艺,董其昌特意修筑"来仲楼"。陈继儒也曾撰文描述了一个相当动人的场景——"吾与玄宰并游胶庠中,若宫商相生,水月相赴"。形容二人的默契程度,像两种音律相合,也像水月自然相交那么美。董陈二人有相近的艺术观点,又都对养生术抱有极大的兴趣。在董其昌六十寿宴上,陈继儒预言:"公有三无,笔下无疑,眼中无翳,胸中无一点杀机,此三点皆公寿征也。"真是一语说到了董其昌心里。

回到陈继儒对董其昌的评价,"视一切功名文字,直黄鹄之笑壤虫而已",是否中肯?

董其昌人生最大的污点,便是"民抄董宦"事件。据记载,他的二儿子董祖常,相中了某女子,巧取豪夺不成,把人逼死。当地官员畏于董其昌的权势地位,一直拖延不敢处理,最终激起民愤。一六一五年三月十五日这天,当地乡民聚集起来,仇怨者人数众多,放了一把大火,将董家宅地烧成了灰烬。董其昌带着家人狼狈出逃,很多珍贵藏品付之一炬。似乎仍是不解恨,有人把这场群众自发的抄家运动记录下来,形成《民抄董宦事实》。文中说,董其昌一家，作恶多端不是一天两天了，"吾乡豪宦董其昌，海内但闻其虚名之赫奕，而不知其心术之奸邪"……这样的用词，令后世董其昌的追随者大跌眼镜。

董其昌会为此痛心忏悔吗？不得知。没读到只言片语，令人怀疑这段往事的真实性。而他类似禅语的"洒洒落落，一切过去相，现在相，未来相，绝不挂念""汝但无事于心，无事于心则虚而明，灵而妙，一念者，灵知自性也，不与众缘作对"却映照在画里，成为永恒，深入人心。

## 三　虔诚画徒

或许，陈继儒的评价还有另一种解读，即董其昌对艺术和养生的热爱，超越了其对官位财富的热衷。毕竟，在官场的血雨腥风里提着脑袋生存的滋味并不好受。又或许，董其昌长期与达观禅师、憨山禅师等高僧交往，有助于其心性的了悟，确实令他生起了想要超凡脱俗的志向。

董其昌习书绘画，都下苦功。用尽大半生，他认真地临摹王维、董源、巨然、米芾、赵孟𫖯、倪瓒、吴镇……到了虔诚的地步。可以想见，无数个日与夜，他凝神埋头于前人笔墨中。把名作碑帖，临摹得历历在目，下笔即熟。

他藏画，赏画，不像是月下赏花，瞻得美貌，嗅得芬芳，然后回自己的世界里做个清雅的梦。他的赏画是一种高级的贪婪。他要与绘画史上最高成就者一比高下。他要汲取众家之长，做集大成者。从三十五岁入仕算起，董其昌藏画的品级随着官职的攀升不断升级，形成了良性循环。陈继儒在《妮古录》中记："陆以宁谓董玄宰云，今日生前画靠官，他日身后官靠画。"对于名作的鉴赏，让他开阔眼界、提高创作标准。

　　眼前似乎浮现这样一个画面：夜深了。江南的夜，缠绵、寂静，像是外面下着微雨，让尘嚣尽然收敛。这样的夜里，董其昌最常做的事，便是赏画。彼时，他的画禅室所藏的名作，已经比博物馆还要丰裕。静夜赏画，难免有所思、有所感，下笔即成文。这一夜，即将步入耄耋之年的董其昌壮心不已，他将沈周的《仿黄公望富春山居图》拿出来，展卷欣赏。这是他七十二岁的时候，畅游无锡惠山途中得到的，真乃意外之喜。为了分析沈周的笔墨特征，他又将自己所藏的黄公望原作《富春山居图》拿出来，摆在一起，一并欣赏。借着窗外湿润的气息，董其昌对沈周的这幅背临的作品，似乎更有感觉。那种苍润、老到的笔法墨法，触动了他的神经，他感慨道："今复见白石翁背临长卷，冰寒于水，信可方驾古人而又过之。"他萌生了要临摹《富春山居图》的想法。这是他给自己出的考题。

　　第二年，他如期交卷。这幅《仿大痴富春大岭图》，又成为董其昌的得意之作，被众人赞叹不绝。

　　再看董其昌的痴心。一五九五年的一天，听说杭州的冯开之藏有王维的《江山雪霁图》，董其昌托人好说歹说，勉强有机会看两

桂樹叢冬榮
芊芊春茂懷湖
寫鶴音客上
烟月 兩窗子月
　　玄宰畫并題

明　董其昌　《芳樹遙峰圖》

眼。他郑重其事，"清斋三日，始展阅一过"。为了浏览真迹，他提前吃了三天素斋。回来后，他在笔记里写：之前没见过王维的画，却一见如故，与自己想象中十分吻合。莫非自己前世曾进到王维的府邸，亲眼看他作画的过程？

再有，文字里记：一个初夏的傍晚，董其昌兴致颇高。他带着从项德明那里买来的米元晖《潇湘白云图》，来到了洞庭湖。小船漂荡在太阳的余晖里，一眼望去，长天一色，空阔得有些迷蒙。董其昌兴奋不已，似乎找到了米家墨戏的感觉。他展开随身携带的画卷，将真景与画意对照，似乎，能够感知米元晖彼时作画的情绪。湘江上飘渺的奇云啊，许是米家山水的源头……

回到董其昌的画，清朗，意蕴流动于空白处，超然的宁静。你说不清他具体画的是哪一座山，哪一处的流水，却是呈现天地自然的本来面貌。朱良志先生说，董其昌画的，是山水的"性"。没有美丑的辨别，没有情绪的干扰，画中之境，是他澄明的心性。

写到这里，似乎陷入了矛盾。即道德品行是否为文人画的关键因素。解开这个矛盾，才能读懂董其昌。古人云：人品不高，落墨无法。近代陈师曾也认为，文人画四要素，第一便是人品。很多人对董其昌的人品与艺术成就之间的矛盾避而不谈。偶然间，这个盘旋在心里许久的问题，被我在潘公凯先生的一篇文章中找到了答案。他认为，文人画的决定因素是心性，而心性与道德之间，是有一定程度的错位。大师董其昌，恰好悠游于这个错位的空隙里。

《明史》评价董其昌："性和易，通禅理，萧闲吐纳，终日无俗语。"名望、地位、长寿,董其昌尽收囊中。这么多世俗的愿望——满足,却落得不俗的评价。不得不说,董其昌这人,真是高明极了。

读董其昌画,想起故人朱新建。

董其昌常写《养生论》:"戒浩饮,浩饮伤神;戒贪色,贪色灭神;戒厚味,厚味昏神;戒饱食,饱食闷神;戒多动,多动乱神;戒多言,多言损神;戒多忧,多忧郁神;戒多思,多思挠神;戒久睡,久睡倦神;戒久读,久读苦神。"想长寿,是有代价的。

朱新建点菜,所有带"猪"字的全上齐!卖画赚了钱,住最豪华的酒店,败光,又钻进胡同巷子租个单间,花生米就酒,照样神仙。朋友形容他"无法无天地潇洒着疯狂着"。他写了一本书,叫《决定快活》。

董其昌画画,天明朗,水悠远,山空灵,心里没什么波澜。习惯性地把自己的心收摄起来,烟云飘渺,追求一种平淡。

朱新建画人物,用齐白石笔法,画风骚的小脚女人,甩开膀子把心里的欲望倾倒出来,看了让人脸红心跳。

本文写董其昌,却扯来朱新建。原因?画家大抵有两类,一类用性情作画,画里有表情,有通透的情绪和人格,愈真愈浓,如倪瓒、徐渭、八大山人、朱新建。他们透明,将所有的性情一盘子端在你面前,容不得半点掩饰,诚实得让你想哭。还有一类,是文徵明、董其昌,他们偏于理性。风格、布局、气韵,都精心设计。下每一笔都很谨慎,那种成熟和老到,靠着日积月累的渐悟,让你挑不出一点毛病,完美得风烟俱净。

朱新建活了六十岁。朋友们著文哭之——多么好的一个人!可惜走得早。

董其昌活到八十二岁。有人把他捧上神坛,有人将其打入地狱。

## 人生几场醉

**人物名片**：陈洪绶（1598—1652年），字章侯，号老莲，晚号老迟、悔迟。浙江绍兴府诸暨人，明代画家。

崇祯十六年（1643年）的一天，陈老莲在榴花书屋，大醉了一场。

这一年，他从京城回到故乡绍兴。居住的地方，正是前辈画家徐渭的榴花书屋。怀着无尽落寞的心情，他悉心打扫这个小园子，一边劳作，一边流泪。他将榴花书屋改为"青藤书屋"，并作诗《扫除青藤书屋有感》："野鼠枯藤尽扫除，借人几案借人书。五行未下潸然泪，二祖圆陵说废墟。"心里，满满的感伤。

这一次回归故里，老莲将自己定位为彻底的仕途失败者。

四十二岁这年，是他二次北上京城。记得三十岁左右，他初次到访京师，想靠绘画才华谋个生路，但遭受冷遇，并且一病大半年，灰心丧气而返。而这一次，他满怀信心。多年的诗画交流，积累了不少的人脉，有倪元璐、周亮工等朋友接济推荐，生活有了着落。更重要的是,他的绘画才能,颇受崇祯皇帝赏识,谋得了一个临画历代帝王像的差事。人物画是老莲专长,他的才华终于有了用武之地。这段时间,老莲一边给皇家画画,一边有机会鉴赏临摹历代名家真迹,名声日隆,度过了一段相当适意的时光。

老莲笔下历代帝王像,比"曹衣出水,吴带当风"毫不逊色,崇祯皇帝十分满意,龙颜大悦,任命其为内廷供奉。眼看着迎来事业高峰,但老莲却拒绝了这一差事,要卷着铺盖回浙江老家了。

究其原因,老莲的心思变了。离宫廷越近,他越有机会目睹种种黑暗内幕。他看到,恩师黄道周因直言而被贬黜外放,江西巡抚因举荐黄道周被杖廷。他看到,面对这一不公的处罚,朝廷竟无人敢站出来说话。他又看到,唯一敢于提出质疑的人,被崇祯皇帝处以酷刑。

老莲的内心受到很大的震动。昔日热望的官场,竟如此令人愤怒和惊悚。反观自己,一介书生,在权势面前,微不足道得像根草芥,完全发挥不了任何作用。眼看着恩师被冤枉,成了阶下囚。他自己的绘画才能,成为供皇权贵族取悦的工具。知识分子的良知和倔强,让老莲对此无法容忍。他以牺牲自己的仕途为代价,甩甩袖子,走人!

受伤的老莲,回到故乡。老莲出生那年,已经是徐渭故去的第五个年头了。不知什么缘分,命运的低谷,将老莲引向徐渭的书屋。狂士徐渭嗜酒无度,笔下排山倒海的灵感,在故地留下隐隐的气息。剔除了功名热望的老莲,此刻前途茫茫。惆怅、失落、愤懑,

明　陈洪绶　《杂画图册》1

明　陈洪绶　《杂画图册》2

人生的微凉,似乎踩在了前人徐渭的脚印上。何以解忧?老莲觉得,唯有"杜康"。

老莲早熟,不到二十岁,即开始嗜酒。文人嗜酒,多有两重原因。一是才高,怀揣着傲物的资本,脚底微微轻飘。另一重,是时运不济,现实和理想有着遥远的距离,借了醉,消弭两者之间的鸿沟。老莲常醉,便是如此。

老莲画画靠天资。好友周亮工评价他:"章侯画得之于性,非积习所能致。"性,纯粹是骨子里带来的,后人不可学。张岱也说他:"才足揽天,笔能泣鬼。"老莲早慧,年仅十岁,即得到当时浙派绘画大师级人物蓝瑛的赏识。十四岁,享画名,可以卖画赚钱。名师提携,众人称叹,年纪轻轻就画名远扬,让老莲时而飘飘然。

而另一面,现实境遇颇为惨淡。九岁,父亲亡故,十八岁,母亲亡故。十七岁娶妻,二十六岁,妻子也因病离世了,只留下一个女儿。欲要建功立业的老莲,身后空空荡荡。雪上加霜的是,老莲的科场表现始终不佳,数次落榜。

一面是才华的高蹈,一面是命运的低谷。两个极端,让老莲对命运感到惶惑。所以,他常让自己醉着,酒后诗曰:"年来积得悲秋句,到处遗得酕酒名。""几点落梅浮绿酒,一双醉眼看青山。""若能日日花下醉,看了一枝又一枝。"……

借了酒劲,老莲行为放浪。

阳春三月,人间天堂杭州。西子湖畔,桃花绯红。柔软的风吹

明　陈洪绶　《杂画图册》3

明　陈洪绶　《杂画图册》4

拂行人，似有微醺的绵软。岳王坟前，名妓董飞仙骑着骏马由远及近。到了老莲面前，她优雅地翻身下马，从素色清雅的春裳上剪下一块绸缎，递上前，请求大画家在上面画一朵莲花。这一突如其来的浪漫请求，让老莲心神荡漾。没有丝毫犹豫，他不仅画了美好的莲，而且有感而发赋七绝一首："桃花马上董飞仙，自剪生绡乞画莲。好事日多长记得，庚申三月岳坟前。"诗中有画。绸缎上的莲花，不知何种样貌，但彼时风雅场景，借了诗永久流传下来。

前来求画的富豪官商无数，他都严词拒绝。但对于穷儒小子、美人妓女，却有求必应。或许，这是爱喝酒的人才有的怪诞举动，也是艺术家的真性情。

好友张岱有散文《陈章侯》，也是写老莲酒后的风流事：一六三九年那年，时近中秋，月色明亮，两人乘兴划船到断桥，一路上喝酒赋诗、吃着塘栖蜜橘，十分舒爽。途中，有一女郎要求搭船，此女"轻纨淡弱、婉瘱可人"。昏昏欲睡的老莲，像是打了一针兴奋剂，即刻振作起来。他以唐代传奇中的虬髯客自居，要跟女郎对饮。没承想，女郎竟毫不扭捏，欣然就饮，并一口气喝空了酒缸。问女郎家住哪里，笑而不答。等她下了船，老莲在身后暗暗跟踪。结果，只见此女身影飘过岳王坟，便消失得无影无踪了。三百多年前的月色下，老莲大概是遇到了狐狸精。张岱文笔极好，故事讲得生动飘渺，余音绵绵。老莲的风流形象，也定格下来。

老莲画里亦有酒气。

他画《阮修沽酒图》。阮修衣袂飘飘，一手握拐杖，杖头挂着

明　陈洪绶　《杂画图册》5

明　陈洪绶　《杂画图册》6

铜钱和花果，另一手拎酒器。抬头挺胸，右耳边簪花，一脸傲慢神气。

阮修是什么人呢？他是大名鼎鼎的阮籍的侄子，熟读《周易》《老子》，擅长清谈。据传，魏晋时候，信鬼神的人很多，而阮修认为，世界上根本没什么鬼神。有人和他辩论说，自己就遇到鬼了。阮修追问，鬼穿的什么衣服呢？那人回答，当然是和生前一样的衣服啦！阮修穷追不舍："若人死了有人鬼，难道衣服也有衣服鬼吗？"剑走偏锋的思路，把话逼到了墙角。

阮修个性单纯孤傲。每遇俗人，躲着走。平时只交往三两好友，不论早晨晚上，每天到人家门上去造访。跟朋友见面后，也不说话，"相对无言，唯欣然耳"。阮修很穷，四十多还没能娶到媳妇，有人看不过去，在朋友圈发起众筹，凑份子的人很多。对于不是自己朋友的钱，阮修拒之门外。平时，他一般是闲溜达，每每有点铜钱，都在杖头挂着，斜倚在卖酒的铺子门口，由着性子喝酒。也常跟好朋友畅游林泉。

老莲画阮修，意在赞美，视他为知己，只恨二人未能生在同一时代罢了。在他看来，阮修这种生活，心里没什么杂念，活在当下，虽不入世，倒也十分快活。联想到，八大山人也有诗句："不及阮修随处醉，兴来及解杖头钱。"这一层，俗人难懂。

爱喝酒的老莲，画《隐居十六观》。其中一观，《寒沽》。画中一高士头戴斗笠，一手持杖，一手提酒桶，匆匆去沽酒。周围山川一片荒凉，天气阴沉，寒风凛凛，老树的枯枝，萧瑟得不成样子了。

明　陈洪绶　《杂画图册》7

明　陈洪绶　《杂画图册》8

向着茫茫天地索要一桶酒喝,高士所求,是为了抵御世间的寒冷。陆游《村居》诗也有:"草市寒沽酒,江城夜捣衣。"让人怀疑,老莲的醉,正是为了御寒,他心里有着无法言说的冷。

一六四四年三月,是老莲一生中最为清醒的时段。他必须调动所有的才智,保持高度的警惕,用来抉择。

是年,李自成进京,崇祯皇帝自缢。一夜之间,国亡了。如果个人的际遇是凄风苦雨,那历史的变局,对于很多人来说,更是山崩地裂的灾难。醉呓中的老莲,一下子醒了。他不敢醉。他意识到,之前的挫折,只不过是苦难的前奏罢了,眼前发生的,才是最大的事。

国的灭亡,对士阶层来讲,无异于存在意义的丧失、价值的解体。在他们看来,朝政可以腐,君可以昏,但国不可以亡。老莲的精神一下子垮了。他努力睁大眼睛,看周围发生了什么——师友刘宗周绝食死,黄道周就义死,祝渊自缢死,倪元璐自杀……老莲处于撕心裂肺的痛苦中,面对亡国的现实,士的最高表现便是以身殉国,一死以明志。无论如何,老莲没有决心赴死。

他不舍得死。对这个世界,他极度热爱。他用艺术家高于常人很多倍的敏感,爱着一株花,拥抱一棵草。一片迷蒙的江水,一座静谧的青山,都令他畅怀不已。天地自然间的一呼一吸,令他感到身心熨帖。这是他醒着的理由,他想看清这世界的美。

那幅传世的玉兰,高贵、端庄、美好,是初春江南,从老莲心

明　陈洪绶　《梅花小鸟》

里伸出的花枝。他笔下的荷,清扬婉兮如观音,倾注了几许深情。

很多花,老莲都爱。比如,他爱牵牛花。他在杭州居住的时候,长桥湖湾附近牵牛花很多。早秋时节的清晨,花草湿漉漉地挂着露珠,牵牛花注满水汽,精神旺健,煞是好看。老莲每天破晓必定出门,唯恐错过牵牛花开放最美的时刻。他每天在长桥漫步,看花,吟咏赏玩半天。曾作《牵牛》诗:"秋来晚轻凉,酣睡不能起。为看牵牛花,摄衣行露水。但恐日光出,憔悴便不美。观花一小事,顾乃及时尔。"清朱彭《吴山遗事诗》也说:"老莲放旷好清游,卖画曾居西爽楼。晓步长桥不归去,翠花篱落看牵牛。"

这样的老莲,是将花花草草捧在心尖上去怜惜的。

时空切换到五十三岁,老莲作《游净慈寺记》,吐露心扉:"老悔一生感慨多在山水间。何则,既脱胎为好山水人矣,每逢得意处,辄思携妻子,栖命骨肉归于此。魂气则与云影、山声、水光、花色共生灭,吾愿足矣。"美好的山水啊,我愿将灵魂的气息与天地万物共生灭!这是爱到了极致表达。

清醒的时候,老莲也画罗汉,画高士。

老莲笔下高士,像是比例失调。脸很长,眉头紧锁。这是老莲严肃的一面。比如《蕉林酌酒图》,据说是他的自画像。一高士端着酒器,似饮未饮。芭蕉林下,独自沉吟,思考着人生重大命题。这也正是老莲的状态。接二连三的不幸,让老莲的思想走向深刻。作为有觉悟的"人",越到晚年,老莲所想,已经不是慨叹命运不公,而是进入了宇宙人生更高层面的思索。正如图中高士,趁着夏日蕉林中的微凉，盘问着一个亘古不解的话题——人生究竟为何。清醒的老莲，比我们活得更清醒。

　　清醒的时候，老莲也画侍女。《拈花侍女图》，一个含愁的女子，拾捡一片落花，在鼻下怜惜地嗅。人物线条优雅流畅，又有淡淡的伤感。老莲眼中，水一样的女子，拾捡起另一种凋零的美。两种美惺惺相惜。老莲的灵魂，是那么善良，那么多情，那么真挚。

　　陈老莲的一生，时而醉，时而醒。笔墨，也随之游走在神秘的两极。读老莲画，如同徘徊在他命运的两端，来回奔走恨不能痛哭一场。那种文人长久的心灵流浪，惹人心疼。而其对命运真理的苦苦求索，又令人深生敬慕。落在画里，是永恒的解不开的情思和意蕴。

# 南田花事

人物名片：恽南田（1633—1690 年），原名格，字寿平、正叔，号南田，明末清初著名书画家，常州画派开山祖师，后来成为"清六家"之一。

## 一　风骨

最美的没骨画，却是最有风骨的人成就的。想来是件趣事。

恽寿平，号南田，明末清初人，常州画派开山祖师。恽南田极擅长没骨花卉，即不用笔锋，不勾轮廓，直接以墨色写出花和叶。南田笔下，牡丹盈盈富贵，百合亭亭袅娜，柔软没有棱骨，令人想到美好且富有柔情的女子，水灵灵清爽爽出浴了。又想到杜甫《丽人行》："三月三日天气新，长安水边多丽人。态浓意远淑且真，肌理细腻骨肉匀……"

南田风骨，说来话长。时空切换到顺治九年（1652 年），杭州灵隐寺——

清 恽寿平 《松竹图》

德高望重的住持具德和尚,正在主持一场隆重的超度法会。他慈悲为怀,心凝一处,专注地为刚刚去世的建宁总督陈锦祈福,祈祷他能去往安乐的净土。在法会间隙,他用余光发现一双不同寻常的眼神,这眼神来自陈锦的养子。这位风度翩翩的少年,心思相当凝重,不时将目光投向他,似乎,是在求救。

果然,午斋后,少年故意绕开众人,却与具德和尚寸步不离。和尚只好将他带到方丈室。门一关,少年扑通跪下,一五一十道出了自己的曲折故事。

这位少年,便是恽寿平。前朝遗民的身份,注定其在王朝更替的残酷撕扯中度日。恽寿平十一岁,父亲恽日初不满明末的腐败政治,也是为了避乱,带领两个儿子隐居浙江天台山。清兵入关,在江南一带疯狂屠杀,恽寿平随父兄逃到福州。父亲和长兄在当地参加了武装抗清运动,长兄战死沙场。父亲由于外出求援幸免于难。恽寿平被俘。从此,父子二人多年离散。

不料,几年后的一天,迎来了命运转机。当时建宁的总督陈锦的夫人想打造首饰,但首饰的图样选了很多,感觉都不满意。这时,一位歌舞女推荐了恽寿平为总督夫人画图样。夫人见其"丰神俊朗,进退从容",才华出众。而自己又恰好没有儿子,于是喜出望外,将其收为养子。恽寿平从战俘营的囚犯,转身成为总督的公子。

被收养四年后,恽寿平二十岁,陈锦被家丁刺死。陈夫人带着他,来到杭州灵隐寺为夫君超度亡灵。然而,无巧不成书,恽寿平

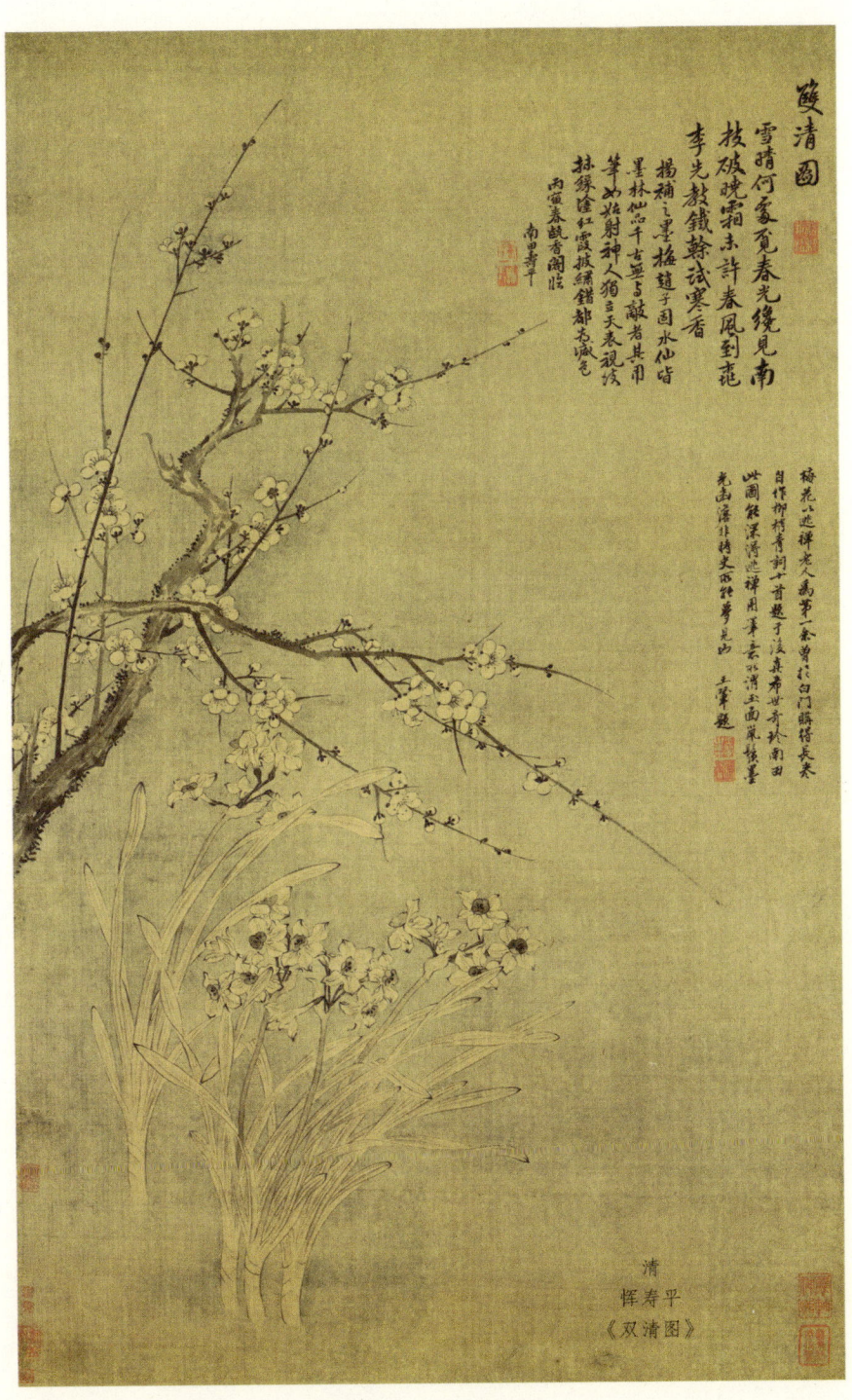

平寿 清恽《双清图》

在众多僧人中，竟然发现了自己的父亲恽日初。那一刻，他震惊了。第一反应，他很想上前相认，但因为养母和众多兵丁在场，这样做很可能弄巧成拙，于是，聪慧的他便想请具德和尚出面，让自己和父亲团圆……

具德和尚听罢，面露为难之色。但想到战乱年代家人流离失所的痛苦，这位高僧顿生悲悯之心，又有感于恽日初的爱国气节和恽寿平的一番孝心，他点头答应了。进而，据他观察，灵隐寺二人重聚，也正是未尽的善缘。

法事结束后，具德和尚郑重地对陈夫人说："我看你这个儿子，寿命不长，要想保住他的性命，只有让他出家从佛。"陈夫人非常惊讶，哭着不肯，因为她要带恽寿平回京继承陈锦的爵位。关键时刻，恽寿平站出来，表示自己不愿享受荣华富贵，愿意留在寺中出家。陈夫人又是一阵惊讶。但作为虔诚的佛教信众，她经历了一番心理斗争之后，决定割爱，勉强同意把恽寿平留在寺中。如此，恽寿平和父亲相认，涕泪交加。事情算是有了圆满结局。

灵隐寺，千年古刹默默见证了悲喜交织的人间故事。著名戏剧家王抃，把恽寿平父子的故事编成剧本《鹫峰缘》，风靡一时。情节曲折低回，人人垂泪，满怀时代的伤感。

放弃尊贵身份的恽寿平，随父亲回到常州老家，卖画为生，赡养父亲，教化乡里，回归了平民的苦日子。有人为他惋惜，但南田却将这段被收养的经历当成一生最大的耻辱。他在给朋友的信中写道："……白圭之玷，何如其无玷也，凡吾所为，勿令君子道可惜，更待将来觅铁铸错字也。"

后人因此常常念及南田风骨。"家家南田,户户正叔",他的画之所以广受推崇,又被尊为常州画派开山祖师,是人人敬慕其品格。

## 二 韵味

回到老家的恽寿平,终于过上了梦寐已久的田园生活。南田吟啸南田,好比东坡寄情东坡。

东坡在黄州,靠着一块称不上肥沃的土地,耕种出"一蓑烟雨任平生"的豪迈,由能伸进而能曲,把深陷政治泥潭的狼狈,抽象成脚下一抹泥巴,任雨水一来,自然冲刷干净,多了几许自然放旷。

南田在常州,房舍之南开辟小片空地,围一圈篱笆,耕种几种并不奇异的草木,长时间与其对视。半生凄苦飘零,遣兴成为当下之乐。起身徘徊、吟啸,情深意笃。满园花草为其动容,争相跃上宣纸,成为他的粉本。

亲近泥土的南田,获得了更深的艺术觉悟。

南田愿做宅男一枚。对他来说,历经了刀光剑影世间沧桑,终于尘埃落定,此生有个园子足矣。在这里,他感到心安。他常在园子里玩,一待就是一天。玩什么呢?他称自己"玩乐秋容",他玩的是秋天的容貌。且看他的"玩乐笔记":

赏月季花。"南田篱下月季,较他本稍肥。"月季花,挺拔丰腴,色彩饱满艳丽,在深秋容姿焕发。风霜里的凛然气,最令南田欣赏。

看秋海棠。秋海棠有妖冶味,无非是想博人怜爱罢了。南田画秋海棠,赋予她几许英气。这样一来,海棠的美便有了几分硬朗。南田认为,美人由于贞洁,更添绮丽。

感悟秋菊。南田这样回忆自己画菊:九月里,边喝茶,边赏秋。在清透的阳光里吟诗、画菊。想要画得传神,真难。想画出菊的风韵,更难。端坐在一把古琴前,沉吟,冥想,静思,似乎还只能捕捉到菊花淡然的外表。守着一池秋水、亭台楼阁,久久徘徊思索。深夜,独自倚在高深的梧桐树下,手拈一枝菊悠然赏读,心神与之交会,试着从它身上抽离出一抹色彩,敷在纸上。如庄周化蝶,有梦幻之感。期待着笔下墨菊,像虢国夫人在马上的淡妆,独有天趣……

上面一段文,有两个词,我不能逾越,也无法用白话文稀释。他说,为了捕捉菊花神韵,直思索到深夜——"风月一交,心魂再荡"。感觉是,风吹到了月亮上,他心里涌起波澜。他心魂荡漾了一番,不知是与风、与月的神交,还是与菊的神交。

南田诗文功力很深,在诗坛上被誉为"毗陵六逸"之首。顾炎武曾称赞南田的诗文脱俗:"恽正叔落笔如子山,萧瑟乡关……选意必幽,择辞必鲜,俗尘凡语自然不侵其笔。"

还有,他在《题冯生七月三五夜湖舫图》中写:"三五月正满,

清　恽寿平　《秋海棠图》

冯生招我西湖，轻舢出断桥。载荷花香气，随风往来不散。倚棹中流，手弄澄明。时月影天光，与游船灯火，上下千影，同聚一水……"词句芬芳，精致玲珑，似张岱。

然而，南田毕竟不是张岱。玩味风雅的文章，只是他的冰山一角。锦衣玉食、富贵荣华，与他擦肩而过。准确地说，他是主动放弃。他为自己选择的人生，多凄楚，少安逸。"格以父忠于明，不应举，擅诗名，鬻画养父。""家酷贫，风雨常闭门饿。""卒，年五十四。子不能具丧，王葬之。"南田生平传记中如是说。他一生的底色清苦。

清苦，却不言苦。或者，正因为苦，南田珍惜当下之乐。春天的一场微雨、花朵的一阵摇荡，都令南田感到幸福。他脚踏泥土，将自然玩出了韵味。纯净，淡然。这种味道像是不能言传，只待他用柔软轻盈的笔法，融于画中。欣赏南田画作，静静读，终能相遇唯美的外表下，那颗深沉的心灵。

南田其人，一体两面。

一面是痛，在诗里。国恨家仇，作为士子，心中波澜始终难以平复，"积墨成烟扑酒缸，吟诗自倒花间觞。藏名只合老空谷，高志直欲凌侯王"，是南田的真意。"惊鱼愁有网，宿鸟痛无枝"是他饱尝丧乱的心灵写照。那段被收养的经历，令他深恶痛绝。他有题画诗："深根藏器时，寸寸抱奇节。遭时上风云，故可傲冰雪。"画中竹石，即是隐逸遗民。

一面是美，在画里。"南田工画，山水花卉兼擅，比之天仙化人。"评论家这样说。南田花鸟画，仅设色，就足以令人倾心。弱风扶柳，浅淡却不轻佻，落得一个"清"字。南田自己说："设色之巧，极为浅淡，愈浅淡而越见沉深。"他的秘诀——从深沉里，涤荡出空灵。内心的深沉，万万不能走向浓重。要极浅淡，才极深沉。

南田其人，配得上一个"仙"字。凝视南田花卉，总感觉，一定有天女趁人不备，对着宣纸吹了一口仙气。将那些画草的颜色，吹得很淡，淡淡的飘逸奇幻的香。又将那枝条柳叶，吹得绵软，柔美得让人心生怜爱。

南田有贵气，"少壮时多与畸人侠士游，常奔走千里，恍惚生死，他人色沮神丧，而叔子意气如常"。南田的性格内向深沉，"言貌恂恂，与人接，恒简静不发一语"，与人交往，"袖手无言味更长"。

南田画作，画的是一等一的富贵。才学之富，精神之贵。

## 三 《秋山图》之辨

枕边书《南田画跋》，常将我带到清初，南田吟诵品味秋天的专注神情，混合着江南湿润的泥土芳香，似乎就夹杂在书页里。翻开，南田的思想、情志、格调、韵味跃然纸上。

那天，翻到最后几页，读到一则故事。南田用散文的笔法写《记〈秋山图〉始末》，饶有趣味——

在明末著名绘画理论家董其昌看来，元代黄公望最高妙的作品，根本不是《富春山居图》，而是一幅名为《秋山图》的立轴。该作品实在是好，"非《浮岚》《夏山》诸图堪为伯仲"，为润州（今镇江）张修羽所藏。大画家王时敏对董其昌的评价深信不疑，对此画十分心仪，便千里迢迢赶往润州张修羽家寻访。

寻访的过程神秘而曲折，此不赘述。一见到画作，果然如董其昌所说，不同凡响。王时敏一下子即被深深吸引。然而，软磨硬泡，张修羽并不肯将画转让。王时敏空手而返。

五十年后，王时敏的学生王翚常听老师讲起《秋山图》，每每望着恩师那种渴仰倾慕的眼神，他便很是动心，决定再次到润州寻访这幅画。时过境迁，张修羽已经过世了，画早就转手了。后来，几经辗转，王翚居然在朋友的帮助下买到了这幅画。返回后，"立呼侍史于座，取图观之"，众人却大失所望。尤其是王时敏，一边展卷，一边皱着眉头，神色凝重。

难道花重金购买的画作是假的？王时敏摇头，确实是黄公望真迹无疑。但是，却远非当年所见的神来之笔……

怎么回事呢？是王时敏的记忆出了偏差？或许，之前的一切都是王时敏梦中所见？而此《秋山图》又没有摹本，真相究竟难辨了。

南田这篇散文，影响深远。开放式结局，像一幅未完的画，等待后来人再添笔墨。

比如，王时敏的孙子王原祁在六十多岁时，画《仿黄公望秋山

清 恽寿平 《牡丹册》

图》,题跋中说:我曾听祖父说过《秋山图》的事情。时移世易,此图不知去向,但我无法释怀——"余学画以来,常形梦寐,每当盘礴,于此悬揣冀其暗合,如水月镜花,何从把捉,只竭其薄技而已"。王原祁接续着祖父的梦境,任思绪久久盘旋在《秋山图》上空。

再比如,启功先生曾续文发表见解:"烟客(王时敏)三十余岁时,先入董香光(董其昌)的吹嘘言词,看到画后又买不到手,愈想愈觉其好,本是人所常有的极平常心理。"

而在日本小说家芥川龙之介笔下,衍生出更神秘的意蕴。他据此创作了推理小说《秋山图》,通篇以回忆的笔法讲故事,全文笼罩着似梦似真的迷离气息。"一切都浑如梦幻,或许,那张家主人,是位狐仙之类,也未可知。"

芥川龙之介认为,《秋山图》之所以变得平庸,是因为贵族王氏并不像张修羽一样,真正懂艺术,只是附庸风雅罢了。所以,画作随着易主而发生了变化。芥川龙之介发出了世事无常的感慨,美好的事物如樱花般飘零在春日的枝头……正是日本美学的空幻之美。

芥川龙之介所指的"贵族王氏"正是被称为"清初画圣"的王翚,他与王鉴、王时敏、王原祁合称山水画家"四王",作为名震一时的山水画家,怎么可能是附庸风雅呢?与事实不符。但,小说家终归以虚构见长,只为了圆成一个故事,或者引生一种哲思。

话说回来,我还是喜欢南田原文的结尾——"南田寿平灯下书,与王山人发笑"。颇有点蒲松龄的文风。世间事无奇不有。而真正的君子,苦也好,乐也好,真也罢,假也罢,何必刨根究底呢?在灯下发发笑,如此而已。洗洗睡吧。

## 倦鹤栖于人间

**人物名片：虚谷**（1823—1896 年），清代著名画家，海上四大家之一。俗姓朱，名怀仁，僧名虚白，字虚谷，别号紫阳山民、倦鹤，室名觉非庵等，安徽歙县人。

在人间，虚谷的脚印很浅。他的脚步很轻。

行走，虚谷步步觉知着自己的心念。早春的扬州城，已然遍地飞花，游人的心为之陶醉。此刻，倘若他还是那个旧时的朱怀仁，或许，他会看见太阳从鹅黄色的柳隙中升起，又从夹竹桃绯红的脸庞边落下。会留心天宁寺正开放着圣洁优雅的琼花。会踱着方步，在热闹的花鸟鱼虫市场逗留，靠着人群中拾来的点滴趣味，装点平淡的光阴。

但此刻，他已是僧人虚谷。褪去了俗人的衣裳，江南早春的妩媚，丝毫不能让他心有所动。在此之前，他已经参悟过人间最浓郁的风景。他明白，红红绿绿，冬夏更迭，只是这个纷繁世界的障眼法。人们内心的忧苦，不会因此止息。从他告别清军参将身份的那一刻起,他就决心,不再与外物纠缠。不再愤恨、不再埋怨、亦不再痴迷。他自号"觉非",觉今是而昨非。过去的日子,迷梦一般。如今,大梦已醒。

曾经,怀着"治国平天下"的理想,他紧握权势,举着正义的大旗,与太平军打打杀杀。当深夜寂寂,灯火暂熄,他的良知时时跳出来叩响心门——兵戈相接、你死我活,这种残暴的解决问题的方式,已经造成了无数的人间惨剧。彷徨,纠结,他对以往的"入仕"行为产生了深度怀疑。他厌倦了。那一天,他决绝地斩断青丝,在佛祖面前一身叩拜,一个合掌,将涉世已深的双脚从泥潭里拔了出来。那一年,他三十岁。出家为僧,他从清军参将朱怀仁变身为僧人虚谷。从此心无挂碍,轻装前行。

行走,佛家称之"行脚"。这是修行的一部分,是为了避免长久居住于某地而产生的贪恋。僧人虚谷长年行脚。辗转于上海、扬州、苏州等地,鬻画为生。史载,他"流落坊间"。

流落一词,似有鄙夷。实际上,画僧虚谷十分满意自己的生活,自称"云游",自号"倦鹤"。飞倦的鹤,终于栖息了。他的行脚,如行云,亦如流水,保持着一只鹤的本来面貌,空寂与清高。

鹤在人间,暂时驻足。云和天空,才是故乡。因此,读虚谷画,视角须仰望。

几条金鱼,绛红、浅黄、虚白,打破"民间风格"桎梏,轻盈跃动,跳出"雅俗"概念圈。虚谷心性高,提笔,将金鱼红艳的尾巴略去,又从左右扭动的妩媚身姿里,抽离出趣味和清爽。水草寂寂,向上浮动,金鱼逆势而下。它们情绪饱满,却令人无法名状那种情绪的内在。不是愉悦,不是温和,不是骄傲,不是忧郁,不是愤怒,不是孤高。文人画里常见的心思,都没有。它们眼神无辜,却不浅薄。它们不在追逐嬉戏,也不想离群索居。既不美,也不丑。既不善,也不恶。几条金鱼,朵朵谜团。它们横跨一切对立词语的两边,持守"中道"。

佛教里,中道,是无差别、无偏倚的至理。吴昌硕评价虚谷画作:"十指参成色香味,一拳打破去来今。"一个"破"字,是禅家力道。即是说,虚谷画作,开创了自家面貌。

虚谷与任伯年、吴昌硕并称"海上三杰"。

盛名之下,虚谷安之若素。他以平常心画梅,曾题诗:"满纸梅花岂偶然,天成寒骨任周旋。闲中写出三千幅,行乞人间作饭钱。"

带着"海派"标签,虚谷不避讳市场化操作。他说,一张纸,几笔墨,讨一口饭吃罢了。

虚谷画作,呈现"冷暖"两种面貌。一个局外人,看尽冷暖人间。目光犀利,下笔却柔软。

他擅画蔬果,叫人想起齐白石。同样是缤纷日常,白石老人真挚热烈。而画僧虚谷,嘴角一抹笑,画里虚空淡然。画里暖色,或许是有意为之,是应市场而生的世俗吉祥。

《花卉卷》里永远的初春。紫藤随笔路飘洒,是嫦娥舞出的水袖。浅浅的蓝,淡淡的紫,如幽人清梦。狐尾草是晶莹的松绿,在

清 虚谷 《鹤》

水波里柔韧伸展，振奋了你的心神。水仙不孤高，一大丛，亭亭而立，浮动一抹鲜嫩，一片雪白。

《杂画册》里果香缤纷。枇杷熟透，用没骨画法，近乎流淌出明黄色的甜汁水。莲蓬干枯得马上要破碎了，那是虚谷以"写"代"画"，逸笔草草地扫出晚秋意思。桃子碧绿，饱满圆润，近乎虚假，却是让你相信，美好触手可及。

俏皮的松鼠，也是人间至暖。眼睛极大，呆萌。毛茸茸蓬松的身体，一团，又一团，活跃于树间。

另一面，他笔下的鸟，冷逸绝尘，或许出于本心。《秋月八哥图》，树枝用淡枯笔。一轮圆月，孤清隐于枝杈间。八哥闭目缩颈，像禅定。脸上些许凌乱的羽毛，似乎标明自己身份落魄。神态，是不屑于万物的慵懒。

鹤，亦是如此。不唱"松鹤延年"的高调，而是将脖子缩进羽毛里，与人保持安全距离。单足伫立，专注休憩，冷静、静穆、沉寂。一只疲倦的鹤，不留恋昔日的翱翔。

虚谷的冷，还在于他的讷言。虚谷画，不作大段题跋。似乎，他并没有很多话要说。《游鱼》题"水面风波鱼不知"，着色双勾竹题句"其本清虚，其性刚直"，《雪梅》中"梅花又向雪中开"，《秋林逸士》图册中题"故人笑比林中叶，一日秋风一日疏"，简短有禅意。

一支支利剑，射向心头。

虚谷性格内向，原因，还是那种出世的"淡"。虚谷对钱财亦没有贪念。行走于十里洋场，在纸醉金迷的上海滩，他不作长时间驻留。随缘卖画，但画满一定数量后，哪怕求画者再多，也绝不再画，又辗转到别处。"来沪时流连辄数月，求画者云集，倦即行。"

他生活极简，清苦自律。据说他在接受画件时，总是将银钱和纸张放在一起，并且一定要等到画件完成，然后方才动用那润笔费。一八九六年，虚谷在上海城西关帝庙的画案上驾鹤西归。料理后事的人十分惊讶地发现，所有没完工的订件，其纸张和银钱都一一有条不紊地放在一起。

"虚谷原是振奇人"，这是和虚谷有着三十年交情的张鸣珂的评价。

"遂披缁入山，不礼佛号，唯以书画自娱。"虚谷踏入佛门，却不茹素，不礼佛，难免遭人诟病。有人说，他只是拿僧衣做个出世的幌子。我却觉得，虚谷的心境，都在画里。脱略外相的不拘小节，善意的暖，脱俗的冷，还有对金钱和人情的淡，或许是内心有一尊真佛。

吴冠中为之心动。他说："我每见其作品便见其人，感到熟悉亲切。酒逢知己千杯少，可惜他与我们相隔一百年，那种时空的无奈，的确很难解决。突然想起《世说新语》里的，吾本乘兴而行，兴尽而返，何必见戴？能见到心仪、亲切的作品，能不能见到作者，又何妨？"

如若将虚谷比作戴逵，雪月之夜，不知有多少文人骚客，要向着虚谷的住所驱车而行。

虚谷的年代,离我们很近。但关于虚谷,我们所知甚少。他的脚步太过轻盈。我们的陈述,只能用诸多的"或许"来含混。我们不知道,他的出身门第。或许,他是安徽歙县人,曾多年生活于扬州。我们不知道,他"披缁入山",入的是哪座山,或许,是九华山。在哪座寺剃度,又在哪位师父门下皈依,我们都不得而知。至于他什么时间开始习画,师从于谁,也是迷雾一般。据推测,他从扬州八怪的画作里汲取了丰厚的营养……

虚谷像一轮冷月,留一个清寂瘦削的背影在时空里,神秘,魅力不减。

在人间,虚谷的脚印很浅,却步步踏在我们心上。

# 忽有山河大地

  人物名片：龚贤（1618—1689年），明末清初著名画家，"金陵八家"代表人物。又名岂贤，字半千、半亩，号野遗，又号柴丈人，江苏昆山人。

  诗人龚贤试图将他的思想编织在他黑乎乎的画作里。多年来，他对"元四家"手摩心追，结果，却能完全抛弃了那种远离尘世的近乎洁癖的悠远的淡，重新打开一扇门。他将墨色皴擦得黝黑幽暗。那是他自己独有的梦的语境。猛然闯入的人会觉得触目惊心，惊愕得说不出话来。仅凭这一点，在晚清，龚贤获得了与八大山人、石涛近乎齐名的地位，堪称开创自家面貌的大师。如今，又是几百年过去，能清晰读懂他梦呓的人依旧不多，欣赏者大多闪烁其词。然而，这正是中国画含混模糊的魅力所在。

## 一　苇丛中清浅的"白龚"

龚贤并非从一开始就摒弃那种迷人的淡，毕竟那是文人性情高洁的象征。早期的龚贤，被称为"白龚"。几缕淡痕，相当克制的枯寂的树木，像冷傲寒士，性情凛然，仅靠着河对岸吹来的干净的风便能度日，俯视着世俗里的苟且。大家公认，那种枯笔在宣纸上的摩擦，越浅越好。浓重便是俗。浓重意味着无法拨云见日。

试读"白龚"：几道横亘的浅浅的灰，是深秋的苇塘，芦苇们已经枯寂得不成样子。近处一棵歪着身子的树，茂密成一团，像是纸张受潮晕染出来的霉点，产生明显的间离效果。远近两条船，笔墨简洁得比昆曲的舞台更加抽象。大片留白。龚贤将这一清淡的梦境晕染得相当成功，很多学术界人士因此将他类比为西方的印象派大师。

然而，龚贤并非刻意玩弄笔墨的游戏，他本人亦是相当的入戏。他喝了点酒。他在梦里醉了，题跋如是说："一罾明月照秋江，跳踯徐窥银鲫双；醉后老渔歌一曲，梨园婀娜不成腔。"

这种渔歌的腔调，使人联想到元人吴镇。吴镇是"元四家"里出世最为彻底的一个。他整日画着与渔父有关的主题，潇洒地将自己系在一艘小船上浪迹天涯，并唱出禅意浓郁的渔歌，摆明了不与元朝统治者合作。

眼下，龚贤与吴镇不期而遇。他们同样生不逢时。

清　龚贤　《水墨山水》

一六四四年，正值青壮年的龚贤，在秦淮河畔参加复社的活动，豪情满怀。正过着"往来唱和无虚日，泛舟于桃叶渡，珠帘画舫，荡漾清波"理想日子的龚贤，当然无法预料接踵而至的兵荒马乱。正是这一年，李自成在西安称帝，建国号"大顺"；崇祯皇帝在景山自缢；满洲贵族调兵倾巢出动，多尔衮率军南下……

时局突变，士人何去何从？茫然四顾，倪元璐、黄道周等人自杀了；钱谦益、程正揆等人投降了；髡残、渐江、八大山人等人出家了……

历史不等你主动做出选择，更多时候，只能是被选择。一六四五年，龚贤为了谋生居住在扬州，亲历了这座城市历史上最为黑暗的时刻。清兵疯狂屠城，八十万人死于血光之中。龚贤居住在扬州北郊，虎口逃生，后来赋《扬州曲》二首，记破城后惨状。龚贤虽然幸免于难，但余生不可能将这段触目惊心的灾难完全抹去。他揣着巨创的阴影，心有戚戚地编织残梦。于是，闪回到这一幕——他情不自已地模仿着吴镇唱渔歌，"梨园婀娜不成腔"，喝着忘忧的酒，流着故国的泪。

龚贤是个性格相当保守的人，他发不出徐渭那样的极端呼喊，亦不能像石涛和尚那样"拈秃笔，向君笑，忽起舞，发大叫"，更没有八大山人那般奇崛的胆量，对着宇宙虚空发出千钧一发的叩问。他只能做个表面平庸的人，一面靠教书维持生计，一面在饱读诗书中进行玄思。

清
龚贤
《高岗茅屋图》

## 二 "黑龚"的精神荒原

我曾在一篇小文里读出龚贤的个性。他写米氏云山——年幼时候,面对米氏云山图,龚贤"惊魂动魄,殆是神物",几次提笔想要临摹,但舌尖舔着笔尖,犹犹豫豫,许久都无从下笔。原因?胆怯,气缩,对于米芾那种不羁的气魄完全摸不着脉。转瞬,四十年过去了,龚贤的脑海常常浮现米氏云山的气息,像是无意中,他得到了要领。他悟到,读书养气是急不来的。"余尝终日作画,而画理穷。或经时间作,而笔法妙。"由此得知,龚贤的思考是循序渐进的,他并非顿悟的天才,而是渐悟的苦行僧。专注于读书养气,他是个老老实实画画的人。

困苦磨砺,让龚贤的笔墨日益纯熟、苍老,越发贴近自己内心。他的个性,注定不能进行宣泄式排遣,而是用笔墨忧郁地玄思。他在宣纸上不倦地渲染,一层又一层地积墨。不觉间,他的梦境,恍然变了模样。

——忽有山河大地。山石滚滚而来,方向自远古。群山压顶,树木茂密,挤挤挨挨地浓烈成一丛深林。一切离你很近,似乎是用放大镜彰显石头的肌理。石头野蛮荒凉,自盘古开天,它们便是那种原始的样貌。一切无人迹、无人踪,彻头彻尾的荒。大荒,洪荒。时间停滞。

历经多年沧桑和玄思的龚贤,对时空问题产生了执念。他用笔

清 龚贤 《一道飞泉》

墨沉思。画风转变，由浅淡走向深沉。"白龚"转身"黑龚"。

"青天无尘，明月常新。……不陋今世，不荣古春，惟芦中人。"又有诗："雪来深树枝枝动，夜久路零知叶重。喧寂于心非外求，泉声不乱幽人梦。"时间的车轮不能碾压他的梦。他本人，即是不向外求的幽人。

"杈枒老树护山门，门外都无碑碣存。正殿瓦崩钟入土，空余鹳鹤报黄昏。"在时间里，人迹消逝，空余一个黄昏。

龚贤不再哀伤。故国情思，时运不济，不再引发他的悲叹。他看透，这些无非时间的游戏，即使荣耀一生，到头来，还是落一个"碑碣无存"。人生苦短，永恒的，是天地大荒。浓墨之黑，是龚贤的新一重梦境，黑得深邃，黑得睿智。梦的主题，不再是"隐逸"，而是永恒的荒原。与之对视，你将遭到重重一击。

## 三　寂寞身后事

一个精神的巨人，在现实里，仍是柔弱的文人。

一六八七年春夏之交，孔尚任在扬州召开"春江社"诗会，在座的龚贤已经是六十九岁的老人。这一次，龚贤与孔尚任一见如故，建立了深厚的友谊。孔尚任座上，常有名流贤士。石涛、查士标等人，都是他的座上宾。孔尚任是个相当有个性的人，他不好好给清朝当官，而是对戏剧创作有执念。为了给《桃花扇》的创作搜集素材，孔尚任与明代遗老密切接触，多次宴请他们畅叙，最后不

清 龚贤 《挂壁飞泉图》

惜丢了官位。这是后话。

两年后,孔尚任专程赴南京,到龚贤隐居的清凉山拜访。龚贤带好友参观了自己清贫的"半亩园",顺便展示了王石谷画的《半亩园图》,上有他自己的长跋:"清凉山上有台,亦名清凉台。登台而观,大江横于前,钟阜横于后。左有莫愁,勾水如镜;右有狮岭,撮土若眉;余家即在此台之下。转身东北,引客视之,则柴门犬吠,仿佛见之。"田园柴扉,是战乱洗劫后的龚贤幽居。清凉山上的四五间房舍于龚贤来说,已经是安稳的归宿,他在此赋诗作画教学,别无所求:"忆余十三便能画,垂五十年而力砚田,朝耕暮获,仅足糊口,可谓拙矣!"

继而,在秉烛夜谈中,龚贤为孔尚任追叙亲身经历的明朝旧事。或许,他会追忆到,自己十三岁的时候曾拜董其昌为师,后来经同门师兄杨文骢介绍,与马士英交好……继而,他追忆到自己的家道中落、幼年丧母、早年丧妻……后来,又零星聊起文人朋友们的命运,周亮工、李渔等人,时代跌宕,个人的忧戚实在不足为道,只能将无尽的感慨抒发于静夜中。

我猜,《桃花扇》的某个细节,一定有龚贤命运跌宕的身影。

晚年,龚贤贫病交加。因缘交错,龚贤的死,据说也与孔尚任有关。在为孔尚任创作《石门山图》(石门山是孔尚任故里)的过程中,他遭南京的权贵强行索书,含恨而终。他家贫不能具棺葬,孔尚任怀着极度的伤感为其料理了后事,并"抚其孤子,收其遗书"……那种凄凉的结局,让人不忍怀想。

如今，南京的清凉山公园内，仍有龚贤的半亩园旧居。世人多不知龚贤是谁，也难以读懂他黝黑的画作。旧居前的龚贤雕像，清癯矍铄，像生前一般寂寞。想起龚贤那首题画诗："此路不通京与都，此舟不入江和湖。此人但谙稼与穑，此洲但长菰与蒲。"孤独的龚贤，是他心灵世界的富足者，虚怀若谷地呈现"一花一世界"的境界。他胸中不仅装着丘壑，而且，是远古的山河大地。

# 八大山人六字诀

人物名片：朱耷（1626—1705年），明太祖朱元璋第十七子朱权的九世孙，字刃庵，号八大山人、雪个、个山、人屋等，出家时释名传綮。明末清初画家。

## 孤

天生桀骜不驯，遭遇时世激荡，只这两点，便可约略推演王孙的悲惨人生。遗民画家身份，难以抹去的历史背影。王朝倒塌倾轧的一个干瘪的"孤"字，实则，是对其深刻的误解。三百年冷寂枯清，至高无上，该是其本来面目。

一六四五年，南昌故明宗室被遣散，"弃家"逃往西山。劫后余波，生灵涂炭，满目疮痍。隐遁而苟活，随缘一个蒲团，即是大地。《个山小像》上，盖一方"西江弋阳王孙"印章。家族身份，成为出家人唯一的挂碍。癫狂，亦是家族基因的一部分。身心摧残，是家国破碎的必然结局。

"予与山人宿寺，中夜漏下，雨势益怒，檐溜潺潺，疾风撼窗扉，四面竹树怒号，如空山虎豹声，凄绝几不成寐。假令山人遇方凤、谢翱、吴思齐辈，又当相扶携恸哭至失声。"（邵长蘅《八大山人传》）

凄绝，恍若不在人世。知音，早已作古。

失却了明王朝的江山，拒绝做清王朝的子民。踏进佛门二十年，"曹洞、临济两俱非，赢赢然若丧家之狗"。佛门不是家，俗世亦非家园。回首，南昌"滕阁"破败，守着一个青云谱，哭之笑之，与废墟同在。

"世多知山人，然竟无知山人者。"世人只知其名，不懂其画。只因读不懂他的心。这一现象，延续至今。试着用几个模糊的意象，不断接近他：

在《古梅图轴》里，他将古梅花枝干当作刀剑，刺向空中，刺向清廷的心脏。无奈势单力薄。撰写诗文，在深夜里用低哑的嗓音呼喊旧友。结果，既喊不来元人吴镇，也喊不来画无根之兰的郑所南。喊累了，埋头在自己的墨花庄里，凝噎不语。

一种剧痛，无人能够抚慰，无人具备上前抚慰的资格。

草坡上一只鹌鹑，忘记了自己的本分——觅食，佯装成向上仰望的思想者。苦恼随之而来。那一串飘飞的花种，暗示他命运的飘零。

石头，浓重的黑，加深其固执的个性。笃定的斜插进来的墨点，即是直心而为，满目青山。重量，载得动狂风骤雨。

明 八大山人 《花鸟册》1

明 八大山人 《花鸟册》2

鱼群，摆着相同的姿势，缓慢游动像是停滞。其中每一只，仍旧孤独。他们眼神呆滞，完全的忘我式沉浸，忘记水之存在。

　　最为孤独的，蹲在地上的鸟。蹲，是一个极其委屈的动作。仿佛世界剥夺其站起来的权利。敌人强大，而个人的委屈渺小。白色的眼仁，将所有的同情拒之千里。藐视一切俗物、机心。

　　孤得长久，即是冷。渴笔山水，冷逸涤荡一切人间俗气。

　　孤，是一种尊贵。血统的尊贵，身份的尊贵，人格的尊贵。八大之孤，比起石涛的主动讨好，坚硬万倍。

　　孤，亦是一种平等观。驴屋、人屋、佛屋，一体平等。相濡以沫，不如相忘于江湖。

　　八大山人，从遗民之孤，沿笔墨绳索，攀缘向人生之巅。茫然四顾，寰宇辽阔，也即抵达另一种孤独。

破

　　国破了，山河还在。

　　剃发易服，奇耻大辱。天地不仁，视万物为刍狗。

　　国破了，太阳照常升起。墨点无多泪点多，山河仍旧是山河。这冷漠的亘古不变的山河。

　　国破了，人还在。恨不能同国一起破掉，恨不能像山河一般冷酷。手执一支画笔，脑子里时常浮现一片破败与残缺。不经意，破掉宋代规整严谨的花鸟，破掉元代清高幽冷的山水，破掉明代悠然自得于田园的淡然。一笔下去，破掉满纸的白。一根枯荷的线条，力道，即可破掉一切麻木和凡庸。

破掉一切颜色，皆以黑白灰。

推倒一切表现对象的围墙。"人有贶以鲗鱼者，即画一鲗鱼答之。又尝戏涂断枝、落英、瓜、豆、莱菔、水仙、花兜之类，人多不识。"

破，不是破旧和破败，而是禅法。从蒲团上来。禅，是生命的减法。禅，不是什么，只破不立。禅，尽是什么，触目皆道。

减去约定俗成，减去笔墨习气，减去二元对立，生命归零，笔法墨法归零。《金刚经》云："凡所有相，皆是虚妄。若见诸相非相，则见如来。"

破掉一切司空见惯的形状，人称怪诞。方的鱼，轮廓含混不清的鸟。毛糙糙的芋头。他下笔爽利，比任何一个文人画家的语气都要肯定。哑者，抖落一切谄媚，创造自己的语言。

一切笔墨造型，内涵及其外延，都是虚妄。无心而为，葛藤自然脱落。无心作怪，无心名利，八大直心向道。为道者日损，损之又损，以至于无为，无为而成就的减笔画，无所不为。笔不周而意周。

心与道一经会合，流露自家面貌。信手拈来，头头是道。其制造的视觉悬念，非一般匠人所能梦见。

白眼相向，缄口不言。鸟，鱼，石，怪怪奇奇，是其狂者真容。

夕霧家天津橋上小兒許一金且作9金子傳道耒春寫對瓊花芝畫

明　八大山人　《花鸟册》4

人以魔视之,八大越发感到旧秩序重组的快乐。

## 哑

面对残酷的政治搏杀,隐姓埋名于山林,是一种哑。继而遁入空门,又是另一重的哑。哑,不啻一种忍,一种智慧,却并不究竟。哑,或许是一层厚厚坚冰,其下涌动情绪之水日夜不停。欲洁不曾洁,云空并未空。青灯古佛,未能将其心绪熨烫平整。

一日,忽大书"哑"字署其门,自是对人不交一言,然善笑而喜饮益甚。或招之饮,则缩项抚掌,笑声哑哑然。又喜为藏钩拇阵之戏,赌酒胜则笑哑哑,数负则拳胜者背,笑愈哑哑不可止,醉则往往歔欷泣下。(邵长蘅《八大山人传》)

怀着避世之心,在门上张贴一个"哑"字。哑给别人看,哑给自己看。他厌弃了自己早年"善诙谐,喜议论,娓娓不倦,常倾倒四座"的样子。

八大的哑,不是"藏巧于拙,用晦而明,寓清于浊,以屈为伸",他没有那么深的城府。或者说,他不屑经营。

闭口不言,也非静心养气。他不需要养,更不需要长寿。在恶劣的环境里长寿,无疑是一种更深的折磨。"略带三分拙,兼存一线痴,微聋与暂哑,均是寿身资。"这种说法,更像是无稽之谈。但结局是,他恰好长寿。"七十四五,登山如飞。""行年八十,守道以约。"大巧若拙,大辩若讷。老子在他面前,像老谋深算的

明　八大山人　《花鸟册》5

寫此工部
深江淨綺
羅岂也
芝

术士。

《口如扁担》《其喙力之疾与》……画上用此印,自警自策自嘲。缄默无言,苦不堪言,辩不若默,至言忘言,得意忘言,全在于斯。哑与其癫狂互为表里,蕴藉无穷。千载寂寥,冷暖自知。

八大之哑,并非吉兆。《周易》里说:"吉人之辞寡,躁人之辞多。"八大确定不是一个吉祥的人,他充满危险。心里时刻绷着一根琴弦,一经拨动,倾倒山川无数。

如巨石窒泉,如湿絮之遏火,他静待一个爆发的口子。

幸好,一支笔,搭配一壶酒,疏通了他。

只会开口,不会说话,连眨眼都不会的呆呆的鱼。能言善道,却始终处于"眠"状的八哥。眠鸭,单脚立于石上,或者已经被同化为石头本身。睁眼如同闭眼。白昼约等于黑夜。睡猫,身体醒着,拒绝接收所有投向他的信号。眠,是另一种"哑"。

两只相识已久的鸟,心怀各自的远方。

不交流,是防止情绪的外泄。唯此,才能重于千钧。一只幼小的雏鸡,刚刚学会站立,显然还没有精通鸡的语言。以瞳孔里的弱,击败世上所有的强。强者主动让位。慈柔,雏鸡的王者风范占领全宇宙。

水仙欲说还休。

没有留下《画语录》,也并非躲避文字狱。八大式悲伤,来处不明。去处,不是发泄,是哑。让你觉得,这世界的假,配不上他的真。

## 险

一座巨石,头重脚轻,即将压倒一株水仙。

翠鸟,停驻于一枝枯荷的针尖。一阵风来,或者一个不小心的颤抖,随时有可能面临失足。

缩脖子的鸟,单脚站立于顽石。

八哥,静思于悬崖。于一截枯枝上梳理自己的羽毛,做一棵"倒栽葱"。

八大并非暴力美学家,详细解剖一种残忍的快感。出于直觉,将他们置于险处。他们,即是八大自己。显然,八大并非暗示自己九死一生的经历,亦不是在控诉遗民的苦痛,自怜自艾。行文至此,老生常谈,容易令人生厌。八大,是在命运的困顿中悟到机锋。

机锋,即在险处。回到禅法。禅为剑刃上事。稍一放浪,即丧生失命。

八大用一个静止来警醒世人。他从我们的生命里截取了一个瞬间——逼到险处,直指人心。人类的一切活动,都时刻笼罩在死亡的阴影里。只有正视它,才有超脱的可能。绝处逢生。

险,挑战的是一种惯性、一种安全——一种腐朽的安全,一种生命混沌茫然流逝的无痛无觉无知。

纵使一株野花、一只体态娇小的鸟,也要认真思考生命的来去

明　八大山人　《花鸟册》7

明　八大山人　《花鸟册》8

鸡谈虎亦谈海犬通
食牛芥羽唤僮僕
归放南山以
　　　笑頤

问题，这是急迫切要的事。这种思想高度，令其笔墨像是暗语，大批平庸的欣赏者因此摸不着头脑。

孤峰顶上千华秀，万仞差峨险处行。

觉，还是迷，关键在于，是否在当下认知自己。我是谁，此刻我在做什么，从何处来，往何处去。立处孤危，将自己暴露于危，无所依附，更无所躲闪，回归生命的真实，也就是当下。八大正襟危坐，出一道谜题，启发你的觉知。

## 戏

笔在手中八面生风。一笔之中方圆既济、阴阳向背，奇正相生、虚实有致。假装成一个圆融醇厚的人。继而，勾与皴同时而行，甩开秃笔，在吸水性极好的宣纸上纵逸。虽似粗服乱头，实得苍茫混沌。《葡萄图》不似徐渭的纯粹的悲与凉，却是一样的佯装戏码。当你进入墨色之内，看八大，正抽离于情绪之外。

荷塘，最常见的戏台。梳理出几枝荷叶，向上，再向上。伸，展。使之遮天蔽日。如此，全封闭了舞台。荷，既是背景，又是道具。一只盛放，另一只含苞。主角若有若无。荷叶的袖口，两只翠鸟，互相说着石头上的语言。你看着我，我看着你，意见却永恒不能统一。冲突一起，余韵千年。

八大墨戏，主角不多，剧情复杂。两只鸟或两条鱼之间，绝不产生爱情。坚守着各自放大的自我，任孤独的涟漪越来越大，几乎

明
八大山人
《杨柳浴禽图》

将对面的人击倒。这也是两只鸭子的游戏,在熟悉的环境里保持着陌生。

芦雁,一个在探视、呼叫,另一个充耳不闻。表情极其严肃。

戏谑,两只孔雀,罕见地意见并不相左,对着画外的某人恶言相向。眼神里,尽是尖刻的嘲讽。

鱼和鸟的矛盾也多次上演。危石上站着的沉默的鸟,并不在意,此刻水中的两条鱼正白眼相向。后者的诅咒和质疑,并不能影响鸟的玄思。他的臆想,远在飞翔所能抵达的空间之外。体积虽小,但灵魂强悍。这,是否为一个寓言——别人的生活与己无关。

鸟,专注梳理羽毛。鱼向相反的方向而游。你作为观者,试图强迫他们相识相知,但惨遭失败。鸟和鱼,像无意中被摄入同一取景框的陌生人。世界于它们任何一个,都是唯一。鱼在,鸟不知。鸟在,鱼不知。

## 玄

生于帝王宗室之家,变为残山剩水之身。

他在个人史上迈出的第一个脚步是,出家。取法名传綮,又号刃庵。传綮者,传佛法之精髓也;刃者,忍也。

雪个,冰天雪地中的单竹枝。雪衲,雪者,素白;衲者,僧衣,一僧独行于雪中。

八大,笔画数量是五,内涵是无数。

明
八大山人
《山水》

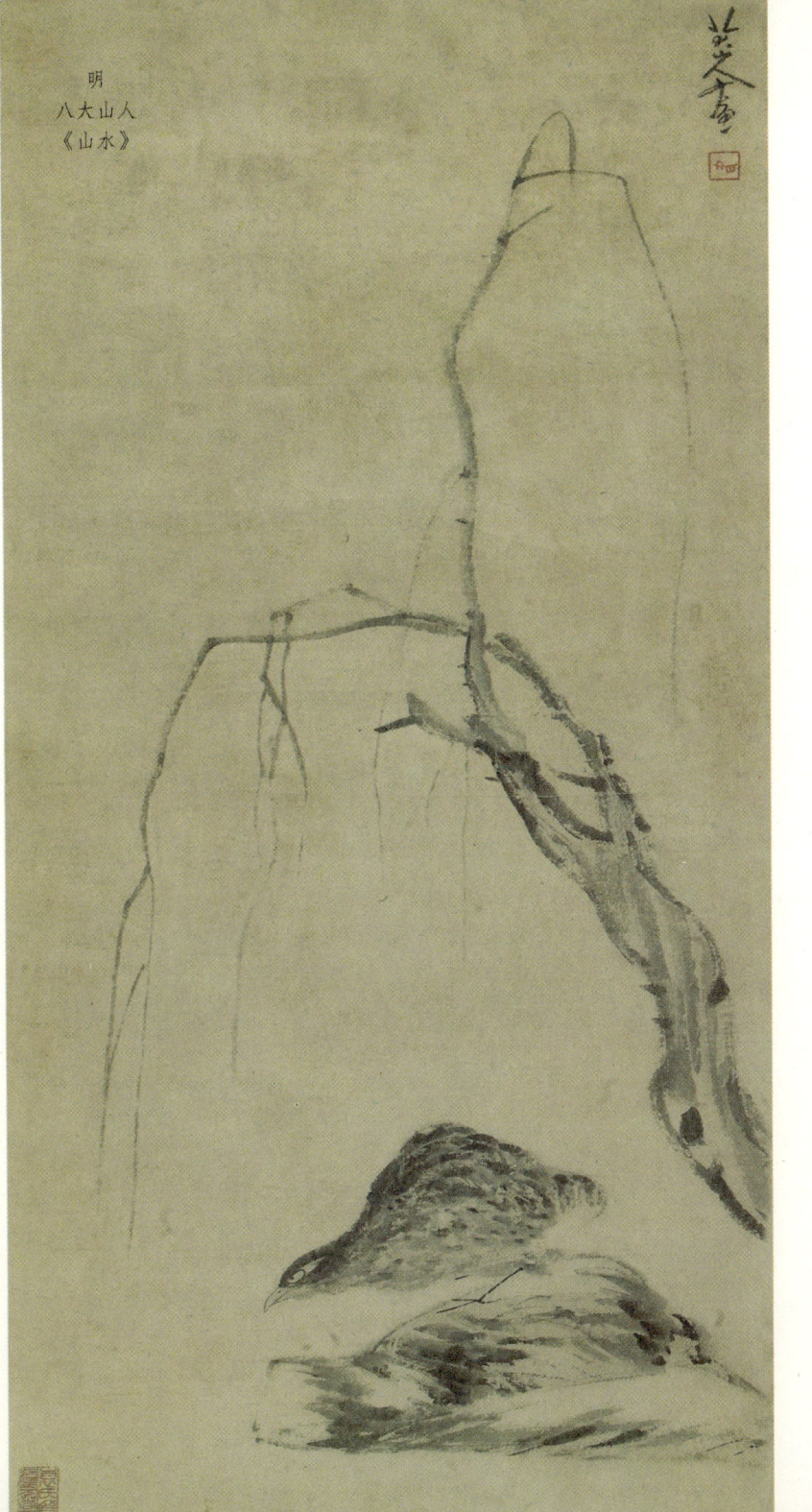

有人说，来自《八大人觉经》，觉悟澄知，破执放下。也有人说："八大者，四方四隅，皆我为大，而无大于我也。"两种意见相反，一个渺小如隐士，一个自大如狂士，各有理由，长久流传于世。内核，指向同一个人。

画押，是他本人梦呓，别人难以作伪。甲申三月十九日，末世皇帝自缢的日子，大明王朝终结、朱明宗室苦难开始。将此为画押，既是国祭，又是家祭。一幅画，在酒醉里诞生，终究无比清醒。画押一出，满场冷逸。

哭之笑之，源于一场病。初则伏地呜咽，已而仰天大笑。"忽忽不自得，遂发狂疾，忽大笑，忽痛哭竟日。"谜一样的行为，落到纸上，成为玄学。

玄之又玄，始于空白。

一群鱼在天上游，空白处是水。

一条鱼在水里游，空白处是宇宙，无尽的虚空。

前人苦心钻研水波纹的画法。至此，归零。

一条鱼与一只鸟隔空相望，空白处是风。或者，是流动的气。气韵生动，意象生发。先天之气无形无象，周流而自成。

一轮月亮抱住一个瓜，月亮是虚，瓜是实。月亮是白，瓜是黑。知其白，守其黑。虚实相生，一阴一阳谓之道。顺手拈来《道德经》。

一群鱼的右上方，随意皴擦出一片黑，错乱了时空。不似水草，不是岸。不是岩石与苇丛。看上去，像是时间与空间的交界处。

明
八大山人
《鸟》

从那里，出生了宇宙第一个生命，一生二，二生三，三生万物。天地玄黄，宇宙洪荒。从那几笔黑走出来，走至空白处，放大光明。

画道之深，深不可测。八大画作，每一幅，都是一个圆。无从进入，亦无可拆解。

绝望的黑暗与无量光明，来源，是同一颗心。在困顿苦厄里求索，参悟，洞见，心念如流水般无常。

安晚，是对遗民情结的疏解。一己之身何足惜，一家之事何足忆。艺术天地之广，无所不在无所不能。八大修养于斯，安度于斯。

"读书至万卷，此心乃无惑；如行路万里，转见大手笔。"幽涩郁结已成过往，转弯处了不见踪迹。身后留下的南昌青云谱，地理上不断扩张，是其三百年来不断释放的能量波。

# 恩宠与性灵

人物名片：石涛（1642—约1708年）清代著名画家，原姓朱，名若极，广西桂林人，靖江王朱亨嘉之子。别号大涤子、清湘老人、苦瓜和尚、瞎尊者，法号元济、原济。"清四僧"之一。

五十七岁之前，画家石涛所追求的，无非是两个字——恩宠。作为一个天才画家，画好一张画，完全不费力。但获得恩宠，去驰逐一个人的好感和认同，却是困难的。何况，追逐的对象是至高无上的皇帝，而石涛的身份又是前朝遗民。这令他沮丧。石涛一生，即被这种"求不得苦"所贯穿。晚年，他将自己定义为彻头彻尾的失败者，自号苦瓜和尚。

## 一　来自宫廷的隐秘诱惑

佛教发展史上，江南临济宗一脉，似乎受到清廷的格外青睐。

顺治十六年（1659年）九月，浙江天童寺禅师木陈道忞奉诏北上，为顺治帝讲授佛法。同行的，还有其弟子旅庵本月。此行，道忞禅师奉敕住持万善寺、憨忠寺、广济寺三处道场，并得赐"弘觉禅师"之号。

不久，道忞禅师还山，旅庵本月则继续留在京城，与顺治帝参研佛法。次年，旅庵本月奉诏入驻善果寺开堂弘法，顺治亲笔书写"天上无双月，人间只一僧"，这评价、待遇可以说是至高无上的。传闻，当旅庵本月从万善殿进驻善果寺的时候，是骑着皇帝御赐的马出了西华门，然后改坐轿至善果寺。这一天，围观的群众有上万人，轰动京华！

还是在这一年，顺治帝的宠妃董贵妃殁，顺治帝在景山追荐，又是旅庵本月率门徒二十四人入坛礼诵。

佛门本来是讲"空"，名也空，利也空。先不管旅庵本月大师本人对这些名望作何感想，但俗世的俗人们对这种待遇艳羡不已，口口相传。

康熙元年（1662年），旅庵本月离京还山，驻于松江昆山的四洲塔院。正是在这期间，一位年轻的僧人前来拜师。旅庵本月靠着多年修行的直觉判断，眼前这位僧人的名利之心还未熄灭，但也具足相当的慧根，便将其收于门下。来人便是石涛，法号原济。

年轻的石涛喜不自禁。师父的名望毕竟太大，石涛感觉头顶有光环，总忍不住炫耀一番。他曾刻有"善果月之子、天童忞之孙原济之章"，彰显自己不同寻常的派系出身。在他的《十六阿罗应真

清　石涛　《山水册》1

清 石涛 《山水册》2

图》上，也签有"善果月之子、天童忞之孙原济之章"的名款。他这种举动，为以后的接驾奉迎埋下了伏笔。

置身事外的看客为他着急——别忘了，石涛，你的身份，是大明朝的遗民，而且，是皇族后裔。但石涛的回答也令人不置可否——"杀死我父亲的凶手，并不是清廷，而是南明的小朝廷"！

石涛的父亲，是明朝末代的靖江王朱亨嘉。一六四五年夏天，清八旗军攻破南京，大明弘光皇帝沦为阶下囚。接着，作为明皇家宗室、靖江王九世孙的朱亨嘉便抑制不住政治野心，在桂林自封为监国。但他并不是大明王朝的嫡系子孙。几乎同一时间，大明隆武帝在福州被拥立为皇帝。这样一来，朱亨嘉便成为逆臣。隆武帝派系的心腹生擒了朱亨嘉，并将他押到福州处死。当时，他的儿子朱若极，也就是石涛，年仅三岁，在一名忠仆的保护下幸运逃生，而后剃发出家。

对于石涛而言，出家并不是主动选择。所以他的修行之路，走得并不踏实。而他想靠着佛教派系再一次亲近皇室，不论是哪一朝代的皇室，填补其作为皇室后裔的失落，这一愿望却很迫切。对于新王朝，石涛并没有刻骨的仇恨，因为对旧王朝的安泰的贵族生活，他并没有记忆。这一点和八大山人有很大的差异。

心念与境遇的联系，有很深的玄机。正在石涛这样渴盼的时候，机遇开始接近他。康熙二十三年（1684年），康熙皇帝第一次南巡。

十一月初的南京，还不见冬日的萧瑟。在长干寺，康熙皇帝巡

清　石涛　《山水册》3

清 石涛 《山水册》4

幸并接见了多位僧人。石涛也在其中。据说，皇帝还直接问了石涛一个问题，由于紧张兴奋，再加上始料未及，石涛竟被天子的威严所震慑，只剩下错愕与惶恐。这一遗憾，为他留下了无限的幻想。

此次南巡，康熙皇帝还拜祭了"明孝陵"。这一举动，令石涛感动涕零，他写诗："座闻仁主尊尧舜，旧日规模或可封。"他认为，康熙帝真是仁主，在他的英明统治下，国家一定可以兴盛！

此后两年中，石涛脑海里不断重演长干寺场景，念兹在兹，无日或忘。他为自己编织了一个梦，即被康熙皇帝恩宠，成为像他师父一样的大法师。可惜，见皇帝的机会可不是轻易就有的。再等到皇帝南巡，不知何年何月了。终于，在一六八七年的深秋，他要动身去往京城，为实现自己的梦想付诸实践。

他先是从南京来到扬州，准备在运河乘舟北上，但旅途并不顺遂。在清江浦这个地方，他想化缘，却被其他佛教宗派阻挠，随身携带的画作也不幸失窃。一连串的不幸，让他不得不知难而退，从长计议。

机遇再次来临。康熙二十八年（1689年）春，皇帝第二次南巡。三月的扬州，春意悄然萌发，在平山堂这个风雅之地，康熙皇帝召见各界人士，万幸，石涛也在其中。这不能不说是一种难得的缘分。这一次，皇帝竟然直接喊出了石涛的名字。石涛受宠若惊，之后赋《客广陵平山道上接驾恭纪》二首，表达自己难以平复的心情："……去此罕逢仁圣主，近前一步是天颜，松风滴露马行疾，花气袭人鸟道攀。两代蒙恩慈氏远，人间天上悉知还。""……圣聪勿睹呼名字，草野重瞻万岁前，自愧羚羊无挂角，那能音吼说真传。神龙首尾光千焰，云拥祥云天际边。"

想象一下，在石涛印象里，初春三月的那一天，真是太美好了。松风滴露，花气袭人。众人拥戴的康熙皇帝，像是被祥云环绕的神龙一般。被万岁爷直呼姓名时的心情，如同登上了云端，轻飘飘的。

就这样恍恍惚惚地兴奋了好些天。突然听说，皇帝回京了，石涛再次陷入了梦境。梦里，皇帝的使者乘快马疾驰而来，诏他进京！石涛笑醒了，北上的心情日益迫切，信念日益坚定。

## 二 石公飘然而至

作为艺术家的石涛，天生骨子里是个不安分的人。他性格狂躁，激进，时时保持一腔热血。这一点，在他十岁左右开始涉猎书画艺术的时候就初露端倪。当时，很多人崇尚董其昌书法，但他却认为董书风格柔媚，不以为然。小小年纪，便能突破世风，意识到有一个"我"在。壮年之后，再面对董其昌的南北宗理论，石涛拍着桌子堂而皇之喊出自己的理论："画有南北宗，书有二王法。张融有言，不恨臣无二王法，恨二王无臣法。今问南北宗，我宗耶？宗我耶？一时捧腹曰：我自用我法。"什么南宗北宗，简直可笑！这一呼喊充满叛逆色彩，振聋发聩。有人认为他是大言不惭，胡言乱语，完全不必理会。但看他爽利新奇的笔墨和不俗气韵，却一时间失语。

石涛的自我的壮大，从某种角度上说，是因为遇见黄山。

石涛天赋异禀，而且是自信的天才。或许这位前朝王孙始终怀着心里优势，具有怀才负气的秉性，体内蛰伏一条沉睡的蛇，预见黄山的奇崛，瞬间被唤醒。

一六六七年到一六七八年，石涛的青壮年，一直居住在安徽宣城。其间他至少三次登上黄山。有一次竟在黄山居住近一年之久。在当年的黄山画派圈子里，石涛如众星捧月。当年雅集场景，围坐、喝茶、谈诗、论画。在众人期待的目光中，石涛翩然而至！像是披着黄山的云而来！他一出场，满座都生出氤氲的气息！石涛的好朋友——画家梅清在《题石涛荒山图》里描绘："石公飘然至，满座生氤氲。手中抱一卷，云是黄海云……"气场强大！

和尚的行脚，称为云游。石涛和尚云游一生，像是乘着黄山的云。诗里画里，常常是云气。他诗云"黄山是我师，我是黄山友。心期万类中，黄峰无不有。"前一句写了与黄山的深情，后一句——心里对天下万类山峰的想象，黄山都有。他从云的虚化变幻里，看出了万种峰，既是无中生有，又是虚实相生。

李驎的《大涤子传》记载："……既又率其缁侣游歙之黄山，攀接引松，过独木桥，观信始峰，居逾月，始于茫茫云海中得一见之。奇松怪石，千变万殊。如鬼神不可端倪，狂喜大叫，而画以益进。"黄山的奇，石涛的狂，一下子混合发酵了，绘画技艺日益进步。

清 石涛 《山水册》6

黄山给了石涛纵肆逍遥的力量。群峰耸起，四海茫茫，置此高山迥地，超越人间情怀，粉碎万法束缚。飘飘乎超然欲仙，荡荡乎神思飞扬。

站在黄山的山巅，石涛喊出了狂放的自我。这个自我，是那么激烈，那么壮怀，那么血脉偾张。

黄山十年，是单纯、快意的十年。自然的伟力赋予他强大动能。奇松怪石，高兀的山，将世俗的诱惑隔离在外，创造性和爆发力激增。石涛的黄山画，山像是乘龙卷风攀云直上。

他身在黄山，心在凌霄宫。

吴冠中曾在黄山怀念石涛。他看黄山石，感觉是从石涛的画里来。他评价石涛黄山图"着眼于山石的纵横错落，有时长岭横空，霸悍惊人，虽出人意外，却得其寰中"。

离开黄山，在绘画上，石涛真正步入了大匠之门。而在人生道路上，却相反，走进了世俗的坎坷之旅。

再来看石涛的题画诗，了解他的个性与非凡才华。题兰竹诗："是竹是兰皆是道，乱涂大叶君莫笑。香风满纸忽然来，清湘倾出西厢调。"意味有点像徐渭，但石涛面对的是纯粹的自然。作为出家僧，对于世间的污浊少有议论，保持了纯粹的自然。写生，写的是生命流动的生机。

《狂壑晴岚图》题诗："掷笔大笑双目空，遮天狂壑晴岚中。苍松交干势已逼，一伸一曲当前抻。非烟非墨杂逯走，吾取吾法夫何穷。骨清气爽去复来，何必拘拘论好丑⋯⋯"

"盘礴万古心，块石入危座。青天一明月，孤唱谁能和？""野性自逍遥，新诗换酒瓢。狂来无可对，泼墨染芭蕉。"这样的诗，直率有力，比豪放派词人的格调还要激进。

最熟悉的"拈秃笔，向君笑，忽起舞，发大叫。大叫一声天宇宽，团团明月空中小。"写的是石涛《与友人夜饮》的场景，借着醉，尽显癫狂之态。

读石涛的诗，既"狂"，又"野"，酒醉时把笔抛向空中。这样的石涛，目空一切。与迎驾康熙皇帝时战战兢兢的石涛判若两人。

石涛《画语录》，后世一直捧读。但凡惊世骇俗的理论，都需要强大的实践成果去支撑。石涛便是这样能支撑起自己理论的画家。他的能量太充沛了，他能画大幅山水，又能画写意花鸟，白描不输李公麟。风格或细腻，或狂放，或崇高，或奇古，或纵横恣肆，或精美典雅。他的博大多变、画面呈现的强大韵律，让评论家无法去准确定义他、概括他，也让不喜欢他风格的人，不得不承认自己的狭隘和主观。

## 三　诸方乞食苦瓜僧

一六九〇年秋，石涛来到了梦寐已久的京城。他先后落脚于吏部右侍郎王封溁家、礼部侍郎王泽弘家、户部尚书王骘家。靠着才艺和名气，奔走于各权贵门下，为他们作画。也许是寄人篱下，不

清　石涛　《山水册》7

清 石涛 《山水册》8

得不考虑主人的审美品位,石涛的画作风格不敢过于豪放,转而稳重、内敛。再加上有机会博览众多藏家的名品,吸收了前人经验,石涛也陡然扩大了格局,尽其所能让自己成为一个名副其实的大画家,而不是随心所欲地挥毫涂抹,走野路子。正是这一时期,《搜尽奇峰打草稿图》《古木垂阴图》《游华阳山图》等鸿篇巨制诞生。

此外,他还与当时的正统派"四王"中的王原祁、王翚都有合作,二人表示,石涛自主性的笔墨表达,极富启示意义,应该也是发自内心的赞许。

《搜尽奇峰打草稿图》像是石涛的逞能之作,是技巧的宣言。画中绝壁险峰,奇峦怪石,古木飞瀑,长城像巨龙蜿蜒盘桓在山巅峡谷之中。山中小道崎岖险峻,曲尽其态。这是石涛北游途中所见的风景,跟江南景色截然不同,有凛冽气。正如卷后潘季彤跋中说"一开卷如宝剑出匣",寒气袭人,光芒四射,"令观者心惊魄动"。尽管绘画是一门隐秘的艺术,但还是能发现,石涛将怀才不遇的情绪,变成绵绵密密的点,水墨淋漓,想给观者一个震撼。最好,这种震撼能快速波及皇宫里,达到惊动皇帝的效果。

在京城,石涛一边画画,一边等待。一九六一年,有几位僧人得到了康熙皇帝的礼遇。比如,画黄山的画僧雪庄被召进宫,皇帝允许他在黄山当地建立道场。另有一位僧人心树,画了一幅扇面呈给皇帝,皇帝便命他在王原祁身边习画,并担任京城万寿寺的住持。但石涛这边却静悄悄。

更令人失望的是,官方在组织重大绘画项目《南巡图》时,并没把石涛纳入招聘行列，昔日交往甚密的王公贵族居然也不站出来替他说话。石涛有点心灰意冷，慢慢看穿了世态炎凉。他意识到自己的幼稚可笑——一个会画画的和尚，在皇帝的眼里算什么呢？诗曰："诸方乞食苦瓜僧，戒行全无趋小乘。五十孤行成独往，一身禅病冷于冰。"五十岁了，人生步入晚年，真是一无所成啊。

据分析，康熙皇帝之所以对石涛并不欣赏，原因有几重，一是因为其画风过于野逸，像是宋徽宗看不上扬无咎的"村梅"。皇帝的心理，大多喜欢秩序感较强的作品。那种高喊着自由、解放的笔墨风格，实在是很不利于江山大统。其次，明朝遗民的身份也让皇帝反感。皇帝对遗民的宽容只是一种政治手段，而对于让"失节"的画僧来到自己身边，则完全没有必要。还有一种可能，皇帝根本就没把石涛放在眼里。南巡时的记忆，早已经模糊成了杏花春雨了。谈不上宠幸，也谈不上有意疏远。这就更为可悲，石涛只是一味地单相思。

寄人篱下三年，石涛终于承认梦想的破灭。康熙三十一年（1692年）秋，石涛买舟南下，一路吟诗作画寻访各路朋友。但心境沉稳了许多，不再做着飘忽的梦。

清醒下来的石涛，首先考虑的是生存问题。被盐商滋养得富庶繁华的扬州城，是他最好的归宿。回到扬州，他挑选了大东门外的地址，建房几间，号"大涤堂"。既然在修佛方面并无建树，不如脱了僧服，不再住进寺院，彻底脱离禅林。"忽蓄发为黄冠，题其为

是冊精妙無比惜下角為舊印所污
因補以金沱為石師寫造像一區尤古
人鑄金事之意也
光緒戊申中秋蘇伐羅迦耶迦葉記

國初承明季風流畫學極盛而煙客廣州主持東南
壇坫大都取法南宗以渾厚華滋為尚惟禪門二
石力進北派一空依傍筆力所至橫絕一世孫過庭論
書云既得平正方進險絕書畫家造境唯險字寰
難如二石方芝當此然惟精能之至斯可變化入神
藍田叔後淺學共之粗獷玫鑒家輕視北宗此豈
原本然裁清湘此冊精心結撰是早年所作可知
其後來放縱筆に皆從規矩中出也
勁盦仁兄精研畫理以為何如戊申七月吳郁生識

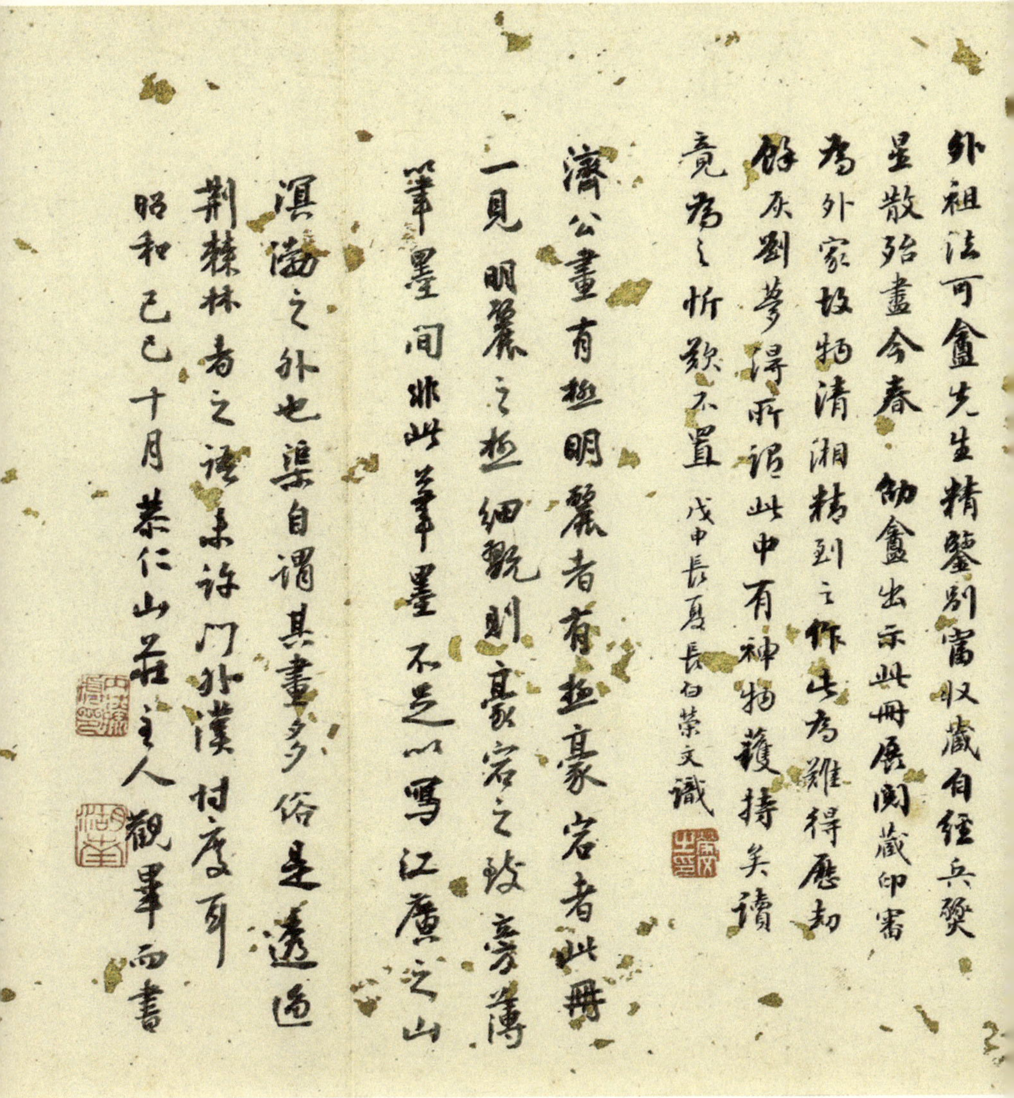
外祖法可盦先生精鑒别富收藏自經兵燹星散殆盡今春 釣盦出示此冊屬閱藏印審為外家故物清湘精到之作也為難得歷劫餘灰劉夢得所謂此中有神物護持矣讀竟為之忻歎不置 戊申長夏長白榮文識

濟公畫有極明麗者有極豪宕者此冊一見明麗之極細觀則豪蕩之致旁薄筆墨間非此等筆墨不足以寫江廣之山滇湖之外也渠自謂其畫多俗是遠過荆棘林者之語未許門外漢忖度耳

昭和己巳十月 恭仁山莊主人觀畢而書

清　石涛　《山水册》10

大涤,同人遂以称之。"大涤,石涛欲将前半生追求恩宠的幻想、禅林派系的荣耀,这些不实际的东西,统统涤荡干净了。只剩下一个画家身份。

在命运低谷期,他想起了与他同命相连的另一位大画家——八大山人。同为皇室后裔,不知道他老人家这些年的痛苦是怎么穿越过来的。

大涤草堂落成的时候,石涛给八大山人写了一封信,信中说"济将六十,诸事不堪"。又求画一幅:"济欲求先生三尺高、一尺阔小幅,平坡上老屋数椽,古木樗散数株,阁中一老叟,空诸所有;即大涤予大涤堂也。"八大山人满足了这位晚辈的请求,画好了《大涤草堂》寄给他。石涛很是开心,忍不住在上面题诗,还自言自语:"家八大寄余《大涤草堂》,欢喜骇叹,漫题其上,使山人他日见之,不将笑予狂态否!"

石涛晚年,鬻画并自娱。经历了一番挫折之后,画风由飘然转而高古。石涛继续让性灵发挥作用,在艺术道路上攀登自己的高峰。

一七〇〇年,《画语录》完成。"一画论"吸引了后世无数学人的解读。"夫一画,含于万物中",石涛以智慧眼,将中国画提升至哲学的高度,"一画"的说法接近玄奥。在石涛看来,这根造型的线,能把天地间的万物收进其中。"一画者,众有之本,万象之根。"画家用一条线,即能凿破宇宙混沌,化生万物。

石涛的天地,混沌一体,"天地浑融一气,再分风雨四时"。他认为"至人无法,非无法也,无法而法,乃为至法"。石涛毕竟有禅学的根基,内心又风云万卷,不仅能够驾驭灵感,挥洒创作,在理论方面的建树也颇深。"蒙养""兼字""资任"等概念,至今仍不能完全参读透彻。

尽管有这么多成就,石涛对自己的人生似乎并不满意。晚年"苦瓜和尚"名号,吐露他的心迹。在花果册中,有苦瓜一图,题曰:"这个苦瓜,老涛就吃了一生……"这是落魄者的自嘲。

试想,那个"拈秃笔,向君笑,忽起舞,发大叫"的石涛,一旦获得恩宠进入宫廷,每天最重要的工作,即是等待,等待皇帝的召见。在皇宫里,那个张扬的"我",不得不蜷缩起来。他要察言观色,说一些令龙颜大悦的话。向外博得一些面子,应酬各种集会。又或者,接到为皇太后寿辰作画的任务。擅于描绘野山野水的石涛,改换风格,带领众画师,按照皇家的品位,中规中矩地完成画作,之后领得赏赐。过程中,可能要经过层层审核,不断修改,品尝灵性被阉割的苦涩。

走在这条路上的石涛,断然不会为后世留下《题春江图》这样的神来之笔:"书画非小道,世人形似耳。出笔混沌开,入拙聪明死。理尽法无尽,法尽理生矣。理法本无传,古人不得已。吾写此纸时,心入春江水。江花随我开,江水随我起。把卷望江楼,高呼曰子美。一笑水云低,开图幻神髓。"一气呵成!这样一个心花怒放的石涛,多么耀眼。他高高在上,语气那么肯定,像倾举着一朵盛世莲花,绽放绝世才华,散发性灵的光芒,在时空里璀璨不已。

去年十月,扬州何园的片石山房,石涛留在世间唯一的叠石孤本。我面对那堆老石头休憩半天,外物一切静好。天格外蓝,竹林是润湿的翠绿,一串藤蔓带着婆娑的日影将"片石山房"几个字装饰如诗。我的意图,想在这堆叠石里捕捉石涛的气息,但却了无收获。身旁一位老者,应该是位学者,正给漂亮的女学生讲述石涛的故事,他说,石涛是"扬州八怪"之一,与扬州有着很深的缘分……我很想上前纠正,但终于忍住了。关于石涛的身份、人格、派系划分等,何必纠结呢?对于一个画家而言,笔墨,即说明了一切。

## 金冬心的日常

人物名片：金农（1687—1763年），字寿门，号冬心先生、稽留山民、曲江外史、昔耶居士等，钱塘（今浙江杭州）人，清代书画家，"扬州八怪"之首。

金农金冬心，是个很有意思的人。他清高，爱寂寞。爱寂寞的人大多内心丰盈，冬心即是。心里的趣味一团又一团，不与人说。那种意境，都在画里。他的画，像是在跟自己说话，自顾自的。再看他的漆书，完全的我行我素。他说，同能不如独诣。又说，众毁不如独赏。他诗文才学极高，也像是喃喃自语。语出惊人。

总感觉，冬心先生离我很近。每次去扬州，必定要到西方寺他的旧居静坐一会儿。现在是扬州八怪纪念馆所在。深处那个清幽的小院儿，门口一丛竹，一坡怪石，一个人造的鹤池，是对他的纪念。走进去，简单的厅堂，供奉他画的《设色佛像》。再往里，左右各有桂花树一棵，西侧另有芭蕉树。中间正房，是会客厅。两侧分别是画室和卧室。清清静静简简单单，仿佛还留存着冬心先生的余温。想象,晨起,冬心先生一抬头,目光即能穿过小院,望见照壁上一个"佛"字。又想象,秋雨兀坐,他一边听着雨打芭蕉的声音,一边整理画稿。闲来,画《蕉林清暑图》,题诗:"绿了僧窗梦不成,芭蕉偏向竹间生。秋来叶上无情雨,白了人头是此声。"

前不久,我在西方寺庭院里的银杏树下,想念他。古木参天,已经有七百五十岁了。眼下深秋,果子熟了,茂密地垂着,黄昏满地,金黄满眼。当年冬心先生客居在此,寺院是很荒率的,他题诗于壁"无佛又无僧,空堂一点灯"。我猜,他一定曾在这棵银杏树下,领着他的瘦鹤踱步,同时吟咏着什么奇崛的诗句。比如:"光头圆老,定是前山跛长老,叩门何事,口念新诗笑倒。草堂尘扫,树团团围抱。蔬饭好,此间无热恼。"(《题山僧叩门图》)

我对冬心很着迷。原因?"予于画竹,不趋时流,不干名誉,丛筸一枝,出之灵府。"拿画竹来说,冬心先生的画,都是出自灵府的。完全不见模仿的痕迹。他的灵府妙不可言。相形之下,很多书画家人云亦云,笔下虚浮,完全失却了光彩。

我把《冬心画谱》当作枕边书,睡前翻一翻,觉得先生这日子真是有趣。依据他弟子罗聘的画,眼前浮现冬心的模样,长脸罗汉,布衣不拘小节,盛夏,光着膀子,拿把蒲扇坐在芭蕉树下午睡。再或者,捧一本古书,坐一块苍石,入神地读着。永远没什么要紧事。任性而笃定。他的日常,即是诗。

冬心先生有几样所爱,除了收藏金石砚台之外,又爱竹,梅,鹤,菖蒲。爱到什么程度呢?死去活来。这话不是他自己说的,而是后人总结的。

## 一　前贤竹派，不知有人

冬心先生画竹题记，很有看头。

一次，他这样写："时雨夜过，春泥皆润。晓起，碧翁忽开霁颜。玉版师奋然露顶，自林中来，白足一双，未碍其行脚也。"

几行字，让人心里喜滋滋的。初春的新笋，白足一双，多好的比喻啊。本来是个画画的，却像是要抢了作家们的饭碗。我摩拳擦掌，试着用白话文复述：

一场夜雨过后，春泥湿润。清晨，天气豁然晴朗。推门一瞧，屋外的笋，冒出了尖儿。你们是从林中来的呀，你们白嫩嫩地打着赤脚。不穿鞋，居然没耽误行脚！

好玩，但味道差了好多。

后续，冬心先生又讲了一个故事，说南朝时候有个浙江人叫沈道虔。有人到他园子里偷菜，他一点也不心疼。即便当场撞见，也不拆穿。但有人在他屋后挖笋，他急忙跑出来制止——您可别破坏我挚爱的竹林呀，菜场上有更好的笋呢。赶紧买来送给小偷。沈道虔研究《老子》《周易》，隐居不仕。

故事也是三言两语讲完，又在我心里生了根。琢磨了半天，觉得沈道虔这人，必定跟冬心是一路的。冬心先生机灵，水灵灵地藏着机锋。画有灵气，文字也灵。讨人喜欢，又引人深思。

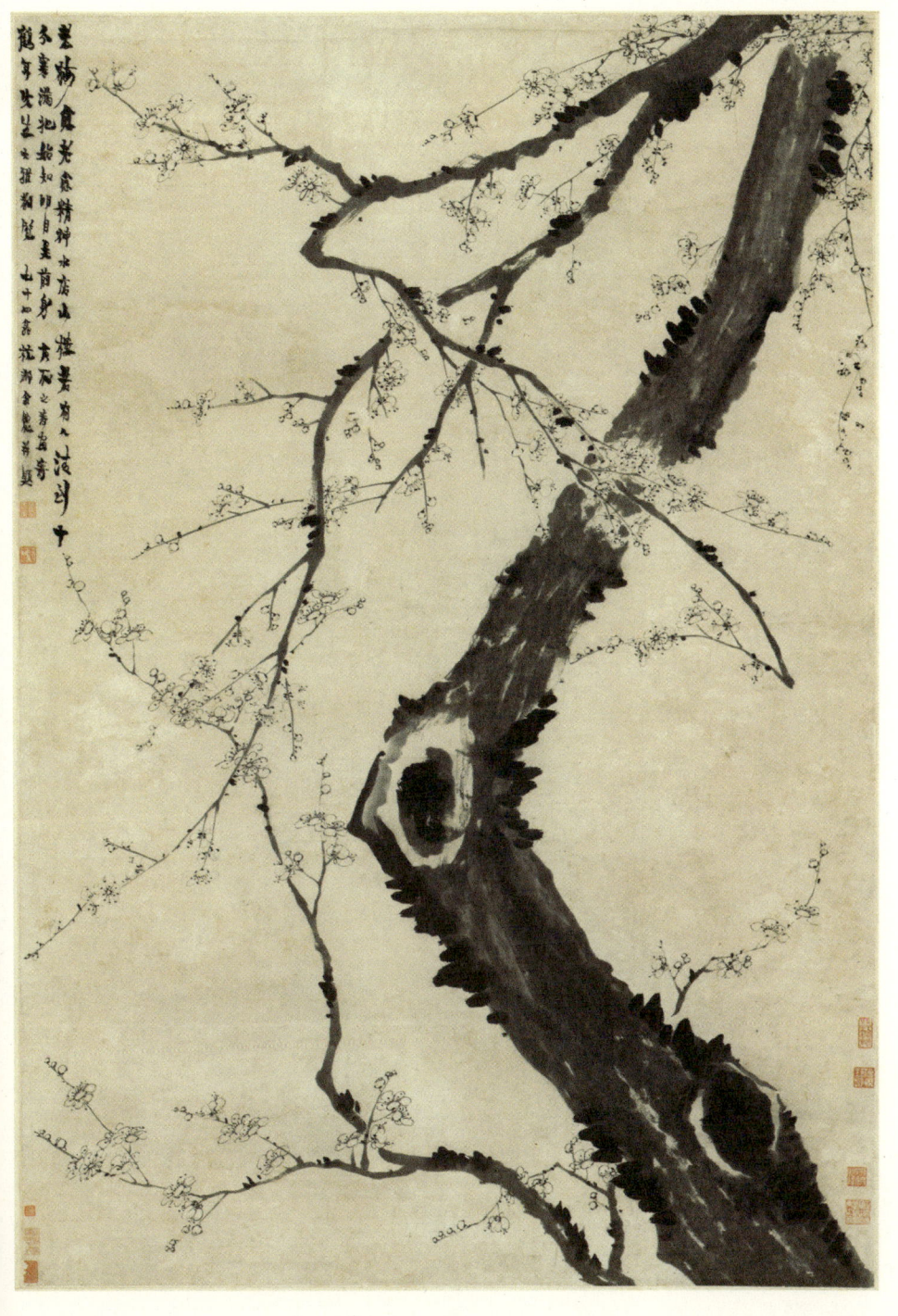

清　金农　《墨梅图》

他写故乡杭州的竹子:"人行其下,翠沾衣襟。"

"风约约,雨修修,翠袖半湿吹不休。竹枝竹枝湘女愁。"也是他的句子。

他还写:"秋声中惟竹声为妙,雨声苦,落叶声愁,松声寒,野鸟声喧,溪流之声泄。"

冬心是竹痴。作为专业画家,他一边画竹,一边讲故事。庆幸,故事都在题记里传下来。偏僻的典故、画画的心情,各种思绪,看似泛泛,实则浑然竹子气。

印象深的,那年四月十五,冬心先生夜泊九龙山前,缅怀一个人——九龙山人。

九龙山人是明代画家,某月夜,行至江上,隔船听到吹箫声,听入了迷。感动之余,画了一枝竹,送给吹箫人。没承想,那是个商人,第二天就找上了门。上门做什么呢?奉送了一条名贵的织毯,并请山人为他再画一幅竹,凑成一双。山人果断将之前的竹子画讨回来,当场撕毁。这件事传为美谈。

冬心先生讲完这个故事,忍不住感慨,这世上到处有月,到处有箫声,商人和名贵的毯子更是不知有多少,却鲜有九龙山人这样的性情中人了。为此,他灵感笔兴、漫卷纸上,画竹一幅,缅怀山人的高蹈之风。

月夜泛舟,听箫,画竹,俨然风雅梦境。梦里梦外,两个性情中人。

还有,那年的五月十三,是竹醉日。杜秀才从太原来了,赠冬心先生美酒一壶。先生一面赏竹,一面把酒浇给竹子君喝。他搞得相当有仪式感。在甬道上,郑重地淋了满满三大杯。随后,又用酒兑着墨,挥竹一幅。

冬心先生自问:"竹子怎么能喝酒呢?竹子喝酒会醉吗?看我画的竹子,飘逸淋漓,真像是此君已经喝得醉醺醺了。"

冬心与竹,两兄弟。

我觉得有趣,百度了一下,真是孤陋寡闻。竹醉日,即为栽竹之日。宋代范致明《岳阳风土记》:"五月十三日谓之龙生日,可种竹,《齐民要术》所谓竹醉日也。"古人的"竹醉日"富有诗意。现代人,只知道植树节。

有趣的,还很多。

一日,冬心先生在江上养病,偶作小幅竹画。联想到,宋代淳熙年间有个才子叫徐履,浙江省高考第一名,特别擅长画墨竹。画得传神极了,像是有风来,竹子呈笑态。传闻,他殿试的时候,在考卷结尾处,画了一枝竹,题云:"画竹一竿,送与试官。"清狂可爱!

回到竹子画。冬心先生画竹,六十岁才开始。他不师法前人,而是在自己的宅子东西两侧,种了千万棵竹子,以竹为师。

冬心的竹子画,让人觉得怪。他是"扬州八怪"之首,不怪,那才真怪。

冬心自己的理论是,画竹宜瘦,瘦,象征多寿。他还揶揄说,庄子曾提到有一种树,比十人合抱都粗壮。这种植物,是不屑入画的。不然朋友会嘲笑画家是个爱吃肉的家伙。

冬心的竹子画，有两种。一种是墨法写出来，竹叶很浓，怯怯的，实际是拙。竹节处，瘦得快要折断了，却有力道，很舒朗，其间有清风过隙。还有一种，完全用笔法勾画，宽叶，叶茎清晰可见，类似书法里的双钩。竹竿也是丰腴。这分明就是胖竹子嘛！两种画风，截然不同。后者，总觉得上头落了雪。

冬心画，有绝招。他有镜头感。各种视角的竹，像拍照，俯拍、仰拍、近景、远景，图式很丰富。冬心画墙外的竹，竹叶密密的在墙头挤挤挨挨，浓墨淡墨穿插，淡处仿佛生烟。白墙一面，让人思忖着，里头住了什么人。

## 二　携鹤且抱梅花睡

"晨起，用杜道士小龙精墨，为梅兄写照。"冬心的名字，该是从梅花来的。他又自号耻春翁，像是跟梅兄不能弃也不能离。

闭门赏梅。"东邻满坐管弦闹，西舍终朝车马喧。只有老夫贪午睡，梅花开后不开门。"

把某姑娘的口红偷来，画梅。"客窗偶见绯梅半树，用玉楼人口脂画之。彼姝晓妆，毋恼老奴窃其香奁，而损其一点红也。不觉失笑。"

太冷了，连砚台里都结了冰，刚好用来画枝寒梅。"砚水生冰墨半干，画梅须画晚来寒。树无丑态香沾袖，不爱花人莫与看。"

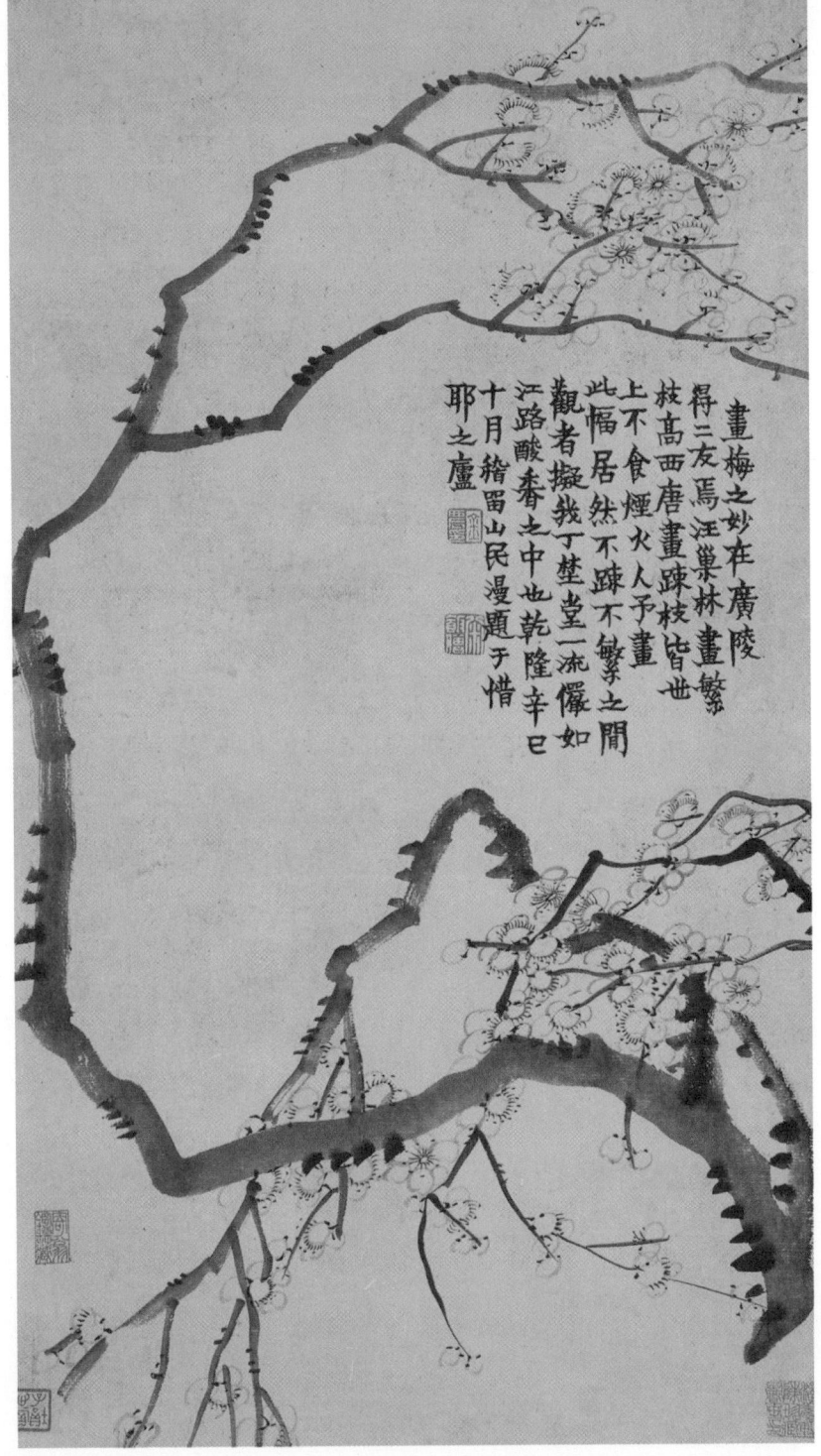

清 金农 《梅花图》

插花，一只残缺的梅瓶，也能摆弄出味道。"一枝梅插缺唇瓶，冷香透骨风凌凌，此时宜对尖头僧。"

没事，呆坐，发发感慨。感慨人生多寂寞啊，"天地之大，出门何从？只鹤可随，孤藤可策，单舫可乘，片云可憩……"

冬心先生确实养了一只鹤，罗聘的画里也有——冬心先生领着他的瘦鹤，闲庭信步在竹林里纳凉。题诗："竹里清风竹外尘，风吹不断少尘生。此间干净无多地，只许高僧领鹤行。"

我也是痴。因为迷恋冬心先生的一句诗，连续两天驻守在茱萸湾，看鹤。他说："月夜画梅鹤在侧，鹤舞一回清人魂。"这情境太美好了，我想亲眼看看，鹤舞，怎样洗涤人的灵魂。

茱萸湾很美，石涛曾画过长卷。这是扬州新旧运河交汇处，水源丰沛。水塘，池塘，深浅不一，连着面积不小的山林，很适宜鹤的居住。那个晴朗的秋日下午，在鹤池附近，我看到，那种干净的鸟，安静时单脚站立，像老僧禅定。动起来，翅膀从一侧开始扇动，姿态优雅。直到接近傍晚的时候，或许是由于饥饿，其中的一只鹤，舞动着高歌起来。歌伴着舞，歌声毫无低迷，翅膀上下翻飞，情境亦真亦幻。我看呆了，竟一时辞穷。只好引用明代某诗人的一句诗"长鸣似与高人语，屡舞谁于醉客求"。我感觉，鹤，真的是高士化身。这其中藏有文化的基因和密码。周围的天鹅与之相比，瞬间成为俗物。

想起，明代文震亨为了看鹤舞，故意让鹤忍受饥饿。算是文人腐朽的一面。

第二天再去,发现鹤池边,另有闲散的鹤居。两只、三只为一家。有围栏相隔,并不靠近水塘,完全是陆居。每户中央只一间茅屋,用以避雨。院子里杂草丛生。一盆鹤粮,另一盆清水。两只鹤在院子里踱步,像极了一对寒士。我观望了好一会儿,竟要垂泪。

我好奇鹤的吃食,百度"鹤粮"二字,释义为"隐居修道者的口粮"。

寒士冬心,也是常常缺粮的。有画梅题跋:"冒寒画得一枝梅,恰好邻僧送米来。寄到山中应笑我,我如饥鹤立苍苔。"

"画梅乞米寻常事,那得高流送米至。我竟长饥鹤缺粮,携鹤且抱梅花睡。"

遗世独立之风,冬心先生与鹤同。

冬心的梅花,洋洋洒洒,有的笔墨很淡,但绝不重复前人。俨然一片真心。那种带雪的梅花,像是面对着一轮满月的照耀,有清冷的光。脱略了所有的凡俗习气,高蹈静穆,境界非在人间。

## 三 饮水仙人绿骨轻

一把草,在山野,伍清泉、侣白石,也在冬心先生案头忍寒苦、安寂寞。这是菖蒲。

冬心先生爱养菖蒲。情到深处,也画菖蒲。

传统的岁寒清供图,画菖蒲,跟佛手、石榴等的吉祥物在一起,寓意高洁美好。但冬心先生不是,他的画里,菖蒲是主角。像是给菖蒲拍照一般,让菖蒲站在正中央。比如有一幅,他画了三盆菖蒲,三个瓦盆菖蒲高低错落,像是"菖蒲一家人"。大中小、高低矮,品种不同,趣味各异。比较低矮的盆里,菖蒲叶子较长,像是大金钱菖蒲,其他两盆,则是短细密,非常康健。这种画法,有些直接,有些幼稚,实则是生拙。深谙画道的人,一下子即被其独特的构思震惊。

冬心先生画菖蒲,意不在画,而在"玩"。玩出兴致,玩出格调,玩出精神。看似不经意,却又在过程中,投注了全部的真诚。

农历四月十六,菖蒲生日。冬心先生为菖蒲画像,庆生。画了一大盆的菖蒲,瓷盆外面套着瓦盆,造型很特别。用画面已经无以表达自己的祝福,又用题款作文章:"四月十六,菖蒲生日也,余屑古墨一螺,乃为写真,并作难老之诗称其寿,云:'蒲郎蒲郎鬓发古,四月楚天青可数。红兰遮户尚吐花,紫桐翻阶正垂乳。写真特为祝长生,一盏清泉当清醑。行年七十老未娶,南山之下石家女,与郎作合好眉妩。'"

冬心先生希望菖蒲长寿,便作"难老之诗"。这诗,由于画的缘故,便真的难以老去了。菖蒲也因为这诗与画,永远苍翠长青。他称菖蒲为蒲郎,这语气,至少是知己的交情。其实这"蒲郎",即是冬心先生自己,不然怎么是"行年七十老未娶"呢。

再看冬心的身世,年方五十开始正式学画,学问渊博,浏览名迹众多,下笔即古。晚年寓扬州卖书画以自给,寄居西方寺。"行年七十"的时候,妻已亡,若要再娶,便想学菖蒲那样,娶个南山

清 金农 《鞍马图》

的石头回来。

据说菖蒲借以生长的石头,都是被溪水洗净铅华,不含脏垢的。世间那么多女子,金农一个也看不上。人间无有能与之共居者,娶个南山的石头来做伴也不错。冬心即是菖蒲,菖蒲即是冬心。

菖蒲生日的第二天,冬心先生又在这幅画的左侧,增加了一首诗的题款,这次是以菖蒲的口吻写的,作为之前那首诗的回应:"越夕又成二十八字,戏代菖蒲作畲,亦解嘲之意也。——此生不爱结新婚,乱发蓬头老瓦盆。莫道无人充供养,眼前香草是儿孙。"

娶妻娶个南山石头,儿孙便是这眼前的蒲草。不要妻子,无须儿子,像菖蒲一样,过着餐风饮露的生活。菖蒲于冬心,是布衣终身的自喻,是老无所依的子孙,是尘世飘零的知己,是荆棘旅途的良伴。这话,有些凄苦,也有些酸楚的清高,风雅聊以自慰。

冬心先生的菖蒲画,远不止这几幅。还有印象最深的是扁平形状的一大瓦盆,用墨很浓,菖蒲的叶子像是中年男子的须发。你会担心菖蒲的根部,墨色完全混成一团,看不出肌理,但这种担心完全多余。菖蒲丝丝直立,根根分明,金农是一笔一笔写出来的。下笔朴拙老到,效果却一派天真。有人评价冬心先生"涉笔即古,脱尽画家习气"。题款:"菖蒲九节俯潭清,饮水仙人绿骨轻。砌草林花空识面,肯从尘土论交情。"

冬天萧瑟的时候,菖蒲能"忍寒苦"。冬心先生晚年在寺院过着清冷生活,却依旧滋养心性,安于淡泊。青灯孤影,还有谁比蒲郎更适合为之作良伴呢。王昶撰《蒲褐山房诗话》记述冬心,"性情逋峭,世多以迂怪目之。然遇同志者,未尝不熙怡自适也"。菖蒲便是"同志者"。

眼前浮现一句曾文正的诗:"养活一团春意思,撑起两根穷骨头。"

回顾冬心一生,是很擅长"自适"的,不啻是一种智慧。

乾隆元年(1736年),他被推荐应博学鸿词科,但进京后未仕而返。面对失败,他脑袋很灵光,迅速转变思路。他不再耽着仕途,计划起一种适意舒心的日子。自三十岁开始出游,四十年间"渡扬子,过淮阴,历齐、鲁、燕、赵,而观帝京。自帝京而趋嵩、洛,之晋,之秦,之粤,之闽,达彭蠡,遵鄂渚,泛衡湘,漓江间",足迹半天下,涵养性灵,浩荡胸襟。

冬心最聪明的,是没受委屈,一生做他自己。皇帝、江山、时局,不闻也不问。不在俗世的泥潭里纠缠,主动保持了高冷的寂寞,不让性灵压抑和泯灭。只以天真面对自然,因此有了很多妙悟。他不拾人牙慧一字,另辟蹊径,不落窠臼,在自己独特的艺术天地间潇洒阔步。

冬心有时"岁得千金,亦随手散去"。在困苦时不得不依赖贩古董、抄佛经,甚至刻砚来增加收入。也曾托袁枚,求写彩灯。汪曾祺有小说《金冬心》,把冬心先生塑造成了一个谄媚盐商、聪明狡黠的"斯文走狗"形象,让我一时间难以接受。

我还是愿意用他的自述来作为文章的尾声：

他在《冬心先生画佛题记》中说："予自先室捐逝，洁身独处，畜一痄妾，又复遣去。今客游广陵，寄食僧厨，积岁清斋，日日以菜羹作供，其中滋味亦觉不薄。写经之暇，画佛为事，七十衰翁，非求福禔，但愿享此太平，饱看江南诸寺门前山色耳！"

冬心先生一世，生于天堂，逝于佛舍；不生荆棘之中，不老户牖之下。没享什么福，滋味却比旁人浓。种种不俗境界，或许是面对着竹、梅、菖蒲诸君，还有门前的朴素山色所完成的修行。

冬心当然称不上是个伟大的画家。伟大的人已经够多了，冬心却只有一个。非佛非仙人出奇。这样的人，做梦都想见一见。

# 一官归去来

人物名片：郑板桥（1693—1766年），原名郑燮，字克柔，号理庵，又号板桥。江苏兴化人，祖籍苏州。清代书画家、文学家。"扬州八怪"代表人物。

郑板桥说："衙斋卧听萧萧竹，疑是民间疾苦声；些小吾曹州县吏，一枝一叶总关情。"郑板桥还说："难得糊涂。"民间疾苦声嘈嘈切切，板桥激愤、忧郁、无奈、焦虑，彻夜难眠。"难得糊涂"，是他给自己开的药方。板桥的良知比天高。这四个字，在纸上，有醉意。

靠着"糊涂"，板桥得以从官场全身而退。退到哪里呢？退到扬州。

"乌纱掷去不为官，囊橐萧萧两袖寒。写取一枝清瘦竹，秋风江上作渔竿。"乾隆十八年（1753年），六十一岁的郑板桥主动交出官印，要回扬州画竹子去了！板桥入仕之前，就曾在扬州生活过。彼时，退休归来，扬州的一帮旧友十分高兴，为他搞了一个雅集,主题欢迎会。在会上,同为"扬州八怪"之一的李勉作了一副对联送给他,上联:三绝诗书画;下联:一官归去来。恭喜板桥要过上像陶渊明一样"心不为形役"的好日子了!

这"一官",官职小,说来寒酸,却是叫得响。板桥为官十二年,成就,不是干巴巴的"政绩"两个字所能概括的。灾荒之年,他开仓赈贷,令民皆领券供给。后发现百姓根本无力偿还,又尽毁借据,带头捐廉,大兴工役,召回饥民修筑城池,以工代赈。发动富户开场煮粥赈济灾民,饶益百姓无数。

这一幕,一定让板桥心里很暖:告别之日,潍县百姓夹道相送,号哭挽留,有的竟送出百里之外……

不论怎样,板桥还是决定,回扬州。十二年的县令生涯,耗尽了他对政治的激情和信心。解甲归田,他无比轻松。"老困乌纱十二年,游鱼此日纵深渊。春风荡荡春城阔,闲逐儿童放纸鸢。"板桥长舒了一口气。

板桥专注地回到了宣纸上。

回归后的板桥大大方方贴出了润格:大幅六两,中幅四两,小幅二两,条幅对联一两,扇子斗方五钱……那些拿着礼物来的,不如直接数银子,因为你送的礼物,未必是我喜欢的。送银子嘛,总不会错。还有那些赊账的,像是无赖一般,我年老神倦,可没精力为这个纠缠……

板桥的画,价格不算低,但相当畅销。

时光倒流到十二年前的扬州,同是卖画,板桥的境况根本不能

清
郑板桥
《墨笔竹石图》

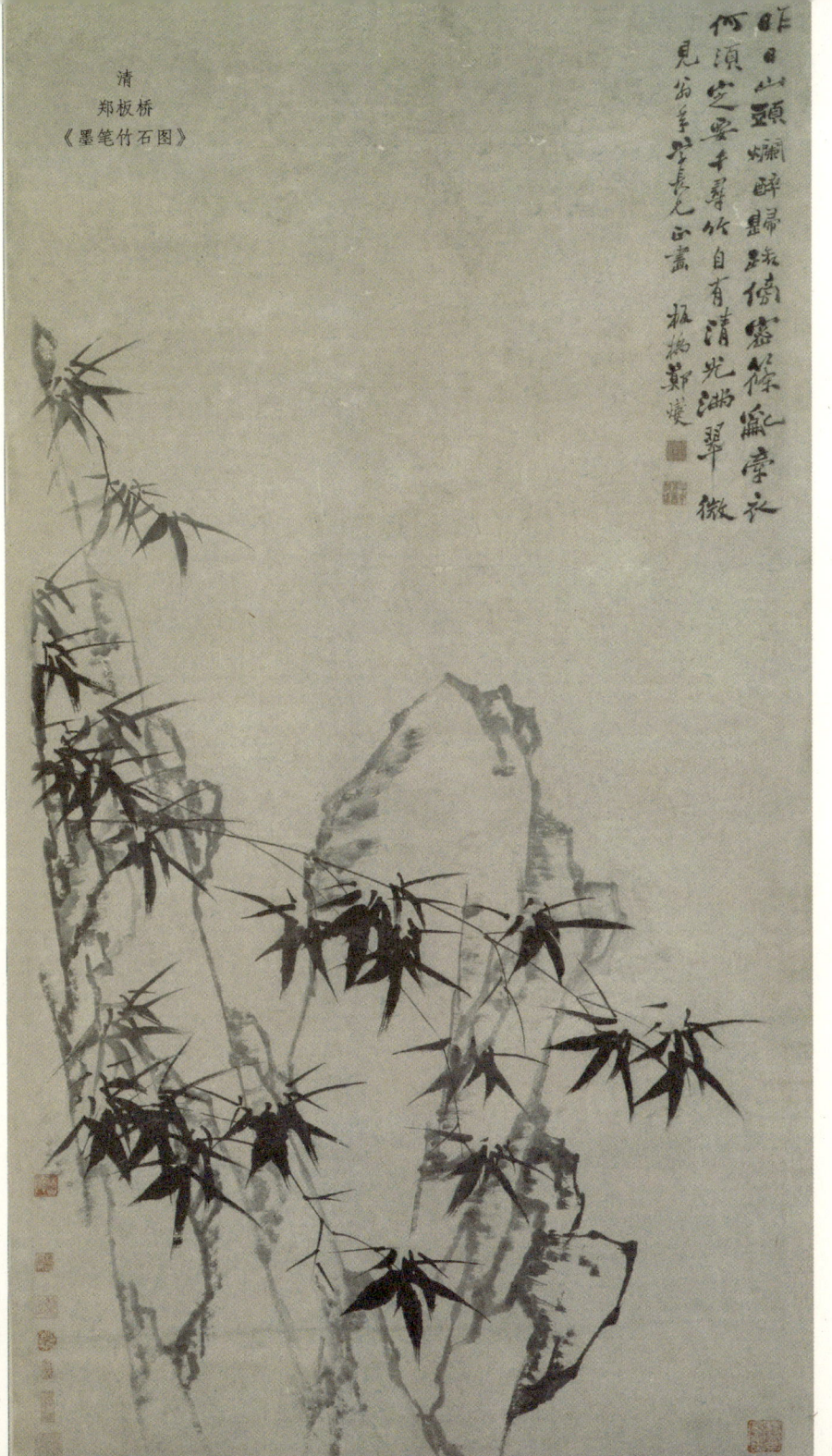

与现在同日而语。

那是雍正五年（1727年），郑板桥听从盐商好友马曰琯的建议，从家乡兴化，到富庶的扬州来发展。主要是为谋一口饭吃，养活一家老小。在此之前，他四处躲债，连老家的宅子都快要保不住了。到扬州，他没有固定居所，借住于天宁寺。

天宁寺院落的最深处，便是郑板桥当年借居的处所，如今，整修为郑板桥纪念馆。每次到扬州，我必在天宁寺闲逛、静坐。那是最有扬州风情的坐标。门口"御敕天宁寺"几个字，一眼照见往昔接驾康熙、乾隆皇帝南巡的辉煌。寺院免费开放。游人散落。夹道两侧，齐整地分布着各色古玩店，望进去，可见店主悠闲地在躺椅上摇晃，喝着闲茶。抑或与客谈论着什么交易，眼里散发神秘的幽光。肥硕的广玉兰，叶子油亮。眼下正是初春，过些日子，天宁寺的琼花就要开。还有粉樱，繁茂绚烂成一个梦境……

当年的板桥，一定无暇欣赏天宁寺的美景。白天，他以画匠的身份为生计奔走，晚上用功，也常为寺院抄写经文或《四库全书》。他在蛰伏，寒窗苦读《四书》《五经》，为科考做准备。在寺院，他与同为"扬州八怪"的李鱓结下深厚的友谊。板桥曾有诗："苍茫一晌扬州梦，郑李兼之对榻僧。记我倚栏论画品，蒙蒙海气隔帘灯。"李鱓是宫廷画师出身，二人的对榻切磋，使板桥画艺大有长进。

郑板桥四十岁，时来运转，高中举人。四十四岁，中进士，实现了由"民"而"官"的转变。十多年的为官生涯，他将"达则

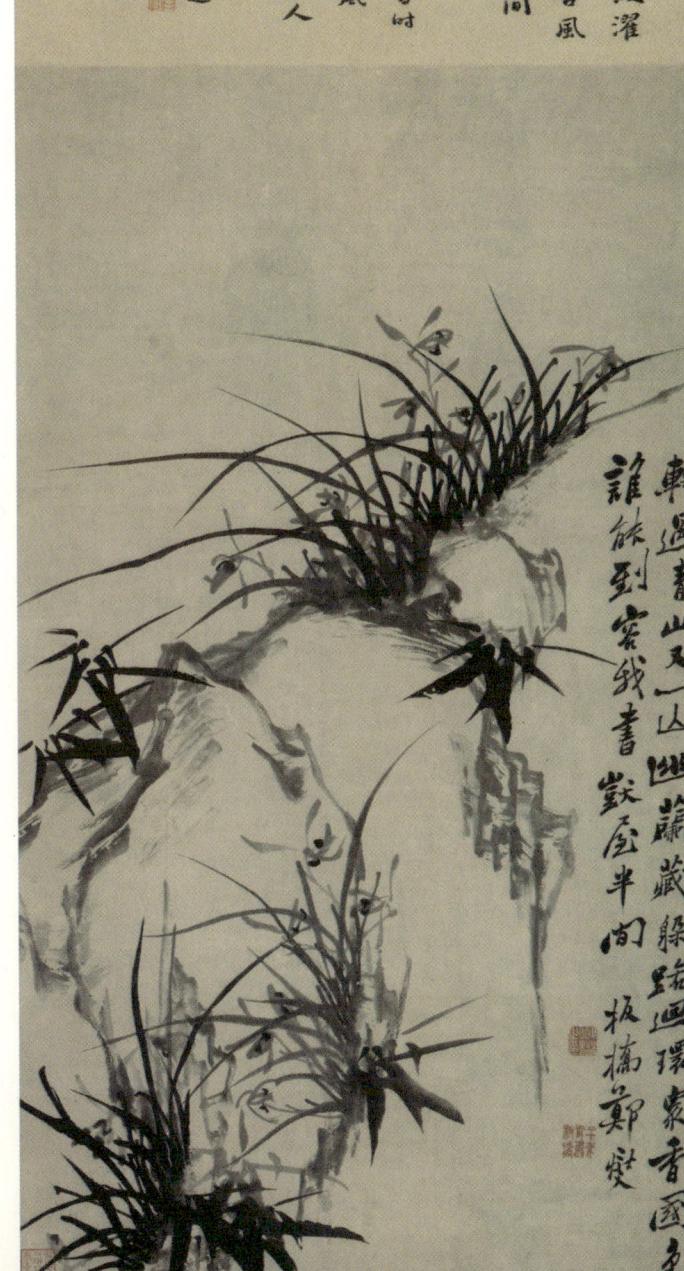

清　郑板桥　《幽兰图》

兼济天下"的豪情，实践得相当卖力。退休后的板桥，不再是当年的落魄文人。他载誉而归，载着沧桑、自信和丰富的人生阅历而归。为官之名、"诗书画"三绝之名，都是无形的桂冠。

入仕之前的板桥，是写《道情歌》"扯碎状元袍，脱却乌纱帽"的轻狂秀才，是在"自古无清昼"的扬州醉后高歌、狂来痛哭的意气书生。他惊世骇俗的观点，喜怒无常的举止，被人当作落魄寒士的自怜自艾。

而"归来"的板桥，身经社会痼疾、百姓忧患的磨砺，是"难得糊涂"之后的通透。"千磨万击还坚劲，任尔东西南北风。"苍老的笔墨诗词，是人生阅历的丰盈，是知行合一的激情。

如今，漫步天宁寺，天王殿集中展出扬州八怪的书画作品（复制品），浏览一圈便知，板桥画路窄。石、竹、兰，只这三样，图式远不如其他画家丰富。但他诗才横溢，题跋往往广泛流传，又有书法造诣，独创"六分半书"。他说自己画"四时不谢之兰，百节长青之竹，万古不败之石，千秋不变之人"，巧舌如簧。

画如其人。板桥的竹，是狂，有劲风吹来。板桥的石，是顽，不向一切时俗妥协。板桥的兰，是清，是文人刚直的磊落与率真。

板桥人格，在我看来，最突出的不是狂怪，而是"善"。唯其善，才有痛切的百姓疾苦，才有桀骜的路见不平。听来一则小故事：据说板桥画梅相当有韵致。卖画期间，在画室附近，有个寒门秀才叫吕子敬，家境十分窘迫，以画梅为生计。板桥生怕抢了吕秀才的生意，凡有求梅画者，板桥就将其带到吕子敬的画室。自己画

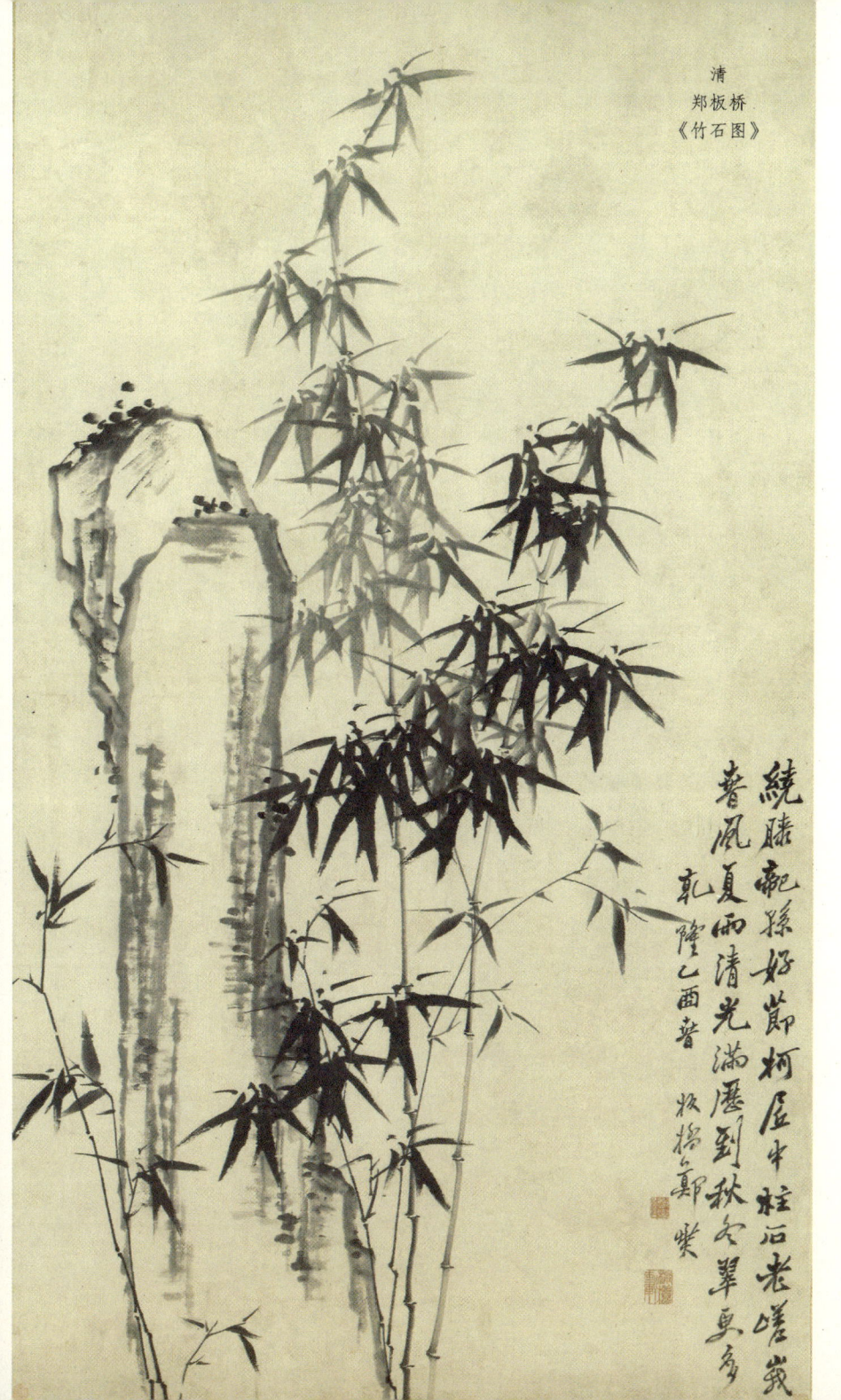

清 郑板桥 《竹石图》

梅从不示人。

还有一则故事：板桥与金农交好，在潍县做官期间，听闻金农病逝，他身披丧服几日痛哭。后来得知是谣传，又拍手大笑。一哭一笑，皆是深情。

板桥爱夸人。他曾说"杭州只有金农好"，赞美金农。在"扬州八怪"画家群体，他经常抬举别人，抬举汪士慎的梅，赞美高凤翰的"左书"。毫无文人相轻的习气，是一种宽厚友善。

板桥曾说："若王摩诘、赵子昂辈，不过唐、宋间两画师耳！试看平生诗文，可曾一句道着民间痛痒。"在他看来，王维、赵孟頫的艺术，不谈民间疾苦，太无关痛痒了，充其量，是两个平庸画师。这无疑是他的局限。

板桥在《柱石图》中题诗："谁与荒斋伴寂寥，一枝柱石上云霄，挺然直是陶元亮，五斗何能折我腰。"这种表达非常直白，似乎缺少了一点象外之境。有人常提"艺术无用"论。而板桥的艺术，恰恰是太注重"有用"了。

对现实主义的极度热衷，使板桥难以抵达宇宙的悠远。他的画，着意慰藉天下劳苦人的心灵——"凡吾画兰、画竹、画石，用以慰天下之劳人，非以供天下之安享之人也。"他一生致力于此，令人感佩不已。

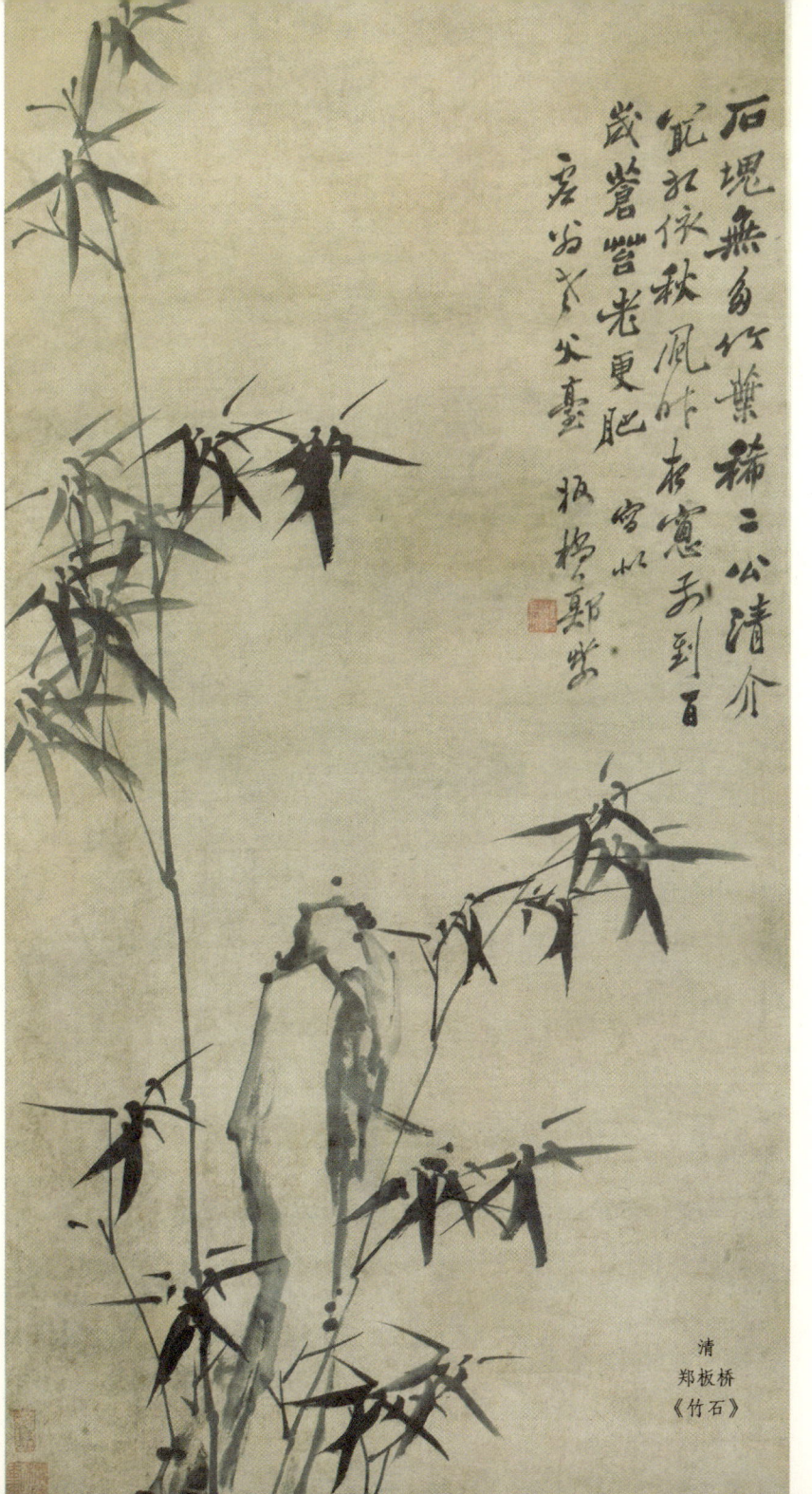

清 郑板桥 《竹石》

# 云山骨　金石心

人物名片：高凤翰（1683—1749年），山东胶州人，清代画家、书法家、篆刻家。字西园，号南村，又号南阜、云阜。"扬州八怪"之一。

这是高凤翰的晚年一幕：

由于年迈，体弱多病的高凤翰，一连几个月足不出户，心情阴沉、晦暗。一个人斜倚在床榻上，百无聊赖，只能盯着破旧的竹帘发呆。竹帘依附着窗户，侧边紧挨墙壁。墙壁年久，坑坑洞洞，常有小虫蚁钻进钻出，四处游走。偶然间，一只小蜘蛛进入视线——这是个新角色，初来乍到，它试探着伸出细细的脚，踏上竹帘，战战兢兢，像是很没把握的样子。竹帘破旧，偶有宽缝，它走几步，动辄失足。失足一次，即受惊一次。退两步，惴惴不安，踟蹰着是否再向前。高凤翰有意与其逗趣，撤掉了窗扉，帘子没了倚靠，断了蜘蛛的后路。起初，这小家伙十分沮丧。时间久了，大概是肚子太饿了，它居然能一跃而起，捉住竹帘上的小蚊蝇。第一天，它胆

倪米云山合作

画中倪米两家不同体而同韵故前人每多合作向见恽南田一帧其题曰云千古墨林称逸品米颠倪迂只用此意也 凤翰记

清　高凤翰　《山水书法册》1

海陵western王墩居老

谷居 地在泰州西
城郭王昔所駐
興化候籍邑也
居民業桃若事
匡墩左右數十
頃皆桃樹每春
酣紅雨時士女雲
集賞之 鳳翰并
記

清 高鳳翰 《山水書法冊》2

子壮了，变得坦然；第二天，精神振奋；到了第三天，已经能在竹帘间荡来荡去、飞舞自如……

床榻上的南阜先生十分感慨，得出结论：这世间的危难，都是可以名状的。看似绝望的处境，却能激发出潜在的能量，正是"置之至危而后安，置之必亡而后存"。

读散文《帘蛛记》，过目不忘，我试着用白话文讲出来。那天，在高凤翰的《砚史笺释》前言中读到这则小文，感动不已。冬日萧瑟，阳光惨淡，我独自对着窗外，沉默许久。觉得寒，又觉得暖。依稀中，感受到高凤翰的光，绝望中的生机，透过疏陋的竹帘，从千里之遥的扬州，散落着洒向我的窗前。

高凤翰的命运，正似这只小蜘蛛。

这一点，《松籁阁雪中对镜图》可以证明。这是一幅自画像。画中，南阜先生头戴青帽，身着大红色披风，相貌十分伟岸雄奇。他左手轻拈着胡须，面容祥乐，眼神松弛笃定，精神十分饱满的样子。这幅画，由高氏门人震泽陆音作于乾隆二年（1737年）。当年，高凤翰五十五岁。

这一年，是高凤翰的命运转折之年。五月，他得了一场大病，右手残疾，病废。这对以卖画为生的他，是致命打击。困顿、挫败、绝望，那种炼狱般的煎熬。精神的绝望比肉体的疼痛更加炽烈。他于绝望处，寻找生机——苦练左手。至腊月，竟然能做到挥洒自如。并且，塞翁失马，书画由此而滞、涩、拙、朴，竟然超越了之前的境界，突破创作的惯性和瓶颈，放大光明。回到这幅自画

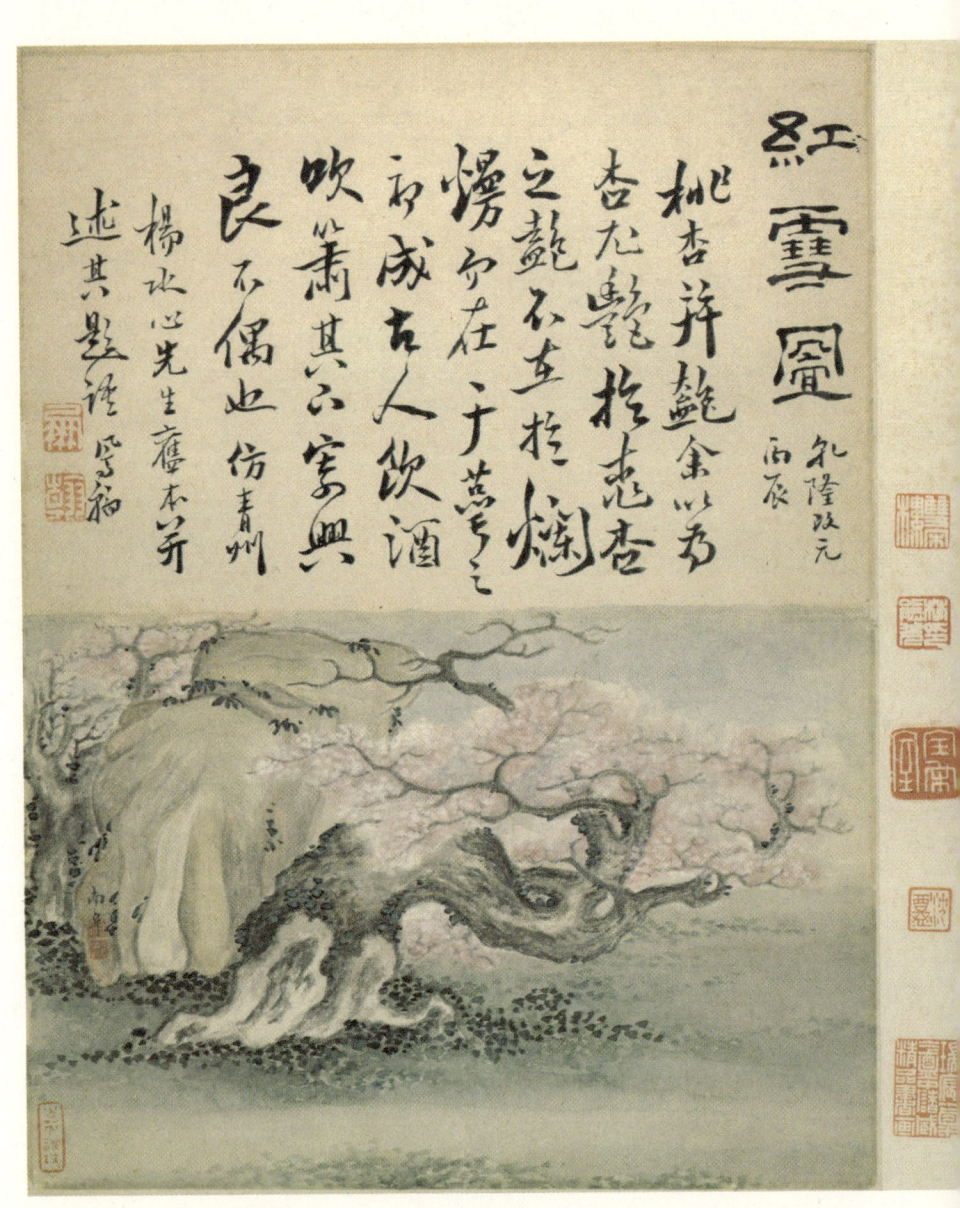

清　高凤翰　《山水书法册》3

石梁詩思圖 戴名本孝

戴鷹阿本朝文派
畫手中第一昌作
瀾古蒼秀潤出
乾淡中尤為難
到蓋筆文心訊
思釀泚榮胷所
結自不俗墨不
同百偶因仿畫
論及此 鳳翰記

高凤翰 《山水书法册》4

像，在创作时，成功实现艺术生涯"涅槃"的高凤翰，正有些许得意。他左手提笔，在自己的画像背后，补画了松雪寒景。南阜先生以松雪之高洁，隐喻自己生命的顽强，并题跋："松籁阁雪中对镜图，老阜左手题名。"十分励志。

对比之下，高凤翰还有一幅自画像，流传很广。

清雍正五年（1727年），高凤翰四十五岁。画中，他身着一袭白衫，头戴斗笠，穿衣风格很像魏晋时期的隐士。他侧身倚石，坐在断壁悬崖。身旁生长着形状奇崛的松柏。山崖下，不是清泉溪涧，而是波涛澎湃，时而有陡峭的巨石冲出水面。高凤翰凝望波浪，像是在俯瞰人生的凶险。画面气势宏大，弥漫着悠远的愁绪。

当时，正值高凤翰仕途转折期。

年轻时的高凤翰像所有有志青年一样，应试，入仕。他曾赴济南省试，应选，赴京应试，考列一等，分发安徽试用。但他并不热衷仕途，应试做官是生活所迫，更是顺应潮流。这幅自画像中，他相当迷茫。或许，高山、激流，他正在预想着仕途的艰辛。高凤翰入仕，职务是安徽歙县县丞，相当于副县长。

高凤翰有诗才。代表作《捕蝗谣》："……蝗食苗，吏食瓜，蝗口有剩苗，吏口无余渣。儿女哭，抱蔓归，仰空天嚎天不知，吏食瓜饱看蝗飞。"像是杜甫的《石壕吏》，一读便能猜到几分，这样的个性，恐怕官做不长。

果然，高凤翰短暂的仕途终结于卢见曾受贿案，他被牵连诬陷而下狱。后来，虽然冤案得以昭雪，但他对仕途彻底失去了兴趣。

秋岩觀瀑圖

向客金陵于市攤
故得龔半千畫
冊筆皴乾著而
嫣潤特逸掌染于
中尤所賞心者此幅
元本也後為一好友取
去至今猶時之念之
二月十日鳳翰記

高鳳翰 《山水書法册》5

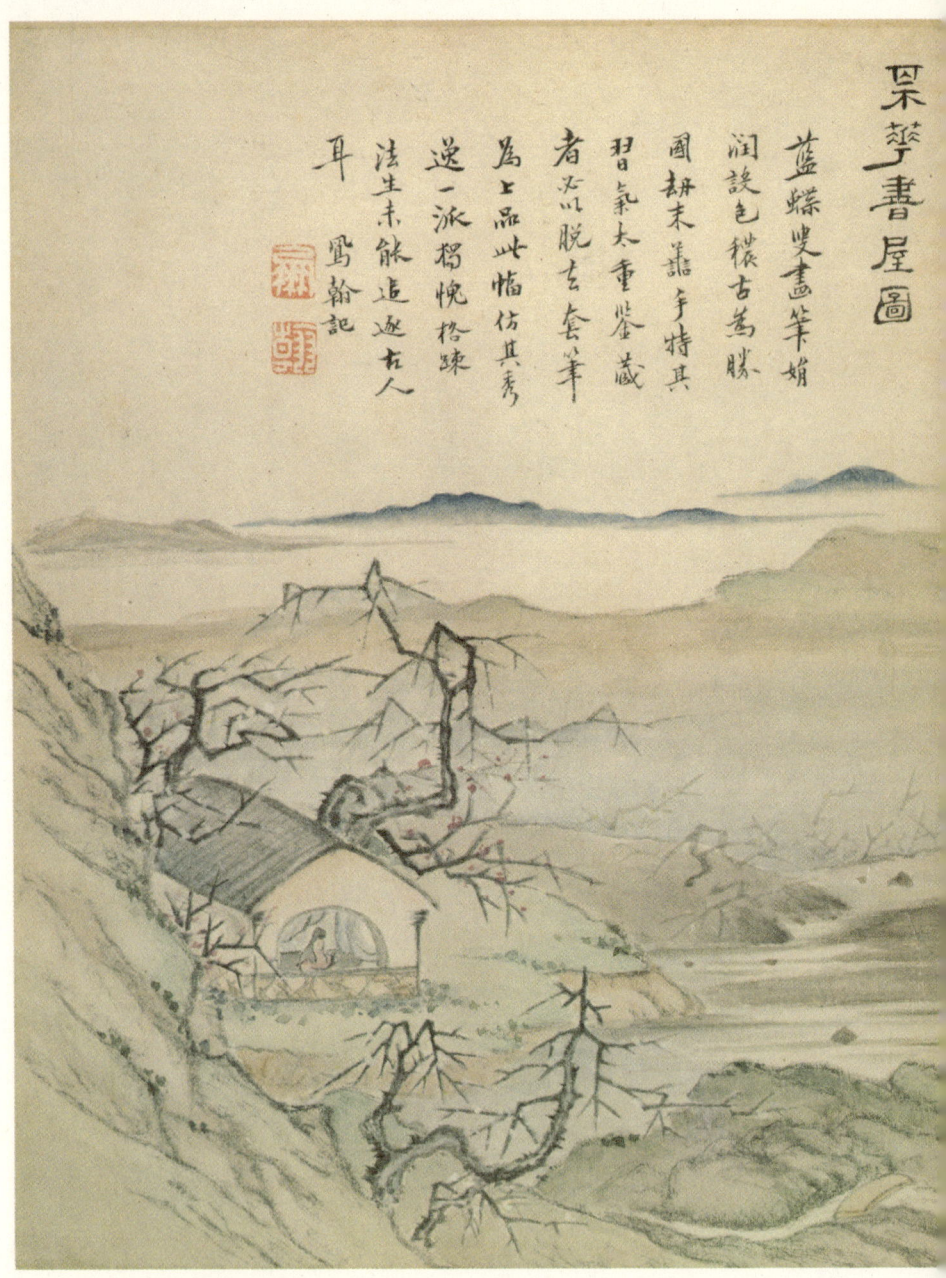

清　高凤翰　《山水书法册》6

有才无绝路。本来就对仕途没什么兴趣的高凤翰,反而觉得内心十分坦然,卷卷铺盖,跑到扬州,寄宿在佛门僧舍,鬻字卖画。现在想来,高凤翰其人,十分擅长在逆境中进取。

高凤翰作两种画,既能工笔又能写意。

一间房舍,屋后生翠竹。门前芭蕉林,映衬几方顽石。这种意境,多见于写意。但高凤翰用工笔法,色调施以浅绿。整个风景浑然起来,房、树、石,像在水上漂。一帘清幽的梦,梦中,细节历历。

写意画,多有牡丹。牡丹不羸弱,不妖娆,把茎伸得长长的,绕成了一根老藤,衬以山石。花枝显得凌乱,进而呼应成一种秩序。牡丹比石柔,却比身边的草多了锐气。依高凤翰的个性,但凡美的东西,都须有些筋骨。

荷也是,不是轻描淡写出来,而是甩出一片荷塘。一池的荷叶,挺拔身姿,伸往不同的方向,有力量,有思想。自能生出风来。

他擅长画雪。缺少阅历的人,笔下的雪,迟早要融化在宣纸上。高凤翰的雪,是他伤口上的盐,质变成一种精神。雪竹,莹白得可以照亮黑夜。雪菊,满目沧桑,更掩不住菊香似药香。

改用左手挥毫之后,"左书"成了高凤翰的招牌。相对于右手的听话,左手太倔强了。而恰恰是这种不驯、生涩、执拗,溢出苍辣墨趣。他写草书,左手用笔有意提按,却飞动出意外效果。突兀的浓墨,合着骨子里的金石味道,形成古琴凝涩的节奏,自成"左怪"一家。"不抱云山骨，哪成金石心。自然奇节士，落墨见高襟。"这是高凤翰的《章草书》。

有人把高凤翰归为"扬州八怪"一脉。高凤翰画作，并不算太怪，跟正统的"四王"绘画相比，他只是托举着一颗真心，命运坎坷，一路跌跌撞撞地泼洒着笔墨，并以此悦己糊口而已。

联想到，"扬州八怪"里，跟高凤翰一样绝处逢生的，还有一个人——汪士慎。汪士慎擅画梅，画到四十多岁左眼失明，题曰"尚留一目着花梢"，意思是剩下一只眼睛，用来看花。六十多岁，双目失明，却书狂草曰："有眼有手徒纷然，但见满纸丑恶笔倒起颠。"不用肉眼，目光却更犀利。超出我们的常识。

高凤翰卖画，生意相当不错。作为好朋友的郑板桥曾有诗曰，"西园左笔寿门（金农）书，海内朋友索问余。短札长笺都去尽，老夫屑作亦无余。"板桥在诉苦，他手里连高凤翰和金农写的小纸片都不剩了，别再找我讨字画了。

高凤翰心善。有个温暖的故事在民间流传。

一日他外出时，偶遇一个失明乞丐，手里捧着一个瓢讨饭。高凤翰心生怜悯，将乞丐领到自己家里，好好款待了一顿。乞丐吃完后，高凤翰把这个饭瓢刷干净，并在上面篆刻了一句话："黑地昏天，前路茫茫，著脚难奔天涯，叫不出一碗王孙饭。"语句风雅，刀法秀劲。再加上当时高凤翰已有名气，因此这个失明的乞丐捧着这个要饭瓢，无论走到哪里，人们都争相请他吃饭，只求能欣赏一番高凤翰的大作。从此乞丐借此竟得以温饱，乞丐后来去世时，也

清　高凤翰　《荷花图》

靠卖了这个瓢,而得了一笔安葬费。

故事还没完。乞丐去世后不久的一天夜里,高凤翰就梦见乞丐进了自己家,说是来答谢他的大恩。恰好,那天夜里,高家的仆妇生了一个儿子。高凤翰悟到,这个孩子就是那乞丐转世,因此给他起名瓢儿。瓢儿长大了也当了高家的仆人,伺候高凤翰非常尽心。高凤翰晚年瘫痪,瓢儿极用心地伺候,早晚不离。算是善有善报的因果故事。

艺术史上,高凤翰有特殊贡献不能不提,这便是《砚史》。

高凤翰平生癖好收藏砚石,据说最多时有千余方。他选择了一些佳品镌刻铭跋,将题署的心爱之砚加以收集,著成《砚史》四卷。全书收砚一百六十五方,拓砚图一百一十二幅。最初是用彩墨拓印,并在模糊处用笔勾勒填补。原书设色以浅淡,并配朱墨、藤黄、赭石等色,钤以朱印。

我不懂砚。前几日,江南王大濛先生发来他收藏的砚拓图,正是高凤翰的《砚史》。他嘱我了解《砚史》雕刻者的故事,他的原话是:"真感人。"

故事是这样的:高凤翰晚年贫病交加,死后门祚衰薄,没有人保存其遗稿,《砚史》因此不知去向。宿迁王相博学好古,多方搜求,在高的族孙家中访到,以高价购得,如获至宝。

王相这个人,也是不屑科举,平生酷嗜古籍及金石书画。他认为高氏《砚史》是"前无古人,后无来者"。自购得后,即在江浙一带寻访摹刻名手。当见到王曰申摹刻的百二十汉碑在砚背上,技艺相当精湛，即认为摹刻《砚史》非他莫属。后经人介绍，与王曰申订交，委托他摹刻《砚史》。

王曰申是画家王原祁的五世孙。家境十分贫寒，居住在苏州，靠书画篆刻及行医维持生活。接受了摹刻《砚史》的委托之后，他谢绝了一切其他工作，专心刻砚。王相也非常信任他，预付纹银一百两。从此书信往来，两人的所有精力都投入到了摹刻《砚史》的工作中。

摹刻工作始于道光十八年（1838年），正当王曰申苦心孤诣，全身心投入之际，家中发生了一连串的不幸变故。两子丧亡，老母弃养，自己也患上了肺痨。但他没有放弃，依然"夜燃两三白蜡修刻，而四围置火，助暖驱寒，夜夜习以为常"，甚至在连连呕血、生命垂危之际，仍祷告神灵"愿假一年寿，毕《砚史》工而后死"。

王相与王曰申始终没见过面，只是书信往来。道光二十一年（1841年）三月下旬，王曰申病益沉重，自知不久于人世，就把已完工的砚图（石）及《砚史》原册，托人带交王相，并附一封信说："之前您付过的一百两银子，大多被我用来还债，堵了家里的漏洞，剩下的银子补贴了家用。没承想，我竟不能完工就要撒手人寰了。剩下的银子，暂时没办法退还。所以，附上借条。我弟弟如果能够病愈，一定替我还上债。如果弟弟一病不起，又没有后代，那我只能失约于您。实在是汗颜啊！"

信的内容言辞凄切。身后萧条，更是惹人垂泪。

我买来《砚史笺释》，厚厚的一本，十分古雅。联想到王相与王曰申执着于它的流传，呕心沥血，更觉得字字深情。外行看看热闹，我怕辜负了前人的厚谊，在心里敬重着。开篇，"墨香开国"隶书，苍劲舒放，能想象南阜先生当初书写时的开怀。金石之乐，于无声处尽写风雅。它的魅力，历久弥深。

一方砚台，浓缩一个乾坤。一段题跋，表达一种心境。砚铭，让高凤翰生活的种种细节、场景，得到一方砚台之后兴奋的情绪，永远定格在某一时空，供后来者与之对话。例如，他在建安砖砚跋云："色黄紫，较瓦头差小枯涩耳。一瓦之微，亦有世道升降之感乃尔耶！"这则题跋是与大气的未央宫瓦头砚对比之后，得出的差异。背后有时代的况味，更浸润了高凤翰的灵感与性情。

"此砚就石天然作蕉叶状，携手高古摩挲，醇热而浑净，石斑陆离崚嶒如蚌"。砚台真容，任君揣度。

"此皖上兰谷郑山人蓄砚，色苍黄，如澄泥之鳝鱼腹，而刻文朴拙，如云如芝。"郑山人请高凤翰作砚铭，高刻"芝英云叶"四字之后，越看越爱，竟在后面镌刻了自己的款识。郑山人苦笑，只好把砚台赠给了高凤翰。爱砚者"巧取豪夺"的小故事，从米芾那个年代流行至今。

《砚史笺释》每一页都精致，似微观全书，大有看头。可作爱砚人的枕边书。

写了这么长，大多道听途说。诗书画印砚，高凤翰算是全才。遗憾，知道他的人并不多。前几日读朱新建随笔，说，中国对传统文化的普及，还远远不够，传统文化的精髓，只少数精英在受用。民间，仅余些打卦算命的末流。

再现高凤翰其人其事，我想，奋力举起一块巨石。

# 画坛鬼影

人物名片：罗聘（1733—1799 年），清代画家，"扬州八怪"之一。字遯夫，号两峰。祖籍安徽歙县，迁居扬州。为金农入室弟子，布衣，好游历。

"扬州八怪"中的罗聘心里有鬼，所以他画鬼。他是金农的弟子，很有才华。有人称其"五分人才、五分鬼才"。

罗聘画鬼，很多人不理解。而才子袁枚，则是罗聘的知己，对其《鬼趣图》大加赞赏，在画上题："见君画鬼图，方知鬼如许。得此趣者谁？其惟吾与汝。"鬼之趣，默契地意会了。两人相视而笑。

说起袁枚，有个插曲。随园老人袁枚，交友十分广泛，罗聘便是其好友之一。某日，罗聘兴起，给袁枚画了一幅像。这幅像，据袁枚的家人说，根本不像是袁枚。且看袁枚自己，望着这幅画像，眉头直皱。罗聘在一旁仰着脸问，您还满意吗？袁枚不好意思说不满意，毕竟是好友的心血之作，又不违心地说满意。才子毕竟是才子,最后,他动用了一番心思,写了颇为拗口的大段题跋——"两峰居士为我画像,两峰以为是我也,家人以为非我也,两争不决……我亦有二我,家人目中之我,一我也,两峰画中之我,一我也。……两峰居士既以为似我矣,若藏之两峰处,势必推爱友之心,自爱其画,将与鬼趣图、冬心、龙泓两先生像共熏奉珍护于无穷,是又二我中一我之幸也。"……

袁枚的意思是,家人眼中的我,罗聘眼中的我,究竟哪一个是真实的"我",世间哪能有定论呢!最后,怎么处理这幅画呢?袁枚又说,且将此画由两峰居士保管吧,跟《鬼趣图》一样,使朋友们都能欣赏到。众人猜测,这是袁枚并不满意画像,所以不肯亲自收藏。

袁枚的这幅画像,流传得相当广。且看画中袁枚,光头,长脸长髯,像罗汉,右手持两枝菊花。严肃中有点戏谑,端庄中夹杂风流。写意的风格,笔墨相当自在松弛,正是罗聘眼中的随缘老人形象。后来人想象袁枚样貌,大多以此像为蓝本,只是很多人不晓得作者是谁。

扯远了,回到罗聘。纪晓岚说,罗聘长了一双绿眼珠,大白天能见鬼。《阅微草堂笔记》这样描述罗聘所见:凡有人处,皆有鬼。那些横死的鬼,通常害人,万万不可接近。一般的鬼,上午阳气旺盛,他们在墙根底下庇荫,午后,阴气盛行,他们则四散游走,穿墙而过,遇路人则避着走……如数家珍。

罗聘本人,貌似也喜欢谈论鬼。他在《香叶草堂诗存》里有

《秋叶集黄瘦石斋中说鬼》一诗，我试着将其翻译成白话文，像是恐怖小说：秋天的黄昏，我在一盏孤灯下静读，只见三五个狂鬼，前来揶揄。偏偏我异于常人，将他们看得个个仔细分明。他们脖子很长，身材矮小佝偻，龇牙咧嘴。阴风阵阵，忽远忽近，所过之处，落叶声如雨……

写诗，毕竟不是罗聘的主业。所以，他将目之所见画下来。罗聘作鬼图有多幅，流传最广的是八幅一组的《鬼趣图》。罗聘本人对这幅画相当喜欢，多年随身携带。他在京城鬻画期间，参加官员文人士夫的雅集，展开《鬼趣图》，人人称奇。罗聘的名气，因此随着鬼影子，传得越来越远。

《鬼趣图》题材新奇，观者的心里预期，似乎要惊悚得汗毛直竖了，展开，却有些失望。大鬼小鬼，形象不见得有多奇特，略显平淡。当年鲁迅先生在琉璃厂第一次见该图，评价也是如此，认为"哪里有鬼影子，只不过是一些怪人而已嘛"。

有一鬼头颅巨大，有一鬼四肢超长，有一鬼骨瘦如柴，有众鬼骷髅林立……充其量，称得上丑，并不会令人受到惊吓。以我看来，最妙的是，罗聘用墨法，淡淡的，氤氲开来，像是黄昏的雾气，神秘暧昧，制造出阴阴鬼气。跟米芾的米家山水类似，将一种蒙蒙的气息，浮于纸面。人物半遮半掩，似远似近。

罗聘画鬼，之所以名耀京城，画功只占一半。另一半，是心思的奇巧。

扬州八怪，怪在擅长于世俗之外寻求奇趣。他们并非刻意寻求，

寒山拾得二聖降乩
詩曰呵呵呵我若歡
顏少煩惱苦間煩惱
變歡顏為人煩惱終
乘濟大澈還生歡
喜間國能歡喜君
臣合歡喜庭中父
子聯手足多歡
荊樹茂夫妻能
喜琴瑟賢主賓
何在堪無喜上下
情歡分愈嚴呵呵
呵

玫寒山拾得爲
普賢文殊化
身令稱和聖
合聖爲寒山
拾得變相也
苕之寺僧羅聘
書記

清
罗聘
《寒山拾得图》

而是看世界的眼光确实不同常人。罗聘画鬼，也是受了其师父金农的影响。

在罗聘心中，金农是一盏灯。他的艺术之旅，完全是被金农照亮的。作为晚辈，他对金农的崇拜无以复加。一七五六年，二十四岁的罗聘以诗为礼，拜在金农门下。当时，金农七十一岁，漫游天下后栖居扬州。他很喜欢罗聘这个学生，对罗聘的诗文、画作都予以高度肯定，并将自己的画画的本领倾囊相授。

金农诗才高，学养深。他的诗句古奥新鲜，一出口，人便称奇又称妙。金农本人，是完全不入世俗。其《题自写小像》曰："对镜濡毫，自写侧身小像，掉头独往，免得折腰向人俯仰。"傲岸狂狷。金农好种梅，好养鹤。想象一个画面：扬州城，古朴荒率的西方寺，僧人模样的金农，着长衫，慢捋着胡须。左侧是瘦癯的鹤，坦坦而行，右侧，则是弟子罗聘，谈文论艺。此情此景，不似人间。

罗聘跟在金农身边，日熏夜染，才情日盛。

还有个尴尬的问题不得不谈。罗聘为金农代笔，是众所周知的事。似乎，金农是罗聘的眼——眼光、眼界。而罗聘，是金农的笔。金农心里，多有奇崛的构思和别致的画面，但碍于笔力不精，常常遗憾。幸好有了罗聘。据说，金农著名的《设色佛像》，便是罗聘代笔，金农题跋。而署名，当然是金农。另有多幅梅花图、竹图，都由罗聘代笔。师生之间，对此毫无芥蒂。原因？罗聘对老师的才情太过景仰，情到了深处，便是无我。

此举还反映出一个问题。文人画的心思，也就是立意，究竟是排在技巧之上的。

金农画过鬼。乾隆二十四年（1759年），金农曾画了一组《杂画册》，其中一幅是《山魅林憩图》，图中一片浓荫，树木森森，树丛间隐隐绰绰探出几个淡淡的鬼影，眉宇之间不甚分明，画面下方还有几个鬼影，造型奇特。金农题跋，说自己是"戏笔为之"，并没什么深刻的寓意，纯粹游戏罢了。

这幅图，为罗聘创作《鬼趣图》埋下一粒种子。

当时的社会环境，该是《鬼趣图》诞生的土壤。几乎在《鬼趣图》创作同一时期，蒲松龄的文学名著《聊斋志异》刻毕付印。再有，"子不语怪、力、乱、神"，圣人孔子是不讲神鬼奇谭的，而前文提到的才子袁枚剑走偏锋，著《子不语》，偏要将这些拿不到台面上的东西说明白，说透彻。此外，《阅微草堂笔记》《北东园笔录》《茧窗异草》等，大量文人笔记、野史中也出现了鬼神，文坛一时间鬼影憧憧。

仿佛地狱大门忽然敞开，各方鬼怪齐登场。细想，这种现象，似一面镜子，反射某种弊病。用中医的话说，正气不足，邪气入侵。人的世界，或病，或阴郁，惶惑，怪异，扭曲。遂有了鬼。

比如：一七二四年，大才子汪景祺终于对科考心灰意冷，想要另辟蹊径。不幸的是，他投奔了大将军年羹尧。汪景祺作了六首吹捧年羹尧的诗，极尽阿谀奉承，让年羹尧心花怒放，收为幕僚。不料，世事轮转，当年羹尧被抄家，那些吹捧的诗文及不当的言论便落到了雍正皇帝的手中,结果是,汪景祺被"枭首示众",家人被流放或为奴。

一七二七年,礼部侍郎查嗣庭在狱中自杀,但仍免不了将其头颅挂起来示众的下场。其子十六岁以上者判斩刑,十五岁以下者流放。查的罪名是"语多悖逆,讽刺时事,心怀怨望"。

这些自以为是、乱发言论的酸文人,实在让雍正皇帝怒不可遏。雍正四年起,各省设立"观风整俗使",专门对付知识分子。受惩戒者无数。

严密的文网之下,文人噤若寒蝉。那些挂在闹市区的头颅,让很多人吓破了胆。众所周知,不论多么严苛的制度,都是管得了身,却管不住心。文人们满心幽怨情绪,无处诉说。压抑久了,变形发泄。于是,鬼神登场了。人间的事说不得,说说鬼怪还不行嘛!

中年罗聘,正是饱尝曲折坎坷的年纪。他从扬州北上京城卖画,状况是很颓唐的。行万里路,他见识了官场的虚伪,体会了人情冷暖,山水花鸟是考虑到市场需求,生计所迫,却不足以表达胸中意气。于是,他画鬼。

《鬼趣图》引来众多好友的共鸣、附和。一七六六年,自文人沈大成为《鬼趣图》写下第一则题跋起,先后在《鬼趣图》上留下题跋的竟有七十余人,有论鬼神者,有感慨命运者,有讽喻世事者,各种"私人话语"借由鬼的天地发挥出来,成为现象级艺坛盛事。其中奥妙理趣,可写成长篇论文。现截取几则如下:

周有声直言，罗聘不便于描摹人间百态，转画鬼趣："人间变态画不得，只有鬼趣堪描摹。"

杨元锡借此表达了文人的落魄："我将人鬼相绳准，鬼反嬉游人反窘。痛哭英雄落魄时，可怜被鬼揶揄画。"

张世进认为，画鬼即是画人："言己托诸鬼，人鬼了不异。"

觉罗桂芳借《鬼趣图》嘲讽人世："一朝薤露歌声起，纷纷富贵贫贱皆吾徒。""田窦升沉朝暮变，翻手覆手常须臾。"讽喻人终将变成鬼的同类，世事翻云覆手，富贵贫贱无常。

蒋士铨针对画中两鬼场景，一个瘦弱得只剩一副骨架，亦步亦趋地跟在另一个满身横肉的鬼后面，他将两鬼的关系理解成主仆，并将讽刺矛头直指后面的小鬼，说他"但能依势得纸钱，鼻涕何妨一尺长"。张问陶题诗也与之类似："冠狗随人空跳舞，沐猴无发尚威仪。"

当然，也有人读不懂《鬼趣图》，认为罗聘入了邪道。青天白日的画鬼，不如学学李公麟，画马。这当然是对罗聘的误读。纵观罗聘的艺术世界，精彩纷呈。他笔下梅花，极尽繁茂，洋洋洒洒。深谷幽兰笔笔精到，与之对视，像山谷里传来沁凉的风，直接沐浴了灵魂。十余米长的《三友图》长卷，构图极尽活泼，文人意气渗透在骨子里。

然而，提到罗聘，人们还是会忍不住想起他的《鬼趣图》。诚然，画鬼非艺术之大道，只是一个颇有意思的话题。但其衍生出的现实主义价值，却是其他题材画作所不能比的。

# 苦铁道人梅知己

人物名片：吴昌硕（1844—1927 年），初名俊，又名俊卿，字昌硕，又署仓石、苍石，多别号，常见者有仓硕、老苍、老缶、苦铁、缶道人等。杭州西泠印社首任社长，与任伯年、蒲华、虚谷合称为"清末海派四大家"。

一

我对吴昌硕的关注，从他那一帧照片说起。他那张黑白得有些泛黄的照片，十分吸睛。首先关注他的扮相，身着道袍，头挽一小髻，一副不新不旧的模样，古怪而耐人寻味。其实，穿道袍，是改朝换代时读书人惯常的模样。当时的吴昌硕，刚刚亲历了甲午战争的战败、戊戌维新的失败、八国联军入侵，内心涌起不尽的悲怆与焦虑。照相的这一刻，他反而平静下来。透过战争的风云，他看清了旧王朝必将灭亡的命运。

照片上，那个平静的瞬间十分动人。吴昌硕的眼中，炯炯的目

吴昌硕 《朝日红荷》1

光是斜着放射出来,仿佛是在侧身看你。有一种凛然,有一种傲慢。傲慢得不可一世。令人钦佩的,这种傲慢,不是轻浮的,而是沉静的,有重量的。像压舱石,风来雨来,如如不动。

后来反复读他的传记,才了解了这傲慢的出处,并且赞赏他这种傲慢。"自我作古空群雄",是凝聚了生命苦涩之后,对于苦难的鄙夷,是对传统文化领悟于心的强大自信,又是以笔墨金石传承古典之美的担当。

吴昌硕的眼神,在很长时间内震慑了我,激励了我——风雨中的定力。他有楹联:"风波即大道,尘土有至情。"这句话几乎可以概括他的艺术生涯。前半句,即是在经历风雨。后半句,又是他亲近泥土之后,在书画篆刻艺术里散发出的芬芳。

我顺着他的眼神,看他笔下紫藤。那是纯粹的笔墨艺术。一根根遒劲的藤,缠绕在顽石上。作为石头,并不想被其束缚。所以,那种缠绕是艰涩的,是欲冲破某种阻力的。然而,又是松弛的,一种生命的自然而然。向上,再向上,生发的藤,是书法的飞白,欲断还连。令人想起,藤蔓愈老的时候,那种木质的纹理,时深时浅,但韧性极强。紫藤的叶子连同铃铛一样的花,葳蕤兴奋,随风摆向一边。吴昌硕的画,必须有风,有风才有力。一种生机勃发的苍翠感,超越了宋画的诗意,冲破了吴门画派的恬淡,更将"清四王"的刻板踩在脚下。即便是再沉闷的心灵,在这样的画作面前,恐怕也要奋起了。再柔弱的人,也想要刚强起来。

画藤,是画界传统。明代徐渭,号青藤老人,笔下葡萄藤是泼

吴昌硕 《朝日红荷》2

墨的,要纤细很多,像是涕泪横流。

吴昌硕笔下藤,有了金石味的审美。他的一幅无花无叶的《枯藤》,题写:"予友居士梅墅门外,一藤穿壁,拳溪如狮伏,如蛇行,奇形诡状,月夜视之可畏也。"他将这种"可畏"进化为美感,这需要胆识,需要魄力,更需要对美的准确的判断力。如同手握刻刀,笔笔精到。

齐白石是吴昌硕的忠实粉丝。他曾拿一幅吴昌硕的紫藤图,来到园林,与真实的紫藤相对照。并对身边友人说,哪个更真?他认为,吴昌硕笔下的藤,比真实的藤更真实。有了这番感慨,他临摹吴昌硕更加用心。

后来,齐白石也擅画藤。他曾在《藤萝》中题有:"青藤灵舞好思想,百索莫解头绪爽。""青藤老屋昔人去,三百年来耻匠兴。"他认为徐青藤之后,无人能与之抗衡。言外之意即是,他所画的藤萝可与青藤并肩,颇为自信了。

我对藤有十足的好感。记得在富春江边的严子陵钓台,附近的矮山,苍翠葱郁,爬山途中被一根老藤拦住了去路。老藤像是老仙翁,不可怠慢,是那一方山水的精灵。低头俯身,给他作揖,从其下穿越而过。又有,冬季在扬州,史公祠的百年老藤筋骨毕露,那种力道和倔强,是很动人的,像史可法抵抗清军的威武不屈。气象,似吴昌硕笔下枯藤。

再有被吴昌硕感动,是一幅《桃花》,题写:"秾艳灼灼云锦鲜,红霞里住颇黎天。不须更乞胡麻饭,饱啄桃花便得仙。"

文人画家鲜有画桃花者，因为不能免俗。一俗毁所有。或许是心理原因，见到现实中花叶并茂的桃花盛开，真觉得有几分轻佻和俗气。像是秦淮河边垂着的帐幔，粉艳艳的，直将王朝的气数泄尽了。

而吴昌硕的桃花让我惊诧了。一株山桃，从悬崖上伸展出来，完全是气息的吐纳，含而不露，像是篆刻的刀法，古意盎然。老干新枝，力透纸背。间或掺入狂草笔意。粉色的桃花，是正楷写出，笔笔分明，晶莹而清新。

吴昌硕的桃花，一点也没有甜俗，是苦的。

## 二

吴昌硕的艺术，最动人的，便是这"苦"味。这与他的人生经历有关。

一八五一年，吴昌硕八岁。这一年十一月，洪秀全率众在广西金田村起义，宣布太平天国建立。自此之后的十四年，太平军与清军的搏斗令无数家园毁于战火。一八六〇年，吴昌硕考取秀才，太平军与清军的战火烧到了家乡，秀才名籍被毁。这一年春天，清军江南大营重新发起进攻，合围天京。战火所致，粉墙黛瓦田野茂林全部化为焦炭。吴昌硕与父母弟妹、未婚妻章氏相依为命，以观音土和少量米煮饭充饥。生灵涂炭，哀魂遍野。

由于祖母、母亲和未婚妻裹小脚，行走不便，传言太平军将那

吴昌硕 《云山水图》

些清廷担任官职的人称为"妖",见者必杀。吴昌硕刚考取秀才,父亲原是候补知县,虽然在家务农,但有官名。全家人决定,令父子远走他乡逃难。逃难途中的日子艰辛可想而知。直到一八六四年,太平天国运动宣告失败,吴昌硕与父亲费尽千辛万苦赶回家乡,得知母亲、弟、妹、未婚妻章氏,全部离世。吴氏一家九口人,战后只剩父子二人。逃荒途中由于长期吃观音土和树根,很少摄入食盐,吴昌硕的身体出现严重问题,肝病、软脚病困扰余生。

经历了大苦大难,令他的艺术始终有重量。不论是治印、做学问还是书画创作,吴昌硕的心头,是一种深沉的痛,还有痛过之后的平和、看透和珍惜。

吴昌硕天性坚韧。除去战争因素,他本人性格也相当刚毅。他十四岁正式学习篆刻,之后从未放下。他用的刻刀是用大铁钉磨成的,印石也是就地取材,有时从河滩上捡石头,偶尔用破砖旧瓦代替,刚劲老辣,酣畅淋漓。十四岁那年年底,由于刻印时间太长,天寒手僵,不小心被刻刀切伤左手无名指,指甲脱落,血流如注。造成终身残疾。吴昌硕长期在家刻印,久不下楼,宛如不出闺阁的女子,因此被大家称为"乡阿姐"。吴昌硕也曾自刻"小名乡阿姐"印,以为纪念。这是自嘲,更是一种无悔的坚决。

虽然吴昌硕自谓"三十始学诗,五十始学画",大器晚成。但重要的是,自幼就开始学印。最难能可贵的是,他在几十年的辗转磨难中,始终坚持对篆刻、石鼓文等艺术的不尽探索。他创造性地将篆刻艺术中刀石效果产生的金石味,上升到残缺美的审美新境界。残缺刀法是吴昌硕篆刻创作中的一种常用手法。以秦汉古印来说，因年深日久，水土浸蚀，自然风化，印面及文字线条失去了原先的平整和光洁，变得残缺不全。这些残缺古朴、含蓄、浑厚、苍拙，本身即是美。吴昌硕将其发扬光大。试想，没有一定阅历的人，很难使残缺绽放光华。

一八八二年到一九一一年，吴昌硕在苏州度过了三十年。初到苏州，靠刻印的微薄收入难以养家，就在朋友的帮忙下捐官。他在苏州衙门任佐贰，相当于县尉，官职卑微。吴昌硕骨子里还是个传统文人，他始终没有放弃对仕途的期待，希望以自己的才学实现理想抱负。

有个插曲。那天，吴昌硕从衙门值公务回来，身着官服，样子呆板可笑，甚至有几分狼狈。这一幕，被好友任伯年看到之后，趁机画下《寒酸尉像》。吴昌硕苦笑一声，题写了酸涩的自嘲诗："达官处堂皇，小吏走炎暑。束带趋辕门，三伏汗如雨……"

这幅画中，吴昌硕的眼神是彷徨的，内心是苦楚压抑的。当时的他，被生计所困，找不到人生坐标。一颗文心，完全不适应官场，显然是一种错位的尴尬。他也像历史上的传统文人一样，向往归隐田园："不如归去饮苔水，老屋破抵兰亭撑。""不如归去寻生活，数亩湖田种秫麻。"归到那个童年的故乡，脚踩泥土背朝天。

## 三

田园诗心，是吴昌硕艺术的另一条主线。

七十二岁时，他在《墨菜》题画诗中说："菜根常咬能救饥，家园寒菜满一畦。如今画菜思故里，馋涎三尺湿透纸。菜味至美纪以诗，彼肉食者乌得知。"

家乡故园常在他梦里。

吴昌硕出生于浙江湖州安吉县鄣吴村。鄣吴村是西苕溪的源头所在地，而西苕溪又是黄浦江的源头之一，风景十分秀美。村庄被群山和清泉环抱，很少被外界打扰，俨然的世外桃源。他在《鄣南》诗中写："九月鄣南道，家家云半扉。日斜衣趁暖，霜重菜添肥。地辟秋成早，人荒土著稀。盈盈烟水阔，鸥鹭笑忘归。"真是一首优美的田园诗。他还刻章"湖州安吉县，门与白云齐"。出门便是云彩，这一方山水赋予他艺术创作无尽的灵性。

一八六四年之后，劫后余生的吴昌硕父子回到鄣吴村，曾经的山野变成令人窒息的梦魇。父子俩遂搬到安吉县城的桃花山，重建菜畦、花圃。搭建一个简易的茅屋，他取名"朴巢""篆云楼"。诗心依旧。

父子两人在屋前开辟出半亩地大的园子，移植几丛翠竹，三十多株梅花，还有兰花、芭蕉、菊花、葫芦、南瓜，并将园子命名"芜园"。

吴昌硕
《错落珊瑚枝图》

芜园中的一切，晚年，都落在宣纸上。他的田园，不再是轻飘的田园梦，而是九死一生，恍如隔世的哑然。当年，他靠着全然沉浸于与植物的相处中，才能忘记失却亲人的痛苦。深切的生死别离之痛，在芜园，被一株草的枯荣、一朵花的绽放所慰藉和消解。而一颗文心所生发的理想与济世的情怀，始终没有泯灭。他的刻刀中，隐藏生机。

艺术之功用，即是滋润一颗心。使一颗心，永葆希望。

一九一三年重阳节，西泠印社正式成立，各地金石学者公推吴昌硕为社长。当时他为印社撰联云："印讵无源？读书坐风雨晦明，数布衣曾开浙派。社何敢长？识字仅鼎彝瓴甓，一耕夫来自田间。"

来自田间的一耕夫，走到杭州西子湖畔的西泠印社，一路披荆斩棘。

忍不住说，齐白石也是来自田间。但齐白石毕竟是踩着战火的边缘行走。没有大的沉痛，所以艺术基调是喜悦、通透。而吴昌硕，苦铁道人，是大苦之后的坚毅和明亮。

明亮，让他眼里的地瓜果蔬菜、田园意象在进入宣纸的时候，迸发出绚烂的色彩。这并非一种刻意渲染，而是在历经苦难之后，对于美好色彩的热切呼唤和更为敏锐的感知。洋红、朱砂、胭脂、赭石、藤黄、石黄、土黄等，他几乎调动了全部色彩元素去表达各种花木的色泽，甚至不惜用大红大绿。对他来说，这个九死一生的生命，太过于美好，似乎只有以这样的方式、力度才能呈现。以画梅为例，他不仅画墨梅，而且画红梅、绿梅，苍茫古厚，朴拙雄强。梅花主干的粗线,先以淡墨湿笔书写,而后用重墨、焦墨复笔书写。梅花枝干与石鼓文的书写相通,中锋用笔,力透纸背。仿佛,风雪中散发着奇香,如同吴昌硕本人的命运。

洋红的牡丹,藤黄的枇杷,红的黄的秋菊……吴昌硕的田园梦,在纸上蔓延。感染了很多人,也有很多人对此表示质疑。担心这种"俗",在古典的淡雅美学观念中贻笑大方。但他坚持表达自己内心的色彩,将一腔胸臆喷薄而出。绘画以诚为贵,当你的心足够猛烈,而且积淀足够丰厚,作品的内涵、营养,一定会引起观者的共鸣。

这种色彩的磅礴歌唱,深深影响了"红花墨叶"派的齐白石。齐白石从吴昌硕画中获得灵感,衰年变法,十分成功。吴昌硕有言"北方有人学我皮毛,竟得大名",这话传到齐白石耳朵里,并不中听。白石老人随即刻了一方印章"老夫也在皮毛类",有点揶揄,自嘲。但吴昌硕毕竟是齐白石的恩人,曾为其题写润格,在齐白石还未成名的时候,有提携之恩。所以,二人的关系,称得上是微妙了。

话说,齐白石后来的成就之大,应该是吴昌硕所没有料到的。有人说,有了齐白石,吴昌硕在绘画史上的地位就没那么重要了。这话有一定道理,但每每欣赏吴昌硕的绘画,还是忍不住被那种笔墨本身的抽象之美和其坚毅、刚强的金石之美所震撼。

最能代表吴昌硕绘画风格的,该是梅花。梅花香自苦寒来。

我最喜欢的,却是吴昌硕的兰花。他以篆法入画。平常的兰花画法通常强调螳螂肚，阔笔侧锋，婀娜娟秀，兰叶的尖部出锋，表达其清快健爽。但这样的兰花看多了，总感觉千篇一律，近乎乏味了。

吴昌硕的兰花没有螳螂肚，叶子的尖部也不强调出锋了，甚至用圆笔收，裹气而行，一股真气始终没能释放出来，正是这种"收敛"，让每一根叶子，重如千钧，苍茫古拙。像是在深谷里，寂寞生长了千年万年。

据说，童年的吴昌硕与表姐到玉华山砍柴，来到悬崖处，忽然闻到一股异香。循香望去，在陡峭的悬崖边发现一丛特别的兰花。弯弯曲曲，一茎多花，正是珍贵的九节兰。鄣吴村的连绵群山，幽静偏僻，特别适合兰花生长。兰花是山家常物，俯拾皆是。吴昌硕在这里出生，从这里开始了篆刻生涯，历经无以计数的磨难困顿，以诗书学养作为精神家园，终究成为一代大家。在下笔画那棵兰花的时候，满眼是故乡的田园，山家的清供。恍兮忽兮，如同隔世。

文人梦，田园梦，以血泪苦难交织而成的绚丽云锦。大悲大喜。且读且珍惜。

# 一白高天下

  人物名片：齐白石（1864—1957年），原名纯芝，字渭青，号兰亭，后改名璜，字濒生，号白石、白石山翁、老萍、借山吟馆主者、寄萍堂上老人，近现代中国绘画大师。

  冬至，夜，没有风。独坐灯下，橘黄色暖烘烘的光照着，心彻底闲下来。闲下来，便生出了很多意趣。随手翻画册，时光流动起来，心里莫名快乐。看白石老人画冬天，清赏，心里干干净净的，如同雪后世界。静谧越来越深，最后，迎来一场安眠。如此，便是在冬天里享了清福。

  似乎，白石老人画的，也无非"清福"二字。每每看着，觉得日子平平淡淡，却是红红火火。他的画，最适合在冬天里读。因为没有其他文人画家那种冷逸。言说方式是喃喃自语式的，像懒猫卧在午后阳光里，舒服悠闲；要么是热烈的，荔枝红、樱桃红，感觉活着的滋味儿极浓；要么智慧、疏朗，草虫、贝叶，在闪闪发光的秋天里静思、禅修。再或者，画几个菜蔬，裹一层亲情乡情，暖透了。

## 一　围炉

　　一个大芋头，旁边两个小芋头，简单一幅《芋头图》。毛糙糙的表皮，完全熨帖了水墨的浓淡。露出的浅浅的粉，象征时间，芋头是刚从地里刨来的。画幅之外，该有一把镢头。白石老人回忆说，画芋头，总想起幼年冬天，用牛粪煨芋头吃的情景。题画诗"自家牛粪正如山，煨芋炉边香扑鼻"，又有"一丘香芋半年粮，当得贫家谷一仓"。隔着宣纸，仿佛闻得见烤芋头的香。嘴里香，身上暖，便是冬天的幸福。

　　白石老人是很重情的，亲人、老宅、旧时的菜地，时常来他梦里。他回忆祖父的一段，最让我过目不忘：

　　　　同治五年，我四岁了。我祖父有了闲工夫，常常抱着我，逗着我玩。他老人家冬天唯一的好衣服，是一件皮板挺硬、毛又掉了一半的黑山羊皮袄，他一辈子的积蓄，也许就是这件皮袄了。他怕我冷，就把皮袄的大襟敞开，把我裹在他胸前。有时我睡着了，他把皮袄紧紧围住，他常说：抱了孩子在怀里暖睡，是他生平第一乐事。

　　　　他那年已五十九岁了，隆冬三九的天气，确也有些怕冷，常常拣拾些松枝在炉子里烧火取暖。他抱着我，蹲在炉边烤火，

半亩方塘一鉴开天光云影共徘徊
问渠那得清如许为有源头活水来

丰子恺书 时年六十七

齐白石 《半亩方塘》

拿着通炉子的铁钳子，在松柴灰堆上，比画着写了个"芝"字，教我认识，说："这是你阿芝的芝字，你记准了笔画，别把它忘了。"这个"芝"字，是我开始识字的头一个。

这是白石老人印在脑海里的一幅画。一晃多少年过去了。

想起我的故乡烟台。海边的冬，大家也围炉。围着炉火烤生蚝。西北风落了，退了大潮，父亲连夜穿了胶皮靴赶海。潮水送来圆滚滚的生蚝。炉火烧得旺旺的，生蚝摆满通红的炉盖，一会儿嗞嗞冒汁水。焦煳的香，在雪地上飘，能传到很远的地方。或者，烤咸鱼。咸鱼是秋天晒好的，编织袋里储存。一经烘烤，泛出微微的焦黄。炉子边上，贴两片馒头，就着咸鱼，便是冬季里最简单的渔家饭。

又想起我爷爷。我年幼时母亲没有奶，为了给我吃奶，爷爷便为我养了一只羊。冬天了，爷爷穿了大皮袄，一手抱我在怀里，一手牵羊。这是长辈们讲给我的。可惜我不会画，脑子里却形成了这个画面。

回到芋头的话题。白石老人的红花墨叶派形成之前，临摹过八大山人。他是木匠出身，一心想要丢掉匠气，于是临摹石涛、八大等文人画家。

三百多年前的严冬，八大山人也是烤着芋头御寒充饥的。有画为证：一个芋头，刚从泥里拔出来，叶子直直地挺立，根须粗杂："洪崖老夫煨榾柮，拨尽寒灰手加额。是谁敲破雪中门，愿举蹲鸱

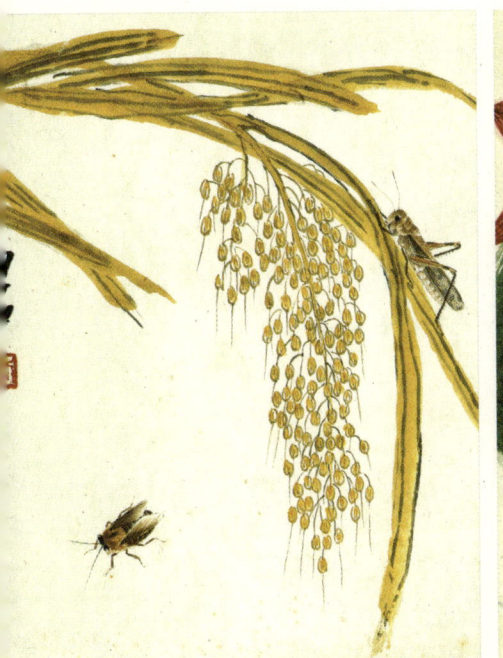 

齐白石 《稻谷加荷叶》

以奉客。"题画诗补述当时画画情境——彼时正值大雪天,太冷了,八大山人缩在炉前,用短小的木柴棒煨烤着芋头,时不时去拨弄着木灰,让火势更旺盛些。寒风裹挟着柴灰四处飞扬,他不得不用手搁置额前,挡住灰烬扑进眼睛里。此刻,如果有客来,冒着大雪敲门,也只好以此尽奉客之道了。情景凄凉,叙述口吻却平淡。表面的寒,彻骨的冷。

芋头天生呆拙,却真有许多文章可做。明代高濂记录过雪夜煨芋谈禅的故事。大雪纷飞的夜晚,偶然借宿杭州某禅寺,与僧人围炉。新长好的山芋,炉火烤好,味道清真鲜美。竟觉得比集市上买来的美味很多。问僧人,到底什么是禅呢?僧人答,你手上拿的山芋便是禅。如何是禅呢?答,芋头在手,是有是无呢?有火即熟,熟了即吃,吃了就无,无即是空……文章结尾"禅从言下唤醒"。

芋头因此有了禅意。杭州孤山的西泠印社至今存有"芋禅"石刻。

绘画史上,很多人是研佛修道的。思索生命来处,很多人、事、物便产生了间离效果。如此,画面迥异于现实,有了纵深感。而白石老人只活在世俗中,对于佛道鬼神,他说"门前枫树认荒唐,鬼怪神仙总杳茫"。

白石老人也画佛。感觉那佛,那罗汉,依然是人,是谦逊而低头的人,拙朴而无忧的人。"无穷烦恼上心来,自召冤家拨不开。欲向此公求布袋,贪嗔痴爱一起埋。"白石老人画布袋和尚,道出的完全是俗情了。虽然不谈禅论道,但他的虚静,却跟道家修身的功夫很相像。

一个"围炉",说了这么多。

## 二 赏景

明万历某年冬,杭州城下了一场大雪,满城皆白。街市、西湖,到处不乏赏雪的人。还是戏曲家高濂,他另辟蹊径,为自己找到了一个绝佳的赏景地。日暮时分,他登上镇海楼,也就是杭州鼓楼,看满城炊烟从雪中升起,留下美篇《雪后镇海楼观晚炊》:"满城雪积,万瓦铺银,鳞次高低,尽若堆玉。时登高楼凝望,目际无痕,大地为之片白。日暮晚炊,千门青烟四起,缕缕若从玉版纸中,界以乌丝阑画,幽胜妙观,快我冷眼,恐此景亦未有人知得。"

想象,大雪滤走了炊烟上升的声音,只留下它的魂魄,空灵地飞升。雪,是横的纯白。炊烟,是竖的灰白。一静一动,冷暖人间。

白石老人画雪景,也有这种意境。文人画雪景,少有不荒寒孤寂的。但《一白高天下》另辟蹊径,有一种纯净通透之美。

雪停了。远处山水一片银白,线条简单朴拙,像儿童画,几近天真。中央的房屋,该是一户农家,面朝湖水,过着愉悦的日子。近景柳树,弯弯的一层积雪,似乎是春天要来。

据说这幅作品有伪作。专业人士分析,茫茫大雪,白石老人不愿意让世界太过凄寒的,所以用赭石和朱砂调色画出一个看起来很温暖的小房子。而伪作缺少这种暖色。

我琢磨着,一白高天下,究竟高在何处呢?是否,只有纯正的白,才映衬出哪怕是些微的暖?

又联想到:齐白石为人是很清正的。别人叫他做官,他不肯做。他回忆,自己六岁那年,当地来了新上任的巡检,很有排场,别人叫他去看,他说不去。母亲夸奖他,我们凭着一双手吃饭,官不官的有什么了不起!白石记住了母亲的话,一辈子不喜欢跟官场接近。后来到北京,朋友劝他捐个县丞,他谢绝了。作了一首题菊花的诗:"穷到无边犹自豪,清闲还比做官高。归来尚有黄花在,庆喜生平未折腰。"

这种行谊,也像是雪后世界的清旷和皎洁。

白石老人还有一幅著名的冬景。那是初冬,老人在玻璃窗前,望着窗外凝神静思。房顶上伸出的大槐树,叶子已然落光了,接近枯寂。傍晚,乌鸦陆续归来,停满枝头,有的零星还在归途。

乌鸦,身披黑色战袍的巫师,粗粝嘶哑的嗓音,常喊出某种不祥的预言。尤其在萧索的冬,叫人想起"枯藤老树昏鸦……断肠人在天涯",又想起"欲觅一枝何处所,满天风雪漫回翔",不觉要生出伤感来了。

但白石老人笔下乌鸦,黑黢黢的墨点,是有些可爱的。题诗是:"八哥解语偏饶舌,鹦鹉能言有是非。省却人间烦恼事,斜阳古树看鸦归。"老人只把古树鸦归当作一幕好风景,忘却了很多烦

齐白石 《红桃》

恼，丝毫没有悲情。

这正是白石老人超出很多文人画家的地方，他不囿于前人的经验，他靠着直觉构思。从无到有易，从有到无难。天真最难得。这样的画，正是天真地涌动活生生的气血，让所有人都爱上了。那些习惯忧愁嗟叹的文人，看看白石老人的归鸦，会觉得自己枉费了很多心神。

冰雪不荒，寒鸦不冷。一切景语皆情语。

## 三　会友

一九一七年，文人画家陈师曾在琉璃厂偶然见到齐白石篆刻的印章，便上门造访。那一年，齐白石五十五岁，家乡兵乱，借住在北京法源寺。以卖画刻印为活计，生活很是窘迫。素不相识，寻着知音的气味，陈师曾便来了。初相识的地方又是佛门净地，一见面，即成了莫逆之交。据齐白石《自述》说："他是劝我自创风格，不必求媚世俗，这话正合我意，我常到他家去，和他谈画论世，我们所见相同，交谊就愈来愈深。"

衰年变法，便是从陈师曾的启示来的。

还有一位朋友——瑞光和尚，后来成为齐白石弟子，也值得一提。

一九一九年，齐白石正式定居北京，生活状况仍旧没有改观，居无定所。先后寄寓观音寺、石灯庵。据说，当时他"悬画四壁，

齐白石 《南瓜》

待价而沽,住室外面的房檐下,放着一个小白泥炉子。平日烧茶煮饭,冬天搬到屋内,兼作取暖之用","终日枯坐,很少有人问津。为了生计,常给墨盒铺在铜墨盒或铜镇尺上画些花卉山水,刻成花样。所得润金,起初每件只有几角钱,增了几次价,才增到每件两元左右"。瑞光和尚比齐白石小十四岁,在当时的北京画坛享有盛誉。他作为著名画僧拜入齐白石门下,成为第一位向齐白石学习绘画的入室弟子。齐白石是将其当作贵人的,作诗:"帝京方丈识千官,一画删除冷眼难。幸有瑞光尊敬意,似人当作贵人看。"两人交往了十几年,直到瑞光和尚圆寂。

那天,翻到白石老人的《寒夜客来茶当酒》,便想到了与这两人的友谊。画里,一把古拙的茶壶,一盏油灯,一个天青色的梅瓶,插一枝梅。

白石老人那枝梅,很见功力。不是扬无咎的梅,不是王冕的梅,不是吴镇的梅,亦不是金冬心的梅。而是他自己的梅。他年轻时曾租住过一个祠堂,周围植满了梅树,他称之为"百梅祠"。每次画梅,常怀念之,淡淡乡情,又有文人气。画梅诗:"小驿孤城旧梦荒,花开花落事寻常。蹇驴残雪寒吹笛,只有梅花解我狂。"

能将乡情与文人气结合得如此完美的,恐怕只有齐白石了。

寒夜,陈师曾来了,或者瑞光和尚来了,油灯下喝茶论艺,一旁的梅君子侧耳倾听,就这样,直到深夜。没有酒,这就是所谓的清谈了。

后来,白石老人在京城安了家,境况日渐转好。倘若冬天有客

齐白石 《虾蟹》

来,那要招待些什么呢?这是我自己的引申。因为读到他的《白菜冬笋》,实在是喜欢。三棵白菜,六个笋大小不一,在宣纸上有节奏地舞蹈。题款:"曾文正公云,鸭汤煮萝卜白菜,远胜满汉筵席二十四味。余谓文正公此语犹有富贵气,不若冬笋炒白菜,不借他味,满汉筵席真不如也。"

试想,只有超级敏感的味蕾,才能将一盘冬笋炒白菜吃得饶有滋味。白石曾说,自己身上有"蔬笋气",便是这种本真、质朴。

白石老人画菜蔬,不仅是视觉的,也是味觉的。想起宋代传世的花鸟画,《果熟来禽图》《枇杷山鸟图》《葡萄草虫图》,果子在枝头,相当的文雅。马麟的《橘绿图》,橘子结结实实的饱满。但都是视觉的,画家用画笔不断地完美它们,使之形状圆润,色彩匀称得像锦缎。

而白石老人笔下的果蔬,顾不得雅,却顾得好吃。或者说,农民出身的他,干脆抛却了雅,调动了胃。我们这些赏画的文人,其实也是胃在大脑之前的。这时候顾不得面子,也跟着他兴奋起来。俗一些直接,俗一些快乐,喜欢上那些沾着泥土的、果篮里的吃食。

比如,白菜水分很足,红萝卜肥硕,搪瓷盘里的樱桃逆着光,樱桃皮很薄,一旦接触到嘴唇,马上就要破掉了。正当你马上要成为一个贪吃的人,回过头再看白石老人,吃的却是最简单的白菜。他骨子里崇尚质朴。

寒夜会友,一杯茶,一盏灯,一枝梅。一盘冬笋炒白菜。

齐白石　《鸣蝉老少年图》

春生夏长，秋收冬藏。冬天，究竟要藏些什么呢？藏起锋芒。于是接着读白石老人画，体味夜的绵长。此刻，心思停驻在他的一首诗《小院静坐》，"青门经岁不常开，小院无人长绿苔。蝼蚁不知欺寂寞，也拖花瓣过墙来"，发了好长一会儿呆。

## 后记：无尽的笔墨

我做了十几年报纸副刊，常与艺术家打交道。品茶论道，谈诗论艺，那种氛围滋养了我。偶然发现，自己虽然不擅长挥毫，却也对笔墨相当敏感。或者，我是天性敏感的人。敏感的人易于悲观。无意中接收到海量的信息，泥沙俱下，倘若不加以拣择，迟早成为精神的负担。

庆幸，作为写作者，我将这种敏感投注于对中国画的解读和写作，如同飞鸟栖息在枯枝，成为一种美的休憩。

以年代为主线，我陆续创作了一批文人画系列散文。我所关注的文人画家群体，他们学养甚深，"一一毫端百卷书"，却大多成为社会的边缘人。他们至纯至真，却不得不接受时代赐予的矛盾和苦痛。幸而，他们不囿于个人境遇，将困顿作为跳板，向生命的终极价值——所谓的"道"发出意味深长的叩问。在此途中，衍生出笔墨之美。

写作的过程，与其说是释放，不如说是在成长、吸收。中国画,不仅是艺术,更是哲学。读画,你会感觉到,笔墨的表达是无尽的。所谓画道之深,深不可测。一根线条即是宇宙,一片留白即是虚空。每一笔都是特定时代里作为士夫的人格、观念、气度、学养,甚至那一特定瞬间的情绪的准确表达。

其次吸引我的,是画中诗境。比如"山居""待渡""空亭"……画家将诗意融于画作,不着痕迹。我很想将其转换成文字,但一落笔便进入俗套,总做不到心手相应。好的画作本身无法言说。正是这种表达的艰难愈加令人着迷。此外,诗意也与时空有关。比如,宋徽宗的严谨式寂静与徐渭的狂傲式流动,都是对时间的打破……

笔墨不撒谎。这一点和散文写作类似,虚伪的人成不了艺术家,不欺人、不自欺是最起码的。"解衣盘礴"一词即从绘画来。读画,看着一颗心明明白白袒露在你面前,不由得你不动容。那是气息的相通。有时想,他们,该是那个时空的我,代我置身空山远水,代我呼吸着江面上明净的风烟。代我做命运的挣扎,代我畅怀,代我孤寂,代我超然,代我保持着全然的天真。这些,如果不写下来,那我的敏感又要向何处去安放。

回顾写作历程,称得上顺风顺水。由此,我感恩命运的馈赠。犹记得,我写的第一篇文化散文是万字的《寻找扬州八怪》,刊于《山西文学》。当时内心比较忐忑,不知道这条路是否行得通。意外的,文章被《散文选刊》头条转载,激励我在这条路上继续深入。

有绘画界的朋友说我胆子大,敢写扬州八怪,因为这不仅需要很深的专业背景，还需要人生阅历。我深知，自己的学识浅，但强烈的表达欲望，使我不停地有话想说。职业的敏感再一次告诉我，应该写下去，于是有了后面一系列的文人画家系列散文。历事、读人、阅世、读书，近几年，是我人生最充实的阶段。

这篇后记，最主要的，是想表达感谢。感谢文学界的师友们鼓励，特别感谢《文学报》和《北京晚报》"五色土"副刊，整版刊发该系列散文。感谢《北京文学》《山西文学》《散文选刊》《美文》《福建文学》《黄河文学》《延安文学》等刊物的认可鼓励。

感谢文化散文大家王充闾、陆春祥、夏立君、夏坚勇，前辈们的作品，为我的写作提供了宝贵的参照。

感谢普石、王大濛、刘墨、怀一、崔自默、陈东山、鲁子华、申晓国等文人画家朋友，与诸位师友的交往，让我立体地了解当下的中国文人画家这一群体，获得感性认识。哪怕常读诸位的朋友圈，对我也是一种默默的熏习。

最后，特别感谢北京大学的朱良志教授。我的文人画系列写作，很多专业方面知识，源自朱教授的著作，《南画十六观》和《一花一世界》是我的枕边书；《生命清供》和《顽石的风流》对我影响甚深。幸运的是，在刘墨先生的茶座上，有机会与朱教授相识。仅一面之缘，之后陆续将自己的作品发给朱教授审阅，每次都能得到朱教授真诚的指点和鼓励。而且每次回复信息，还有在本书的序言中，朱教授都称我"胡烟老师"，令我惭愧不已。朱教授的提携，对我不仅是重要的激励，也是一种人格的教育。

正如朱教授所言,"致力于发掘中国传统绘画之美"是我写作的目的。我感觉,当今时代,信息爆炸,物质极大发展,最重要的"斗争",不在外界,而是在自我的世界里与物欲的撕扯争斗。愿我的写作,能为读者展示精神世界之美,从而将注意力由物质的追求转向精神之探索。

比如,读懂他们——中国历史上的文人画家,如何在一根线条里,放大光明。

二〇二一年八月七日于北京三里河

图书在版编目（ＣＩＰ）数据

忽有山河大地 / 胡烟著. -- 武汉：长江文艺出版社，2021.12
　　ISBN 978-7-5702-2413-5

　　Ⅰ.①忽… Ⅱ.①胡… Ⅲ.①散文集－中国－当代 Ⅳ.①I267

中国版本图书馆 CIP 数据核字(2021)第 210209 号

忽有山河大地
HU YOU SHANHE DADI

责任编辑：周　聪　　　　　　　　　　责任校对：毛　娟
封面设计：颜森设计　　　　　　　　　责任印制：邱　莉　　王光兴

出版： 长江出版传媒　长江文艺出版社
地址：武汉市雄楚大街 268 号　　　邮编：430070
发行：长江文艺出版社
http://www.cjlap.com
印刷：湖北恒泰印务有限公司

开本：880 毫米×1230 毫米　　1/32　印张：11.625　　插页：2 页
版次：2021 年 12 月第 1 版　　　2021 年 12 月第 1 次印刷
字数：236 千字

定价：58.00 元

版权所有，盗版必究（举报电话：027—87679308　　87679310）
（图书出现印装问题，本社负责调换）